嫌われ者は異世界で王弟殿下に愛される

CHARACTERS

仲谷《なかたに》 枢《かなめ》
とある事件をきっかけに
異世界に転移してしまった青年。
とても精霊に
好かれている。
アシュレイ・
クリフォード・
ネオブランジェ
ネオブランジェ王国の第二王子で、
王国騎士団の団長。
精霊の森にいた枢を
保護した。

ミレイア・
エルチェット
ネオブランジェ国王の婚約者。
現在は魔法具の技術を
学ぶため留学中。
リオン
アシュレイの侍従として
仕える青年。
枢へのあたりが少し
厳しいようで……？
ユリウス・
カルヴェイン
ネオブランジェ王国の
騎士団員で、精霊魔法を
使うことができる。
ジュード
王宮にいる枢の
侍従として仕える青年。
とても真面目で
感情豊か。

◇プロローグ◇

「こんなとこまでついてきてさぁ……厚かましいにも程があるんじゃないの、お前」
(コワイ)
「君みたいな人間が瑞希《みずき》に釣り合うとでも思っているんですか？　身の程を弁《わきま》えなさい」

――痛い。

――辛い。

「瑞希を使って俺たちに取り入るつもりなんだろ!?　気持ちわりぃ！」

「俺たちと瑞希の前から消えろよ。目障りだ」

――なんでこんな目に……

自分に浴びせられる罵声、集まる視線。見えないように殴られた鳩尾《みぞおち》が痛い。

(気持ち、悪い)

口に酸っぱいものがせり上がる不快感に、俯《うつむ》いたまま顔を顰《しか》める。

ぶちまけないよう堪えている物も、胸の内で渦巻く黒く凝《こご》った感情も、全部全部吐き出してしまえたら。

「皆で枢《かなめ》を囲ってなにしてんだよ！」

そんなことを思った瞬間、いやに耳に響く声が背後から聞こえた。

自分の横をすり抜けた声の主は、先ほどまでこちらに悪意を向けていた集団の中へ駆けていく。

突き刺さっていた視線が一瞬にして外れた安堵と同時に、先ほどよりも強まる陰鬱《いんうつ》な気持ちにため息をつきそうになる。

「俺たちだって好きでコイツを囲んでるわけじゃねぇよ」

「そうですよ。僕の瑞希に取り入ろうとする身の程知らずに、立場をわからせてやっていたんです」

「はぁ？　アンタの瑞希じゃないんですけど～？　っていうか、なんで瑞希もこんなヤツ構うの～？」

（あぁ。吐きそうだ。それにここ数日の寝不足で視界がぐらつく……）

爪が食い込むほど強く手を握りしめて、座り込まないように意識を保つ。そうしないとみっともない姿を晒《さら》して、奴らにからかいのネタを与えてしまうから。

そんな自分の涙ぐましい努力などよそに、再び大声が響き渡る。

「なんでそんなこと言うんだよ！　枢は俺の親友なんだ！　一緒にいるのは当たり前だろ⁉」

大声で宣《のたま》う内容に、先ほど逸らされたはずの突き刺すような視線が、再び自分に向けられる。それも先刻より悪意と殺気が込められていた。

（もう、嫌だ。逃げたい。ここから消えたい……）

ジリ、と後退《あとずさ》る。それに気づいた〝瑞希〟と呼ばれた少年は、距離を詰めるように一歩こちらに近づく。

「枢？　どうしたんだよ？」

自分の腕を掴もうと彼の手が伸ばされる。しかし、それを生理的嫌悪《けんお》から反射的に払ってしまった。

――その瞬間。

「え？」

数時間ぶりに発した自分の声が、どこか遠くに聞こえる。地面から足が離れ、体が後ろに倒れていく。

いまさら思い出したのは、自分が立っていたのが階段の前だということ。

(――あぁそうか。このまま落ちて死ぬんだな)

どこか他人事のように思いながら、それでいてこの地獄のような日々から解放されるかもしれないと思うと、不思議と恐怖は湧いてこなかった。

支えを失った体が宙に浮くのを感じる。周囲のざわめきや、さんざん自分を痛めつけていた取り巻きたちの驚いた顔、必死にこちらに伸ばされた瑞希の腕。すべてがスローモーションに見えた。

意識がブラックアウトする寸前、視界に誰かの顔が入る。その口角が上がるのを認識したと同時に、枢の意識は強烈な痛みとともに失われた。

◇異世界へ◇

「つあぁぁぁぁぁぁあ!!」

ガバッと跳ねるように体を起こした。

ドクドクと心臓の音がうるさい。それに耳が詰まったような感覚に加えて耳鳴りがひどい。

グラリと回る視界に、枢の体は再び倒れそうになるが、後ろに手を付きなんとか体を支えた。

「はっ、あ？　あれ……？　……血も出てないし、骨も折れてない？」

階段から落ちてぶつけたと思われる痛みが体のあちこちにある。

しかし痛みはあるのに、ただそれだけ。それも次第に鈍く、薄くなっているようだ。

「そっか。ここ、天国なんだ」

だから体は綺麗なままだし、痛みも引いていく。見渡すとどこか森らしき場所にいるようだが、ここが天国だというなら納得がいくというものだ。

「そっか～。やっぱり死んだんだなぁ僕。あんまり覚えてないけど、落ちた瞬間の衝撃だけはなんとなく残ってるんだよな……」

だから大声を上げながら飛び起きた。夢と現実の境がわからなくなって、自分の体がバラバラに砕け散ったと思ったのだ。

枢は手のひらを握っては開き、自分の体の感覚を確かめる。

「死んだあとでも、生きてるときとそんなに変わんないんだなぁ」

その感覚に「果たして本当に自分は死んだのか？」と疑問が湧いてくるが、階段からなんの受け身も取らずに落ち、目が覚めたら全く知らない場所にいたということは、つまりそういうことなのだろう。

◇◆◇

仲谷《なかたに》枢は全寮制の男子校に通う高校三年生だった。

学力特待生として高校から外部入学した枢は、一、二年と特に可もなく不可もなく、普通に友達に恵まれ毎日を順調に過ごしていた。

そんなありきたりで、幸せな毎日が壊されたのが三年生の春。

五月も過ぎ、新しいクラスに徐々に馴染《なじ》み始めた頃に一人の転入生がやってきた。

彼は時期外れの転入生ということもあるが、それ以上にその見た目でクラスの……いや、全校生徒の注目を浴び始めた。

時期外れの転入生こと白戸《しらと》瑞希は、小柄で華奢《きゃしゃ》な体つきと、日差しを浴びるとキラキラと輝く黄金色の髪、そして透き通る海の蒼さを閉じ込めた美しい瞳を持った美少年であった。

誰もがその麗しい姿に目を奪われ、言葉すら忘れて彼の一挙一動を食い入るように見つめてしまう。

枢はそんな彼と同じクラスであり、さらに言うと、特待生で一人部屋であったがゆえに、寮のルームメイトになってしまったのだった。

それから悪夢が始まった。

天使のような瑞希は学校の人気者を次々と惚れさせていった。

全寮制の男子校、それも山奥にある周囲から隔絶された空間であるからか、枢の通う学校は少々特殊であった。

同性間での恋愛が蔓延《はびこ》っていて、容姿の優れた生徒には親衛隊というものが存在する。まるでアイドルのように扱われるのだ。

瑞希にももちろん親衛隊が結成され、自身に親衛隊がある生徒も瑞希に心を奪われてしまう、という事態が起きた。

今まで熱心に彼らを崇拝し、抜け駆け禁止で見守ってきた親衛隊員たちは、彼らの心を奪った瑞希に敵意を向けはじめる。

そんな隊員たちがどう動くのか。想像に難《かた》くないだろう。

少しずつ親衛隊同士の軽いいざこざが発生し、ついには大乱闘に発展、怪我人が出てしまう。それにより自分の崇拝する相手から嫌悪《けんお》の眼差しを向けられ、それを打破するために再び親衛隊同士がぶつかる……という悪循環まで起きてしまった。

憎き恋敵《こいがたき》へ報復しようとも大した結果は得られず徐々に行動は派手になるが、どの親衛隊も崇拝している相手から嫌われたくはない。彼らは皆フラストレーションが溜まっていた。

そんな溜まりに溜まった負の感情がどこに向かうのか。

それはこのフラストレーションのもとになった瑞希と同室で、たまたま一番近くにいた枢であった。

彼らはなにくれと理由をつけて枢を詰《なじ》り、暴力を振るって、彼を孤立させた。

今まで友人であった人々も巻き込まれたくないと離れていき、ついに枢の周りには誰もいなくなってしまった。

——否。諸悪の根源である瑞希とその親衛隊、そして瑞希に傾倒する人々だけが残った。

枢にとって、瑞希が自分を信頼し互いに悩みを打ち明けることができる親友だったならば、枢は辛くとも現状を受け入れ苦痛に耐えたことだろう。

だが、瑞希はその美しい見た目とは違い、人の迷惑を考えられない人間だった。

話すときはいつも大声で、こちらが言うことには耳を傾けないし、自分の言葉にはいやに自信を持っていて、それが間違いであるとは思ってもいない。

取り巻き連中にはそれが『裏表がなく美しい』という風に映っていたようだが、枢にはそうは思えなかった。

最初から枢に対し「同じクラスで同じ部屋だし、俺、お前の親友になってやるよ！」と言い、昼食時には、うるさいから食堂になど行きたくないのだと伝えても「親友が誘ってるのに断るのか⁉ 薄情な奴だな！　だから友達ができないんだぞ！」と、さもこちらに非があるように怒られる。

初めのうちはその言葉を否定したり、無理に連れていこうとするのを拒んでいたが、瑞希の取り巻きからの圧力と陰で行《おこな》われる暴力に、抵抗する気持ちも次第に失われていった。

そしてあの日。

いつものように無理やり食堂、それも生徒会役員専用の二階席へと連れていかれた。その日は忘れ物をしたとかで、瑞希は枢を一人その場に残し、どこかへ行ってしまった。

残された枢は針の筵《むしろ》。生徒会役員でもある取り巻きたちからの鋭い視線に、息がしづらい。

近頃はストレスからか、あまり眠れなくなっていた。早く座ってゆっくりしたいのに、誰にも歓迎されていないこの状況では、それができるわけもない。

枢は貧血を起こしたようにクラクラする頭を小さく横に振って、どうにかその場に立っていた。

それから瑞希が戻ってくるまでの間、誰かに足を踏みつけられたり、痣《あざ》がたくさんある腹をさらにその上から殴られたり、事実無根の話で散々詰《なじ》られたり、と地獄の時間を耐え抜いていたら、やっと瑞希が現れた。

彼が戻ってきてもそれが救いだということはもちろんない。取り巻き連中の視線が自分から瑞希に移るだけで、彼らの態度が軟化するわけではないのだ。

体調の悪さ、居心地の悪さ、自分がここにいる意味——生きている意味がわからなくなった。

そして、枢は後退《あとずさ》って、伸ばされた瑞希の手を払って、バランスを崩して——

視界の端に、最後に見えたのは誰かの笑った顔。

——あれは、白戸瑞希の顔だった。

◇◆◇

フワリ、と何かが頬に触れ、現実に引き戻された。

「……それにしたって、僕って本当に」

自嘲めいた言葉がこぼれそうになった瞬間、またフワリと、今度は手のひらに触れた。

「なんだろう……？」

手のひらを眼前に持ってくる。と、そこにはキラキラと光を帯びた小さな人型のなにかがいた。

「は……？」

それはなぜか手のひらの上をくるくると回っている。どこか嬉しそうにも見えるが、それがなぜだかはわからない。そもそもこの生き物は一体……

「……僕のお迎えに来た天使？　でもどっちかっていうと妖精とか精霊かな？」

枢がそう言うと、手のひらのそれはいっそう輝きを増し、さらには跳ねている。

「精霊、なの？　天国って精霊がいるの？　ていうかなんで見えるの……？」

いまだに手のひらの上でくるくるしている精霊を見つめながら首を傾げる。不思議がっていると、どこからか仲間がさらに集まってきたようで、知らぬ間に肩や頭やらにちょこんと座っている。

「えぇー、なにこの展開。ビックリすぎる……」

自分の置かれている現状に、枢は驚きと好奇心を隠せない。

どうせ死んだのならばなんでもアリか、と吹っ切れ、その小さな精霊と戯《たわむ》れようかと思ったとき、どこからかガシャガシャとなにかが擦れる音が聞こえた。

しかもそれはどうやら、こちらに向かってきているようにも感じる。

「……なに？　なんか近づいてきてる？」

徐々に大きくなる音に枢の不安も大きくなる。手のひらの精霊を優しく包み込み胸元に抱くと、集まっていた他の精霊たちも枢にすり寄ってきていた。彼らが触れているそこは、じんわりと暖かさを感じる。

彼らの暖かさに癒されつつ、胸の奥に湧き起こる不安に、枢が目をぎゅっとつぶった瞬間——

「ここでなにをしている!!」

頭上から大きな声が聞こえた。

そんな至近距離から声がするとは思わず、驚愕に目を見開き顔を上げる。

薄闇になびく色素の薄い髪にがっしりとした体躯《たいく》、腰の辺りには大きな剣らしきものを携えた男がいた。

おそらく銀色であろう髪に彩られた顔は、枢が今まで見たことがないほど整っていた。

すっと通った鼻筋、薄く形のよさそうな唇は、きゅっと引き結ばれている。凛々しい眉は中心に寄っており、間には深いシワが刻まれていた。精悍な顔つきをしているためか、男の険しい表情は枢に威圧感と恐怖心を与えた。

体がすくんでしまいそうになるが、枢は彼から目を離すことができなかった。

この薄闇の中でも見える、美しい紫水晶のごとき瞳。長い睫毛《まつげ》に覆われたそれは、厳しい光を湛《たた》えながらこちらをまっすぐに見つめてくる。

(こわい……。でも、逸らせない)

枢は意識を失う前のことを思い出す。

突き刺さるのは、嫌悪《けんお》、憎悪《ぞうお》、嫉妬、好奇の視線。

しかし目の前にいる男から注がれるのは、そのどれをもしのぐ、鋭く、厳しい眼差し。

「ここでなにをしている、と言っている。お前は誰だ。どうやってここに入った」

「ひっ!」

視線は外せないまま、目の前の男の手が佩《は》いた剣にかかる音を聞いて、枢はひゅっと息を呑んだ。

恐怖から体がガタガタ震えた。胸元に抱いた精霊の小さな温もりも感じ取れないほど、急激に体が冷えていく。息が苦しい、涙があふれる。

(こわい、怖い、恐い……っ!)

「っ、おい!?」

酷く狼狽《うろた》えたような声が聞こえた気がしたが、枢の意識はそこで途切れた。


「ん……」

身じろぐとサラリとしたシーツの感触が頬に触れた。ひんやりとしたそれが心地よく、さわさわと撫でるが、そこでふと疑問が浮かぶ。

（あれ？　寮のシーツって、こんなに肌触りよかったっけ……）

ぼんやりしたまま目を開けると、明かりがついているのか、眩しさに目を細める。

「う、わ。眩し――」

「起きたのか」

「ひ!?」

そこで完全に覚醒した。

すぐ近くで聞こえた硬い声に飛び起きると、いつぞやのようにクラリとしてしまい、ベッドへ逆戻りしそうになる。

しかし、今回はその時と同じ展開にはならず、誰かがその背を支えてくれた。

自分の傍に目をやる。

そこにあったのは、あの紫水晶の瞳。

心臓がどくりと音を立てて緊張感が全身を支配する。枢は交わった視線を逸らすように、慌てて下を向いた。

（……怖い）

先ほど倒れる前に見た男の目が、視線が、表情が脳裏をよぎる。

思い出すだけでも体が震えそうになる。それはきっと、学校に通っていたときに浴びせられた悪意を思い出してしまうからだろう。

「……私が怖いのか」

「っ！」

ビクリと肩が跳ねる。

「安心しろ。何かするつもりはない。だが、下を向かれては碌《ろく》な話もできまい。顔を上げてはくれないか」

「っ、あ……」

背中に触れていた腕であろうそれが離れていく。怖かったはずなのに、なぜか寂しさを覚え、枢はゆるゆると顔を上げた。

「話をしてもいいだろうか」

「ぁっ。は、い……」

「そう怯えずともよい。まずは、そうだな……具合が悪いところはないのか」

「え……？　は、はい。大丈夫です」

「そうか。それはよかった。一応侍医《じい》にも診《み》せはしたんだがな」

「あ、わざわざありがとう、ございます」

(あれ？　怖く、ない……？)

枢は普通に会話していることに驚いていた。最初の表情がきつかったからだろうか、それとも刷り込みか。人の視線は怖いし、見目麗しい人間は自分を害すものだとどこかで思ってしまっていた。

「ここからが本題だが。なぜお前はあの場所にいたのだ？」

「えっと、あの……。そもそも、ここってどこ、なんですか？　天国じゃないんですか？」

「テンゴク？　何だそれは」

「え……っと、その。死んだあとに行くところ？」

「死んだあと？　お前は生きているだろう。こうして触れることができるではないか」

ふっと彼は枢の肩に触れる。ビクッとまた大袈裟に反応してしまう。

「おっと、すまない。勝手に触って悪かった。ここはそのテンゴク、という場所ではない。エステル大陸のネオブランジェという国だ」

「エステル大陸……？　ネオ、ブランジェ？」

「お前はどこから、どうやってここに来たのだ。見たこともない服を着ているが」

「僕は、日本……から。エステル大陸なんて聞いたことも……」

矢継ぎ早に降ってくるわけのわからない情報に、枢は混乱していた。自分は死んだと思っていたのに生きていると言われ、天国だと思っていた場所はまったく知らない土地だった。

(どういうこと？　何が起きてるの？)

ただし、不思議がっているのは枢だけではないようだった。

「ニホン？　聞いたことがないな。お前のような人間は見たことがない……ひょっとしてこれは」

目の前の人はブツブツと考え込んでいるようで、よく聞きとれない。そのとき、この空気をぶち壊すように枢のお腹が盛大に鳴った。

「～～っ！」

恥ずかしすぎて顔から火を噴きそうで、慌てて布団に顔を埋《うず》める。それに加えて隣から小さな笑い声が聞こえ、さらに羞恥心が増していく。

「もう昼も過ぎているからな、すまない気がつかずに。今なにか用意させよう」

「えっ！　えと、いいですそんな……！　ご迷惑をおかけするわけには！」

「気にすることはない。お前にはまだ聞きたいこともあるしな」

そう言うと男は立ち上がり扉のほうへ歩いていく。男が動いて初めて、枢は部屋の中に視線がいった。

（……は？）

ぽかんと口を開けて愕然とした。

広い室内は煌《きら》びやかな装飾が施され、いかにも高そうなソファやテーブルが置かれている。自分が座っているベッドに目を向けると、自分ともう一人くらい余裕で寝られるほどの大きさをしており、手触りのよいシーツに、軽いのに暖かい掛け布団というあまりにも豪華なものだった。

「ひぃっ!!」

枢は慌てて飛び起きる。こんな高そうなベッドで寝ていたなんて、自分はなんて恐ろしいことを！　と、心臓が早鐘を打ち出す。

（どうしよう、汚したりしてないかな!?　というかそもそもここどこ!?　誰の家!?）

慌ててベッドの下に置いてあった靴を履くと立ち上がり、枢はとりあえずベッドから離れた。

ひとまず部屋の真ん中辺りまで来てみたが、そこにある高級そうなソファに座ることはできず、そのまま立ち尽くすしかなかった。

しばらくして男が帰ってきたが、部屋に入るなり立ったままの枢を見て怪訝そうな表情を浮かべる。

「何をしているんだ？」

「ひ！　え、えと……」

「ソファに座ったらどうだ」

「い、いえ……！　大丈夫ですそんな！　汚したりしたら大変なのでっ」

「……なんの心配をしているんだ？　いいから座ってくれ」

「で、でも」

「……はぁ」

ビク、と肩が揺れる。怒られるのか、殴られるのか。

大きなため息のあとに近付いてきた足音に、ぎゅっと目を瞑る。

しかし想像とは違い、枢の手に温もりが触れた。「え？」と思ったときにはそれを引かれていた。

「えっ、わ……っ!?」

もつれそうになる足を何とか動かし、手を引かれるままついていく。すると高そうなソファの前にたどり着き、肩を押され、問答無用で座らされた。

しかも男はなぜか枢の隣に座った。

「ひぅっ、な、なに？　なんで！」

「いつまでもお前が立っているからだろう。気を失っていたのになぜ安静にしていないのか」

「え、え……っ」

「いらない心配はしなくていい。黙ってここに座っていろ。もうすぐ侍従が食事を持ってくる」

「……じじゅう？」

「なんだ？」

「侍従って、なんですか？」

「主人に仕えるもののことだろう」

「主人って、あなた？」

「私以外に誰がいる」

当然であるかのように男は言うが、枢はますます混乱した。

（待って……！　主人って、侍従って！　やっぱりこの人めちゃくちゃお金持ちの人!!　どうしよう僕、ものすごく迷惑かけてるよっ……!!）

パニックになり、そのまま立ち上がって逃げようかと思ったとき、ノックの音が響いた。

「アシュレイ殿下、お食事をお持ちしました」

「入れ」

失礼します、と部屋に入ってきたのは、二十代前半くらいの顔の整った男だった。〝アシュレイ殿下〟と呼ばれた目の前の男とは違い、金色の緩い癖毛が特徴的で、緑色の目をしている。

（ここには顔がいい人しかいないのかな？）

また学校でのことが頭をよぎり顔を伏せる。

枢が悩んでいる間に、隣に座っている男――アシュレイは、侍従である金髪の男にテキパキと指示を出していた。

「リオン、テーブルに食事を置いたら宰相を呼んできてくれ」

「ですが殿下」

「こちらのことは気にしなくていい。あと、兄上にはあとで私から知らせるから、この者のことはまだ内密にしておくよう」

「……わかりました。それでは失礼いたします」

金髪の男は一つ礼をして扉へと向かう。部屋を出ていくときに、ちら、と見られた気がするが、その視線は値踏みするような、警戒するようなもので、枢にとってはもはや慣れたものだった。

(まぁそうだろうね……。こんなお金持ちの傍に、どこから来たかもわからない僕みたいなのがいたら警戒もするよね)

仮に知らない土地に来たとして、簡単に自分の扱いなど変わるはずがない。そう自嘲していると、横からアシュレイが声をかけてきた。

「どうした？　腹が減っていたんだろう。食べないのか？」

「あ……」

言われて顔を上げる。見ると湯気の立つ美味《おい》しそうな食事が目の前に並べられている。

それを見た瞬間、また腹の虫が鳴いた。

(……そういえば、お昼ご飯を食べる前に階段から落ちたんだよね。最近は食欲もなくてあんまり

食べてなかったし）

ゴクリ、とご馳走を前にあふれる唾液を飲み込む。

けれど勝手に手を付けていいものか、それとも〝殿下〟が食べ始めるまで自分は食べてはいけないんじゃないか。あれこれと考えていると先にアシュレイが動いた。

彼はどうやらカチャカチャと肉を切り分け皿に盛っている。甲斐甲斐しく、周りにある野菜なども一通り取り分けると、皿を枢の前に置いた。

「ほら、食べるんだ」

「えっ、で、でも」

「食べられないのか？　それとも、私に食べさせてほしいと？」

「っと、とんでもない！　そうじゃなくて、あの、あなたは食べないんですか……？」

「私はお前が寝ているときに摂ったから心配しなくていい。だから遠慮せず食べるんだ」

グイと皿をこちらに差し出され、さらにフォークを握らされてはもう抵抗する気も起きない。というか、それ以上に空腹に耐えかねていたので、枢は素直に差し出されたものに手を伸ばした。

「じ、じゃあ、いただきます」

脂がのった肉は鶏だろうか。口に入れると、柔らかい身がまるで溶けてしまうかのように口に拡がっていく。

「美味《おい》しい！」

空腹時にこんなに美味《おい》しいものを口にしてしまうと、いよいよ枢の手は止まらなくなる。

肉の横に添えられたマッシュポテトは滑《なめ》らかで口当たりがよく、かけられたソースとよく合っている。青々としたサラダはシャキッと瑞々しく、さっぱりとした柑橘系のドレッシングがかけられており、こちらもまた美味《おい》しかった。

近頃めっきり減っていた食欲が復活したように、枢はパクパクと食べ進める。

その間アシュレイは、黙ってその様子を見ていた。


次第に腹がふくれ空腹が落ち着き、枢はフォークを置いた。

「あの、ご馳走様でした。とても美味《おい》しかったです」

まだオドオドとはしているが、それでもしっかりと瞳を見ながら伝える。すると、ほんの少しだけ彼が微笑んだように見えた。

「そうか。口に合ったようで何よりだ。それでは落ち着いたことだし詳しく話をしよう。リオン入ってこい」

枢に目を向けたまま、アシュレイは言った。

その直後「失礼します」という声が聞こえたかと思うと、リオンと呼ばれた金髪の彼と、その後ろにいるいくらか白髪の交じった、けれども決して老けてはいない男性が続いて入ってきた。

「殿下。エルチェット宰相をお連れしました」

「私めをお呼びとのことですが、いかがされたのでしょうか」

宰相と呼ばれた男性は恭《うやうや》しく礼をとり、ちらりと枢に視線を向けたあとまっすぐアシュレイを見た。

「いきなり呼び立ててすまなかった。要件というのは隣にいる彼のことだ」

「その方は？」

「今朝、近くで鍛錬をしていたら叫び声が聞こえてな。この者は精霊の森にいたのだ」

「精霊の森に……？　どうやって入られたのですか」

「それがわからぬのだ。城に戻ってから確認したが結界は破られてはいなかった。それにこの者自身、どうやってここに来たかわかっていない様子なのだ」

「それは一体……いや君、名は何と？」

怪訝《けげん》そうに首を傾げる宰相は枢に近づいてくる。枢の座るソファの傍に立つと少し硬い声で質問を投げかけてきた。

「え？　あ、えと……。仲谷枢、です」

「ナカタニ、カナメ？　聞いたことのない名前だな。どこから来たのだ？」

「あっ……と、日本、です」

「ニホン？　どこだそれは？」

「どこ、って言われても……」

「あの場所へはどうやって入った」

「……気がついたらあそこにいました」

「そのようなことがあるはずがない。あそこは精霊が住まう神聖な森であるから、魔法で強固な結界が張られているのだ。王城の者以外が結界を壊さずに侵入することなどできまい」

「っでも！　僕は気がついたらあそこに倒れてて、何が何だかわからないのにそんなっ！」

まるで責められているようだった。自分には身に覚えがないことなのに、なぜそんなに問い詰めてくるのだろう。

じわりと目尻に涙が浮かぶ。見られたくなくて下を向き、こぼれてしまわないよう唇を噛む。

「……あ」

俯《うつむ》いた視界にふわふわと何かが映り込む。それは自分が倒れていた〝精霊の森〟で出会った、あの光る精霊だった。

精霊は優しく枢の頬にすり寄る。その小さな温もりに少しだけ落ち着いた。

「そうキツく言わずともよいだろうロドリゴ。怯えてしまっている」

「は。申し訳ございません。ですが、精霊の森にいたということは、王城の結界に何か不備があったか、その者が何かの力を使ったとしか……いずれにせよ大問題です」

「まあそう結論を急ぐな。ロドリゴ。私はこの者――カナメがエステル大陸に伝わる『神子《みこ》』ではないかと思っている」

「神子《みこ》、ですか？」

なんだそれは、と枢は思った。

（みこってあれ？　赤い装束で神社にいる？）

いつの間にか頬から離れ、空中でクルクルと楽しそうに踊っている精霊を上目遣いで見ながら首を捻る。

「この者が、違う世界から現れ、国に繁栄と幸福をもたらすという神子《みこ》である、と？」

「そうだ。確信はない。だがカナメのような者を見たことはないし、名も知らぬ場所から来たと言うではないか。この国の名前も私のことも何一つ知らない。異世界から来たというほうがよほど筋が通っているではないか？」

「確かに、仰《おっしゃ》る通りです。ですが、もし本当に神子《みこ》であるというなら、何か証拠を見せていただかないと、私は納得できかねます」

「そんな、証拠って言われても」

依然として枢のことを不審者だと思っている様子の宰相――ロドリゴ・エルチェットに、枢の眉根も寄り不機嫌な様子を露わにする。

(そりゃあ僕が不審者だっていうのは認めるよ。でもいきなり神子《みこ》だなんだって言われた挙句、証拠を見せろ？　いくら何でも失礼すぎない？)

俯《うつむ》いたままではあるが、胸の内で怒りの感情を吐き出す。そんな枢に気づいているのかいないのか、宰相は話を続けた。

「伝承によると異世界からの神子《みこ》は不思議な力を使えるそうです。その力によって国に繁栄と幸福をもたらすのだとか。あなたはどんな力を使えるのですかな？　見たところ体内魔力はないようですが？」

ぐっ、と宰相が一歩こちらに近づくが、彼の言葉と態度に業腹《ごうはら》した枢は、背中を少し後ろに反らす。するとトンッと何かに当たった。

「……ロドリゴ」

少しキツめの口調が頭上から聞こえた。え、と思ったときには、後ろから回された腕が枢の腹部をしっかり抱いていた。

（え？　何これ。どういうこと？）

あまりにも突然のことに顔を上げると、美しい顔がすぐ近くに映る。

「え……」

「カナメは見知らぬ土地にいきなり来てしまったのだ、状況を理解するのにまだ時間がかかる。それなのに無理を強《し》いるつもりか？」

「……いえ、そのようなことは」

アシュレイと宰相が何か言っている。しかしそれらは何一つ耳に入ってこない。

なぜなら、枢は視界に広がる綺麗な光景に釘付けだったからだ。

「え、えっ……？」

「……カナメ？」

キラキラとした光がアシュレイの髪を照らす。幻想的に見えるそれは、たくさん集まった精霊たちによるものだった。先ほどまで枢の周りで遊んでいた精霊もその中へ入っていく。

「わぁ！　すごいいっぱい。綺麗……」

キラキラと光の粒を降らせる精霊たちは、とても楽しそうに戯《たわむ》れている。その光景に目を奪われていると、不意に真上から紫の輝きが枢を射貫《いぬ》いた。

「どうした？　何を見ている？」

カチリと視線が絡んだその瞬間、ぶわっと枢の顔が赤く染まった。

「っっわぁ～～⁉　ごめ、ごめんなさいっ！　はなっ、離して……！」

至近距離で見つめられていることも、自分の腹に腕が回っていることも、すべてを急に思い出し、恥ずかしくなって思わず叫んでしまう。

間近で叫ばれたアシュレイは驚きに目を見開いているが、枢はそれどころではない。慌てふためいてアシュレイから離れると、立ち上がって駆け出した。テーブルに膝をぶつけたが構っていられない。

ベッドの近くまで逃げると、フットボードを背もたれにズルズルと床にしゃがみこむ。

アシュレイも宰相もリオンも、枢の行動に呆気に取られた様子だ。

「びっくり、した……っ」

恥ずかしさに身悶えていると、誰かが近づいてくるのがわかった。

おそらくアシュレイだが、このまま傍に寄られては、たまったものではない。しかしそんな枢の気も知らず、彼は目を瞠《みは》りながら枢に近づいてくる。

「っひ……！　せ、精霊さん助けて！」

「精霊……？　何を言っているんだカナメは……っ⁉」

あっという間に枢の前にたどり着いたアシュレイが枢に手を伸ばす。触られる、そう思ってぎゅっと目を瞑った瞬間、パチンとその場にそぐわない音がした。

「――え？」

「なんだ、今のは……？」

眉をひそめ、再びこちらに手を伸ばそうとするアシュレイ。

「っ！」

けれども再びパチンと音がして、アシュレイの手は何かに弾かれていた。

「あ……？」

「ッ、カナメっ！」

「ひっ!!」

「お前、何をした!?」

アシュレイはぐっとこちらに身を乗り出す。まるで恫喝《どうかつ》するように大きな声を上げるものだから、枢はすくみあがる。

（っ怖い！　やだ、助けて精霊さん――!!）

パンッ!!　と、一際高い音がした。

「殿下！」

大きな破裂音のすぐあと、宰相とリオンの声が聞こえて、バタバタと足音がする。

枢が恐る恐る目を開けると、枢の目の前にはキラキラ光る小人の集団が、そしてその向こうには床に尻もちをついたアシュレイがいた。

「……精霊さん？」

まるで枢をアシュレイから守るような精霊たちにポカンとしていると、大きな声で現実に引き戻された。

「貴様、アシュレイ殿下に何をした！」

「魔法を使ったのか⁉　この方を誰だと思っているのだ……！」

リオンに怒鳴られ、ビクッと肩が大きく揺れる。自分の腕で体を抱きしめ縮こまると、目の前の精霊たちの煌《きら》めきが一層増していく。

（守ってくれてるの……？）

先ほどからアシュレイの手を弾いていたのは、どうやらこの精霊たちらしい。そして枢の恐怖心が強くなると精霊たちの輝きも増すようだ、と枢は気づいた。

キラキラしている精霊を見ていると、今度はアシュレイの声で現実に呼び戻された。

「よいのだ二人とも」

「っ、ですが殿下！」

「よいと言っている。……それよりカナメ」

「っ、は……い」

「お前は精霊が見えるのか？」

「た、たぶん……」

「先ほど私を弾いたのは精霊か？」

「多分、そう……です」

「多分、というのは？」

「僕が何かしたわけじゃない、というか。精霊さんたちが勝手にしたというか……」

ちら、と精霊に目をやるとフワフワと傍に近寄ってくる。手を伸ばすとそこにすり寄り、他の精霊たちも枢が落ち着いたのが伝わったのか、思い思いに空中に漂い出した。

手を顔の前に持ってくると、そのままついてきた精霊は枢の鼻先にそっと触れる。それがくすぐったくて、表情が緩んだ。

「……なるほど」

アシュレイは頷きながら呟くと立ち上がる。真上から見下ろされて、あの森での光景を思い出した。

「カナメ。どうやらお前は神子《みこ》で間違いないらしい」

「っ、そんな⁉　僕がそんなもののわけ……っ！」

「精霊が見えるのだろう？　この国で精霊が見える者は多くない。それに精霊は神聖なもので人間が使役できるようなものではないのだ。精霊の力を借りるにも、祈りを捧げなければ精霊魔法を使うことすらできぬ。だがお前は、お前が命じずとも精霊がお前のために力を振るったと言ったな？」

「は、はい……」

「それは普通では有り得ぬこと。……お前があの森に現れたことや精霊の力……精霊魔法を使えること、すべてを踏まえて、私はお前を神子《みこ》であると断言しよう」

「ま、魔法なんて僕、使った覚え……」

「私を弾いたではないか。考えてみたが、おそらくそれは精霊魔法の一つ、結界だ。どのような原理かはわからないが、お前が精霊魔法を使っているのは間違いないだろう」

その紫の瞳でジッと見つめられると、それ以上何も言えなかった。その間にもアシュレイは宰相とリオンに指示を出している。

「エルチェット宰相。これは国にとっての大事である。私はしばらくしたら国王に謁見《えっけん》するから、先触れでそのことを伝えてもらいたい。その間にリオン、お前は客間の準備を。それと侍従を一人用意してくれ」

「……侍従、でございますか」

「あぁ。カナメにつける。急ぎ準備するように」

「はい。承知いたしました」

宰相もリオンもそれぞれ言われた通りに動き出す。

「ではカナメ。立てるか？」

「うあ、はい」

アシュレイから手が差し出される。どうしたらいいのか一瞬悩み、ややあってその手を掴んだ。ギュッと力を入れて握られるとそのまま引っ張り起こされるが、あまりの勢いに前につんのめってしまった。

「わっ、わ……！」

倒れるかと思ったが、枢はガッシリとしたアシュレイの体に抱きとめられた。

「えっ!? あ、あの!?」

「あぁ、すまない。倒れそうだったのでつい、な」

そう言うとアシュレイはすぐに体を離してくれた。

一瞬のことであったが、ひどく心臓が跳ね狼狽《うろた》えてしまう。

意に介していない様子のアシュレイは「こちらに」と枢に言うと、再びソファへと招く。

今度は隣ではなく、枢の正面に座った。

「いろいろな準備ができるまで、少し私と話をしよう。いまさらだが自己紹介だ。私の名前はアシュレイ・クリフォード・ネオブランジェ。この国の第二王子だ」

「お、おうじ!?」

「今いるここはネオブランジェ王国の王宮内にある私の部屋だ。精霊の森で倒れているお前を見つけ、私が連れてきた。私は王子ではあるがこの国の騎士でもある。騎士団では団長という地位にいる」

「……きしさま」

もう、何を言っていいのかわからない。確かにお金持ちだろうなとは思っていたが、まさか王族だとは。それも位の高いであろう第二王子。

最初に出会ってから今に至るまで、思い返してはサアッと顔が青ざめていく。

(どうしよう。突き飛ばしたり、手を叩いたりしちゃった……!)

枢が心の中でアワアワと慌てふためいていると、アシュレイが続けた。

「そう緊張せずともいい。これまでのお前の言動を咎《とが》めるつもりはないし、むしろもっと砕けてもらって構わない」

「そ、そんなことできません！　で、殿下に対して……」

「アシュレイでよい」

「むっ、無理です……」

「ではアッシュ、と」

「も、もっと無理、です！」

「どちらかだ。選べ」

「そ、そんなぁ」

この人は本当に、最初に出会ったあの人と同じなのだろうか？

あのときはこの人の持つ威圧感と美しさに恐れを抱いた。だが今はどうだろう？

(色んな意味でこわい……。けど、こわくない)

自分でもよくわからないけれど、名前呼びを強要されているが、白戸瑞希に感じたような不快感はなにもない。それどころかちょっとくすぐったさすら感じる。

(なんでかな？　この人の雰囲気が変わった……？)

ちら、と目線を前に向けると、やはりひたすらに美しい顔がこちらを見つめている。

あの森で見た眼光の鋭さと、圧倒されるような威圧感は今はなりを潜めていた。

ボーッと見つめているとアシュレイに問いかけられる。

「それで？　何と呼ぶか決まったか？」

「へっ!?」

「アシュレイか、アッシュか。どちらにするのだ」

「で、殿下では……？」

「駄目だ」

「う、……では、アッシュ殿下と……」

「……まぁいいだろう。今はそれで」

ふっと小さく微笑んだアシュレイに、枢の心臓がどくんと跳ねる。

すると、タイミングを見計らったかのように、扉がノックされた。

「失礼いたします。アシュレイ殿下。お部屋の用意ができました。ジュードもおります」

扉の向こうから聞こえたのは、リオンの声。聞き慣れない名前も聞こえたが、ジュードとは誰だろうか。

「二人とも入れ」

アシュレイが言うと、リオンとその後ろから小柄な少年が入ってきた。

「急だったにもかかわらずご苦労だった。それでは私は謁見《えっけん》に向かう。その間にカナメのことを頼んだ。くれぐれも丁重にもてなすように」

「かしこまりました」

リオンとその隣の少年は綺麗な礼をとる。アシュレイはリオンたちに頷き、一度柩に視線を向けてから、部屋をあとにした。

アシュレイがいなくなり、残された三人の間には微妙な空気が流れ始める。が、そこはやはりアシュレイの侍従。リオンが動いた。

「それでは神子《みこ》様。お部屋を用意いたしましたので、こちらへ」

「えっ、あ、はい……っ」

〝神子《みこ》様〟というのが一瞬、誰のことを指すのかわからず反応が遅れてしまう。

柩を一瞥するリオンの視線に冷たさを感じて瞬間的に下を向き、そのまま彼に続いた。自分の後ろにはジュードと呼ばれた少年もついてきている。

廊下に出ると辺りはしんと静まり返って、人の姿はなかった。広く長く伸びる廊下に、なんともいえない不安が胸をよぎる。

三人は無言のまま歩く。少しして大きな扉の前まで来ると、リオンは足を止めた。

「こちらが神子《みこ》様のためにご用意したお部屋になります」

リオンがそう言うと、柩の後ろにいたはずのジュードが扉を開けた。

促されるままに中に入ると、そこは先ほどまでいたアシュレイの部屋と変わらないほど豪華な造りの部屋だった。

「こ、こんな豪華な部屋……！」

「貴方様は神子《みこ》であらせられます。ここは賓客をおもてなしするための部屋でございますから、ごゆるりとおくつろぎくださいませ」

礼をとるリオンに、枢は慌てる。

「そんな！　僕に頭を下げるなんてやめてください！　僕はその……神子《みこ》なんかじゃないと思いますしっ！　きっと何かの間違いで……」

「貴方様はアシュレイ殿下の言葉が間違いだと仰《おっしゃ》るのですか？」

「で、でも！」

「殿下は、貴方様は神子《みこ》であると、精霊の力が使えると仰《おっしゃ》いました。私たちはそれを見ることができませんので、事実かどうかはわかりかねます。エルチェット宰相も貴方様から魔力は感じないと仰《おっしゃ》っておりましたし。ですが、主が貴方様をもてなせと命じたのですから、私たちはそれに応えなければなりません。――言いたいことがおわかりになりますか？」

枢は唇を噛み、グッと下を向く。

……枢は自分が受け入れられていないことはわかっていた。異世界とやらに来たことが事実だとして、こんな得体の知れない人間が〝神子《みこ》〟だと言われて、そう簡単に信じきれるものじゃないことも。

さっきの場所にいた中で精霊が見えていたのは枢だけで、それも本当に存在するのか怪しい。もしかしたら枢の妄想かもしれない。

それなのに、主に命令されたからとはいえ、こうして寝泊まりする豪奢《ごうしゃ》な部屋を用意してくれるだけありがたいと思わなければならないのだろう。

それがどんなに自分を見下した発言であっても、言外に迷惑だと言われていても。

(こんなの慣れっこだ。いつも見下されてたし。邪魔者扱いされてたし)

噛んでいた唇をゆっくりと開く。

「わかりました。お手間を取らせてすみません。お部屋、準備してくださってありがとうございます」

「わかっていただけてよかったです。こちらのジュードが神子《みこ》様のお世話をいたしますので、何かございましたらお気軽にお申しつけください」

それでは私はこれで、とリオンは一礼し、素早くその場をあとにする。

取り残された二人は、やはりなんとも言えない空気のままだ。

「あの、神子《みこ》様。とりあえず椅子にお座りになりませんか?」

「あ……、はい」

労《いたわ》るようにかけられた声に、枢はゆっくりと顔を上げる。

こちらを見つめる少年の目には、心配の色が浮かんでいた。

「どうぞ、こちらのソファに」

ジュードに言われた通り、枢はソファに腰掛ける。

「なにかお飲み物をお持ちしますね」

「あ、やっ。いいですそんな! 僕なんかに気を遣わないで……その、ジュードさん、ですか?」

「ジュードで結構です」

「そんな、呼び捨てなんて」

「侍従に敬称をつけて呼ぶ者はおりません。私は神子《みこ》様の侍従ですので、どうぞジュードと。敬語も必要ございません」

枢は少しためらったが、間を置いて声をかけた。

「じゃあ、ジュード。その、〝神子《みこ》様〟って呼ぶのやめてくれないかな？」

「なぜでしょう」

「僕はたまたま精霊が見えるだけで、魔法なんて使えない。きっと神子《みこ》っていうのもなにかの間違いだと思うんだ。それに、僕には『仲谷枢』っていうちゃんとした名前がある。呼んでくれるなら名前で呼んでほしいなって」

歳が近い雰囲気があるからだろうか。それとも、労《いたわ》るように声をかけてくれたことで少しだけ安心したのだろうか、しっかりとジュードの顔を見ながら言うことができた。

しばらくお互いに見つめ合うと、ジュードは優しく微笑んだ。

「かしこまりました。それではカナメ様と呼ばせていただきます」

「いや、様はいらない……」

「それでは、神子《みこ》様とお呼びいたしましょうか？」

「う、ぐ。カナメ様で大丈夫です……」

「ありがとうございます。それでは私はお茶の準備をしてまいります」

「へ？　僕、さっきいらないって」

「ご遠慮なさらないでください。じっくりと茶葉を選んでまいりますので、その間おくつろぎくださいませ」

「あ……」

にっこり笑顔を見せると、ジュードはそのまま出ていってしまった。

「あれって、僕に一人の時間をくれるってことだよね。ジュード、僕と変わらないように見えるのに、すごく気が利いてるっていうか」

いろいろと考える時間をくれたのだろう、ジュードの優しさに頭が下がる。それと比べて自分は、と枢は自己嫌悪《けんお》に陥りそうになる。

ソファの背もたれに背中を預けて、枢は深いため息をついた。

「なんで僕ってこんなにダメなんだろうな。人に気を遣ってもらうばっかりで、人を喜ばせることも、楽しませることもできない……」

熱いものがこぼれてしまわないように、ぎゅっと目を瞑りその上に左腕を乗せる。

「もっと僕に自信があったら違ったかな……。何か誇れるものがあったなら」

ないものねだりだとわかっているが、それでもなにかに縋《すが》りたかった。

「どうしたらいいんだろうね、精霊さん」

呼びかけると、どこからともなくキラキラと精霊が集まってくるのがわかる。枢を慰めるように頬や手のひら、つむじなどをさわさわと撫でている。

「ふふ、くすぐったい。それに、あったかいな。でもどうして僕、精霊さんが見えて、殿下の言う

『魔法』？　が使えたんだろ……」

信じられない出来事ばかりが起こったからだろうか、精霊のもたらす温もりに、次第に睡魔が襲ってくる。それほど時間もかからず、枢はソファに座ったまま眠りについた。


「ん、ぅ」

何かが触れたような気がして、ゆっくりと目を開く。うすぼんやりとする視界に輝かしい何かが見えた。

「精霊、さん？」

覚醒しきれない頭でそう考え、それに手を伸ばすと触れる前に掴まれた。

「うわ、あ⁉」

「起きたか？」

見たことのある光景だな、と思いながら、自分の手を掴むそれに目をやり、そのまま視線を左に滑らす。案の定、そこにはベッド横の椅子に腰かけるアシュレイの姿があった。

「っ、アシュレイ殿下っ⁉」

「よく眠っていたな」

「え、あれ⁉　いつからそこに？　ていうか僕、いつの間にベッドに⁉」

起きたばかりの頭はなかなか動いてくれず、枢は混乱していた。

確か自分はソファに座っていたのではなかったか。そしてそれは昼時のこと……

そう思い出して辺りを見渡すと、薄いカーテンの向こうに見える空はすでに暗くなっていた。

「う、うそ。夜……？」

「私が抱きかかえても起きないほどぐっすりと眠っていたぞ」

「だ、だっこ⁉」

枢は目を瞠《みは》り、キョロキョロしていた視線を瞬時に彼に戻す。と、そこで視線が交差した。

ビクッ、と肩を揺らすと、枢は勢いよく下を向いた。そのとき掴まれたままだった手が目に入る。

「っつ……‼」

弾かれたように、思い切りその手を振り払ってしまった。

そしてすぐに青ざめる。

「あ……！」

(そうだよ！　この人、第二王子だった！　これって思いっきりヤバいやつじゃ⁉)

自分をベッドまでわざわざ運んでくれた相手に対して、感謝も述べず、ましてや手を振り払うなど、相手が王子でなくとも失礼なことだ。

(さっき精霊さんだと思ったのだって、多分この人の髪の毛だ。もしかして、起きるまで横にいてくれたとか？)

とりとめもないことをああだこうだと内心で考えていると、その様子を見ていたアシュレイが枢に声をかけた。

「いろいろと考えているところ悪いが、夕食にしないか？　それとも腹は減っていないか？」

「え……？　あ、はい、いただきます」

（あれ？　怒って、ない？）

昼に聞いたのと同じ、思わず枢が拍子抜けするほどあっさりとした声音だった。

惚けたままの枢はアシュレイに促されるままテーブルへと連れていかれる。

「食事の準備をさせるから少し待ってくれ」

「あ、はい」

返事をすると、アシュレイの掛け声とともにジュードがワゴンを押して室内に入ってきた。それと同時に、アシュレイは枢の隣に腰を下ろす。

「……ん？」

（いや、タイミングよく食事を持ってくるのもそうなんだけど、そもそもなんでこの人は僕の隣に座るんだ？）

何が起こっているのか理解できないまま、目の前のテーブルに食事が並べられていく。

「お待ちしている間に少し冷めてしまいましたので、今から温めます」

「えっ」

どうやって、と言う前にジュードが掲げた手のひらからかすかな熱を感じる。温かいな……と枢が思っていると、眼前の料理から湯気が立ち上り始めた。

「なに今の!?」

「今のが魔法でございます」

「魔法⁉」

「はい。これは火魔法の一つです。指定した範囲を透明の膜で覆い、火魔法で発生させた熱で、中のお食事を温めています」

「なにそれすごいっ！」

摩訶不思議な現象に驚きつつ、枢はジュードをキラキラした目で見た。見上げられたジュードは、少し恥ずかしそうにしながらも、どこか誇らしそうだ。

「今のが魔法。めっちゃすごい……」

「感動しているところすまないが、せっかく温めてもらったんだ、冷める前に食べようか」

昼に自分が使ったらしい精霊魔法とは違うな、などと思っていると、苦笑混じりの声が聞こえてハッとする。

一体、何度こんなことを繰り返すのか。

(うぅ。穴があったら入りたい)

枢は心の中で頭を抱えた。

そうして二人は食事を開始した。ジュードは食べないのかと聞くと、「侍従が主人と同じ席で食事を摂るなど言語道断でございます」と笑顔で言いきられた。

仕方がないので食事に集中することにしたが、どうにも隣が気になってしまう。

「あ、あの」

「ん？　なんだ？」

「なんで隣、なんですか……？」

先ほどから思っていたことを聞いてみた。すると彼は食事の手を止めて言った。

「──隣のほうが安心するかと思って」

「え……？」

「カナメ、正面から見られるのは好きじゃないだろう？」

「っ！」

「いつも目が合うと下を向く。だから横なら目が合わないからと思って」

「そ、れは」

「隣も嫌だったか？」

「……嫌、というか。恥ずかしい、です」

「それはなぜ？」

「僕は殿下みたいにナイフとフォークは上手く使えないし、食べ方も綺麗じゃないし……」

「そんなことは誰も気にしていない。カナメの好きなように食べたらいい。昼間だって気にしていなかっただろう？」

「あのときは！　っ、僕も食べるのに一生懸命だったたっていうか」

「じゃあ今も集中したらいい……あとカナメ」

「はい」

「殿下ではなくアッシュだ」

「っ、アッシュ殿下」

「ふはっ」

アシュレイは小さく噴き出すと食事を再開した。枢も食べないわけにはいかず、釈然としないながらもナイフとフォークを動かす。

(——でも、僕のこと考えてくれてたんだ)

思い返すのは先ほどの言葉。

(正面から見られるのは好きじゃない。瑞希くんとか生徒会の人とかみんな、前に立って僕のこと詰《なじ》ってきてたから目が合うのが怖い。でも今までそんな僕のこと、誰も考えてもくれなかった)

自分が生まれ育った国の人間が、誰一人として理解も共感もしてくれなかったことを、異世界で出会ってほんの少ししか一緒にいなかった人が理解してくれるなんて、どんな奇跡だろう。

(あのとき消えたいって思った気持ちを、神様が聞いててくれたのかな？　あんな地獄みたいな場所にいるより、僕のことをちょっとでもわかってくれる人の所に連れていってあげようって)

「……やっぱりここは天国なのかも」

「ここはネオブランジェ王国だが？」

「っ、わかってます……！」

ふざけているのか真面目なのか、よくわからない態度のアシュレイに、ほんの少しだが枢は、久々に笑うことができた。

「それでは改めて。カナメ」

食後のお茶を飲みながらアシュレイが切り出した。ジュードはお茶の用意だけすると退室してしまったので、部屋には二人っきりだ。

アシュレイは見た目はリラックスしているようだが、その顔はどこか真剣だ。

「カナメには明日、国王に謁見《えっけん》してもらう」

「は、はいっ!?」

「昼間に陛下には話をしてある。そう怖がらずともよい。陛下は私の兄だ」

「お、お兄さん。や、でもそういうことじゃなくてっ！　僕そんな偉い人に会うなんて……」

「異世界から来た神子《みこ》で、精霊魔法が使える貴重な存在なのだ。国の長が自ら迎えずしてどうする」

「……そんなの、きっと何かの間違い……」

「まだ信じていないのか？」

「き、急に言われたって、そう簡単に信じられないです。それに、お昼に会った宰相さん？　も僕には魔力がないって言ってたし。ジュードが使っていた魔法ともなんか違いましたし。僕に魔法なんて使えるわけ……」

少し前に嬉しくて温かくなった心は、今ではまた萎《しぼ》んで急速に冷えていく。だんだんと下がる視線に、隣からため息が聞こえた。

ビクッと肩が震える。呆れられたと思ったが、聞こえてきた声は穏やかだった。

「なんと言おうとカナメが精霊魔法を使っているのは間違いない。ただ、いろいろなことがあって、お前もまだ混乱しているだろう。また明日訪ねるから、今日はもう休むといい」

そう言ってアシュレイは優しく枢の頭を撫でた。少し首をすくめながらも彼の大きな手のひらを大人しく受け入れる。

あっさりと手を離し部屋を出ていくその背を、枢はなんとも言えず見つめることしかできなかった。

◇◆◇

「んぅ……いいにおい」

鼻をくすぐる香ばしい匂いで目が覚めた。ぼんやりする目を擦ると、テーブルセッティングをするジュードの姿が見える。……どうやら枢は昨日、知らぬ間に寝落ちしてしまったらしい。

「……ジュード？」

「おはようございますカナメ様。よくお休みになられましたか？」

「……うん」

「ふふ、まだしっかりとお目覚めにはなってないみたいですね。ただいまお食事の準備をしておりますが、先に浴室にご案内いたしましょうか？」

「え？」

「昨日とお召し物が変わっていらっしゃいません。湯浴みされていないでしょう？」

「あ、そうだった。僕、お風呂入ってない……」

「お食事と湯浴み、どちらでもお好きなほうをお選びくださいませ」

「んー、折角だから、温かいうちにご飯をもらおうかな」

「かしこまりました。もう準備が整いますので、こちらにお座りになってお待ちください」

柔らかな笑みを浮かべたまま、ジュードが椅子を引いてくれた。

テーブルには湯気を立ててカップに注がれる紅茶や、こんがりと焼け香ばしい匂いが漂うパンが並んでいる。

元々少食で朝食は抜いていた枢だが、目の前の美味《おい》しそうな匂いに、自然と食欲が刺激された。

「お待たせいたしました。どうぞ、お召し上がりください」

「ありがとう。いただきます！」

小さく手を合わせると焼き色のついたパンに手を伸ばし、一つ取って半分に割る。外側がカリカリで中はふんわりとしている。一口かじると、バターのコクと小麦の香りが鼻に抜け、じゅわりと唾液があふれ出た。

「美味《おい》しい！」

枢は顔を綻ばせる。幸せそうに食べるその姿を見て、ジュードも嬉しそうにしていた。

「昨夜はアシュレイ殿下と何をお話になられたんですか？」

にこやかに微笑んだままジュードが話しかけてきた。枢はビクッと肩を震わせてジュードを見やった。

「っ、なんで？」

「いつ呼ばれるかと待機しておりましたが、一向にお声がかからなかったものですから。よほどお話が弾んでいるのかと」

「ずっといたの？」

「はい、おりました」

「そっか。うん、別に大したことはなにも。話はすぐに終わったし……あっ」

何もないと言いかけ、枢はそこで大事な話を思い出した。

「いかがなさいました？」

「そういえば、今日の午後、国王陛下に会うって……」

「まことでございますか？」

「う、うん。どうしよう、今まで忘れてたけど、急に緊張してきた！」

「大丈夫でございます。国王陛下はお優しい方でいらっしゃいます。よほどのことがない限り、咎《とが》められることはないはずです」

「そう、なの？　そうだといいけど」

「国王陛下に謁見《えっけん》なさるのでしたら、まずは身なりを整えましょう。食事もあらかた済んだご様子ですし、そろそろ浴室へ参りましょうか」

不安感に苛《さいな》まれながら、枢はジュードに促され、浴室へと向かった。

「待って！　一人でできるからっ！」

「いいえ！　これも侍従の務めです！　体の隅々まで磨いて差し上げますので、どうぞ！　遠慮なさらず！」

「っ……恥ずかしいから！　一人で入らせて！」

浴室に着くと、ジュードは枢の服を脱がせようとした。あまりにも恥ずかしいので枢は必死に抵抗するが、ジュードは一歩も引かない。

「貴人が侍従に湯浴みの世話をさせるのは普通のことなのですから、恥ずかしがらずともいいのです！」

「僕は普通の高校生だから！　知り合ったばっかりの人に裸なんて見せないし、風呂の世話なんてさせないからぁ！」

しばらく言い争った挙句、ようやくジュードが折れてくれた。何かわからないことがあればすぐに彼を呼ぶよう約束させられて、やっと一人で入浴を始めることができた。

枢はまず掛け湯をし、いい香りがする石鹸で全身を洗う。ジュードにお小言をもらわないようしっかり隅々まで。そうして湯船に浸かった。

最後に入浴してからそう時間は経っていないものの、なんだか久しぶりのような気がしてその気持ちよさに思わず声が出てしまう。

「あぁ〜、きもちい〜」

まるでオヤジだなと思いつつ、心ゆくまで風呂を楽しんだ。

浴室から出ると、タオルと真新しい衣類が準備されていた。広げてみると肌触りのよさそうな真っ白いシルクのシャツで、襟や袖にフリルがあしらわれている。細身の黒のスラックスは少し体のラインが出すぎないか心配になった。

用意された衣類を身につけ、ジュードのもとへと向かう。

「ねぇこれ、おかしくないかな？」

「何もおかしくはありませんよ。よくお似合いです」

「リボンタイまであるなんて……」

「国王陛下にお会いになるのですからそれくらいしなくては。これでもまだ足りないくらいです」

「そんなに着飾らなきゃダメなの？」

「今は急ぎのことでございますし、咎《とが》められはしないでしょうが、本来ならばもっと華美な服装でお出ましになることが多いですね」

「そうなんだ……」

「まずはその濡れた髪を乾かしましょう。風魔法を使いますのですぐ終わります。乾いたら香油をつけましょう」

少しばかり楽しそうなジュードにされるがまま、髪だけでなく顔にもオイルを塗りこまれ、朝からぐったりした枢だった。

午後までまだ時間があるということで、枢はジュードにこの世界について訊ねることにした。

「ここネオブランジェ王国は、エステル大陸に存在する四つの国の一つです。その昔、まだ名前もなかった時代、賢狼《けんろう》ウォルフという狼がこの土地一帯をまとめあげていました」

「狼が？」

「そうです。賢狼ウォルフは高い知性を持ち、人間の言葉を話したそうです。彼はその優れた知性と行動力、種族の違いに囚われない優しさで、辺りの人間たちを統率していました。やがて人々は彼を王に据え、一つの国を作ります。それがこのネオブランジェ王国です。ウォルフは人間の娘を妻に迎え、子を成します。それが今の王家――国王陛下やアシュレイ殿下へと繋がっているのです」

「アッシュ殿下は狼の子孫？」

「そうなりますね」

「ジュードは物知りだねぇ」

「建国神話は誰でも幼い頃に聞かされるので、皆知っているのですよ」

「へぇ～」

話しながらアシュレイの姿を思い浮かべる。狼の子孫と言われれば、なるほど理解できると思った。美しい銀色の長髪も、態度からにじみ出る凛々しさや厳格さなども、孤高の存在である狼と言われればそのようにしか見えなかった。

それからしばらく、ジュードにこの国のことをもっと聞いたり、魔法について訊ねたりした。

「ねぇ、僕〝体内魔力〟っていうのが感じられないって言われたんだけど、ジュードはわかる？」

「……そうですね。普通は誰しもが体内魔力を保有しているので、完全には無理でも、ある程度相手の魔力量を感じ取ることができます。カナメ様からは——確かに、魔力は感じられませんね」

「そっか。僕ってやっぱり魔力ないんだ。なのになんで精霊魔法が使えるって言われるんだろう……」

「うーん……」

ジュードと話しながら、ああだこうだと悩んでいると、いつの間にか昼食の時間になったらしい。すくっとジュードが立ち上がった。

「私は昼食の準備をしてまいりますので、しばらくお待ちください」

部屋を出ていくジュードを見送って、枢はソファにぽすりと寄りかかった。

ジュードからいろいろと聞いたことを頭の中で整理していると、ふいに扉がノックされた。

「はい、どうぞ」

枢が応答するとドアが開く。顔を覗かせたのはアシュレイだった。

「いきなりすまないな。いまから食事なのだろう？」

「え？　あっ、はい」

「話があるのだが、私も一緒でかまわないだろうか？」

「っは、はい、もちろん、です……」

王子からの頼みを断れるはずもない。枢は昨日の夜のことを思い出して、どんな顔をしていいかわからないまま俯《うつむ》いてしまう。

アシュレイはそれを気にした様子などなく、テーブルにつくとこちらに来るよう声をかけた。

テーブルまで来てどこに座ろうか悩み、枢は辺りを見回す。結局あれこれ悩んで、椅子を一つ挟んでアシュレイの隣に座った。

するとタイミングよくジュードが戻ってくる。彼は初めからアシュレイがいることを知っていたのか、驚いた顔も見せずに食事の用意を始めた。

「まずは腹拵えだ。話は食後にするとしよう」

「はい」

促されるまま食事を口に運ぶ。とくに会話もなく食器の音だけが響いている。そのなんともいえない空気に耐えかね、枢はしばらくしてナイフを置いた。

横を見ると、どうやらアシュレイは食べ終わったようだ。彼がこちらを向く気配がして、枢は顔を正面に向け視線を逸らした。

「待たせたな。では話をしようか」

「っ、はい！」

「ふっ、何をそんなに緊張しているんだ？」

「なんでも、ないです……」

アシュレイに笑われてしまうが、緊張しすぎてどんな顔をしていいのかわからない。

「まずは話を聞いていてほしいんだが」と前置きをして彼は話し出す。

「そろそろ国王陛下のもとへと向かわねばならない。だが、カナメ。そこには私たちと国王陛下だけではなく、他の諸大臣や役人たちもいる。その者たちが皆、お前が神子《みこ》であり精霊魔法を使えるということを、簡単に信じるわけではないというのは理解できるか？」

真面目な顔で問いかけられる。枢はそれを受け止めると頷いた。

「わかります」

「そのような者たちからは、お前をこの城に置くことや、お前を賓客として迎えていることなどに不満の声が上がるだろう。そのときお前は、昨日宰相に言われたように『神子《みこ》である証拠』を見せなければいけないだろう」

「はい」

「そこでだが……カナメはどうしたい？」

「……はい？」

何を言われるだろうかと緊張していれば、逆に質問を投げられて枢はきょとんと首を傾げた。

「どうやってその力を証明するか、と聞いているんだ」

「えっ？　えぇ!?」

「精霊魔法を使う者を呼び寄せて、カナメが力を使う瞬間を見てもらうことはできる。だが、私や陛下、それ以外の者たちにはそれが見えないから、説得力に欠ける」

「それ、は……」

誰にでもわかる形で証拠を示す必要がある、ということだ。

「あ、の。何度も言うんですが、やっぱり僕、魔法なんて使えないと思うんです……」

淡々と話を進めるアシュレイに、ここでやっと質問を投げることができた。昨日からずっと思っていることを伝える。

しかし彼はなんてことはないような表情で言った。

「まだそんなことで悩んでいるのか？　私も何度も言うしかないが、お前は間違いなく精霊魔法を使っている」

そう言いきられてしまうと、魔法についてなにも知らない枢はこれ以上意見する術《すべ》を持たない。

仕方なく枢は気持ちを切り替え、アシュレイの言う『力の証明』について考えることにした。

「……それなら、精霊魔法って、どんなことができるんですか？」

「そうだな。結界魔法、治癒魔法、浄化魔法。基本的にこの三つだ」

「結界、治癒、浄化……。だ、誰かの怪我を治す、とか」

「なるほど？　だが、そう都合よく怪我した人間がいるかな？　今は戦があるわけでもない」

「う……、じゃっ、じゃあ浄化……？」

「浄化は穢れを祓《はら》う魔法だからな、さすがに陛下の御前に穢れは持ちこめぬ」

「なら結界ですか……。でも僕、どうしたらいいのか、わかりません」

「そうだな、すまない。私が悩ませるようなことを言っているな。……では、昨日と同じようなことをするのはどうだ？」

狼狽《うろた》える枢を見かねて、アシュレイは一つ提案をした。

「昨日と同じ?」

「そうだ。カナメは無意識にだが私の手を弾いただろう？　昨日も言ったが、あれがおそらく結界魔法だ」

「あれが……」

「カナメの身を守るため精霊が結界を張ったのだろう。なら、今度はそれと同じことを意図的に行《おこな》うのだ。例えば……」

真面目な顔でその中身を話し始めたアシュレイに、枢は目を瞠《みは》る。ジュードも危ないからできればやめてほしいと止め、別の方法を探そうと言った。提案するだけして、アシュレイは枢の反応を待っている。

「あくまでも例え話だ。するもしないも、カナメ次第だ」

成功しないかもしれない、失敗したら自分の命が危ないかもしれない。それでも——と思う。

「っ、やります。アッシュ殿下には、ご迷惑をおかけするんですけど……」

「私のことは気にしなくていい。——本当に、それでいいのだな?」

「っはい。頑張ります!」

無意識とはいえ昨日一度は行ったことなのだ。何も問題はない。枢はそう自分に言い聞かせた。

「そろそろ謁見の間に向かおう」と促され、廊下へと出た。自分の隣にはアシュレイが並び、二人の後ろにリオンとジュードがついてきている。

（……なんか、後ろからの視線がちょっと）

ほんの少し後ろに視線をやると、リオンがじっとこちらを見ていた。

何も言ってはこないが、アシュレイの隣に自分が並ぶことがふさわしくないと言われている気がして、枢は顔を前に戻し唇をきゅっと噛みしめる。

隣を見ると、まっすぐに前を向いて歩いている美しい人がいる。

（確かに、僕なんかふさわしくない）

少しずつ歩く速さを落とし、アシュレイからゆっくり二歩ほど距離をとった。

なんともいえない気持ちのままひたすら歩く。目的の場所に近づいているのだろう。だんだんと人の姿が目に付き始める。

王弟であり第二王子であり、騎士団長でもあるアシュレイが歩いているのだから、人の目を引くのは仕方ない。しかし、枢にもたくさんの人の目が向けられていた。

（……この感じ）

少し前までずっと枢が置かれていた状況と同じだった。たくさんの人からの視線。

（……いやだな）

値踏みされるようなそれに、自分の価値を見誤るな、と言われているような気になってしまう。

「――着いたぞ」

その声にハッと顔を上げると、目の前には厚く大きな扉があった。その前には衛兵が立っており、アシュレイが声をかけるとすぐにそれは開けられた。

「カナメ様。私たちはここまでですので」

そう言ってジュードとリオンは頭を下げ、一歩下がる。

アシュレイに背中を押され、二人で謁見《えっけん》の間に足を踏み入れた。

途端に向けられる、先ほどよりも厳しく鋭い視線。しんと静まり返った空間で感じるそれは、肌をビリビリと痺れさせるようだった。

重苦しい空気に耐えながら進むと、玉座に座る人物が見えた。

(あ……似てる)

銀の髪が光を反射し煌《きら》めいている。こちらを静かに見つめる瞳は、空を閉じ込めたような美しいアクアマリンを思わせる青色だった。

王の足元までたどり着くと、アシュレイに倣《なら》って膝をつく。頭《こうべ》を垂れると、頭上から声が降ってきた。

「面《おもて》をあげよ」

アシュレイとは少し違う声音にゆっくりと顔を上げる。

「アシュレイ。隣の者がお前の言う神子《みこ》なのか?」

「はい」

「見たところ普通の少年にしか見えぬが? 体内魔力も感じられぬ」

「この者は精霊魔法を使うことができます。しかも精霊にとても愛されている」

「ほう? 体内魔力はないのに精霊魔法を……?」

「祈りを捧げずとも精霊が姿を現し、彼を守ろうとしておりました」

「お前は精霊を見ることはできないはずだが？　どうやってそれを証明する？」

「精霊魔法を使える者を騎士団から呼んでおります。この場への入室の許可をいただきたい」

「それは構わぬが、この場には術師長もいるのだぞ？　彼に確認してもらうだけでは足りぬのか？」

「そういうわけではありませんが、証人は多いほうがよろしいでしょう？」

枢は口を挟めるはずもなく、矢継ぎ早に交わされる会話を聞くことしかできない。

そのうちアシュレイの要求が通ったらしく、背後の扉が開いて一人の細身の男が入ってきた。

男はアシュレイが着ている服と同じものを身につけている。騎士団員と言うには華奢《きゃしゃ》な印象を覚えた。

「御前に失礼いたします。騎士団員のユリウス・カルヴェインでございます」

枢の右隣に膝をついたその人は、やはり美しかった。

（やっぱりこの国にはイケメンしかいないの？）

四方八方を美形に囲まれているこの状況に、なんとも言えず複雑な気持ちになる。

「ユリウスは騎士団の中で唯一精霊魔法が使える者です。彼にはカナメが精霊魔法を使っているかどうかを見極めてもらおうと考えております」

「……そうか。では術師長、こちらへ」

壁の両側に並んだ人の中から一人が前に出てくる。しっかりと伸ばされた背筋と、真実を見極めようとする鋭い眼光の年老いた男だった。

「それでは、今からここにいるナカタニカナメが、神子《みこ》であるかどうかの確認を行《おこな》う。カナメ、前へ」

「っ、はい」

ずっと膝をついていたから少しよろけそうになったが、なんとか踏ん張り、促されるまま玉座のほうへ歩く。そして国王に背を向ける形で振り返り、アシュレイを見た。

「今から私がカナメを斬ります」

剣を抜きながらアシュレイが言うと、謁見《えっけん》の間に集った者たちがどよめき出す。

「精霊魔法を使えるのなら結界を張ることができるはず。……ユリウス」

「はい」

「今カナメの周りに精霊はいるか？」

「……いえ。見当たりません」

アシュレイが術師長を見ると、そちらも頷いていた。

「この状態から私は彼に剣を振り下ろす。普通なら祈りを捧げなければ精霊は力を貸してはくれぬ。だがこのカナメは精霊に愛されている。一瞬のうちに精霊が現れるであろうから、ユリウスと術師長にはそれをしっかりと確認してもらいたい」

「『御意』」

それだけ言うと、アシュレイは切っ先を枢に向ける。そしてしっかりと枢と視線を合わせると、小さな声で「いくぞ」と言う。合図をするように枢が小さく頷くと、次の瞬間、剣が振り上げられた。

（っ、お願い精霊さんっ‼）

恐怖から枢は目をぎゅっと瞑った。

――それは一瞬であり、しかし数分にも感じた。

キィィイインと甲高い音が響き、周囲のざわめきが聞こえてやっと、枢は目を開くことができた。

「……精霊さん」

目の前にはたくさんの輝く小人たち。その向こうには、何かにぶつかってそれ以上振り下ろされることのなかったアシュレイの剣が見えた。それは小刻みに振動しており、決して彼が力を抜いていないことがわかる。

「剣を下げよ、アシュレイ」

「はっ」

静寂を破った国王の声に、アシュレイが剣を下ろす。それと同時に、精霊たちは枢を取り囲んだ。

「ふふ、ごめんね？　ありがとう助けてくれて」

全身に擦り寄ってくる彼らに枢はついつい笑みがこぼれる。

心配をかけてしまったのか、なかなか傍を離れようとしない精霊たちを愛おしげに見つめていると、アシュレイが枢に声をかけた。

「カナメ」

「っ、はい！」

びっくりして周りを見ると、たくさんの人がこちらに注目していた。慌てて俯《うつむ》いて小さくなる。

「ユリウス、術師長。どうだった？」

「はい。僭越《せんえつ》ながら発言させていただきます」

そう言ったユリウスの顔は、不思議なものを見たような驚きに満ちたものだった。

「アシュレイ殿下が剣を振り上げた瞬間、数え切れないほどの精霊が一瞬にして神子《みこ》様の周りに集まりました。神子《みこ》様は祈りを捧げた様子はなく、まるで精霊が神子《みこ》様を守るために現れたようにしか見えませんでした」

「なるほど。術師長の見解は？」

「ユリウス殿と同じでございます。私もこれだけの数の精霊を一度に見たのは初めてでございます。この者……いや、神子《みこ》様は精霊に愛されていると見て間違いないでしょう」

「そうか」

それだけ聞いた国王陛下は何かを思案している。アシュレイはというと、枢を心配そうに見つつ、どこか得意げな顔をしていた。

「……？」

その顔の意味がわからなくて、枢は少しだけ首を傾げた。

「――よくわかった」

少しして、よく通る声で国王陛下が言い、皆の視線がそちらを向く。

「カナメ、と言ったか？」

「え、あ、はいっ」

「そなたが精霊の寵愛《ちょうあい》を受けているのはわかった。神子《みこ》であると認めよう」

「っ！　あ、ありがとうございます！」

「この大陸に伝わる伝承では、神子《みこ》は異世界から来ると言われているが、そなたもか？」

「は……はい」

「そうか。……神子《みこ》よ。そなたがよければだが、この国のために力を貸してはくれぬだろうか」

自分がやったことは無駄ではなかったのだと安堵していると、真剣な声が投げかけられた。

「え？」

「そなたほど強い力を持つ精霊魔法の使い手は滅多にいない。そなたが力を貸してくれれば、国の結界は強く保たれるであろうし、戦で傷ついた騎士たちも、今よりもっと多くの人間が治療できることだろう。よかったら私たちネオブランジェ王国のため、その力を使ってはもらえぬか？」

国を想う、愛にあふれたその強い瞳がまっすぐに枢を射貫《いぬ》く。その真摯な眼差しに枢は眩しさを覚えた。

命をかけて己の力を証明したのだ。せっかくのそれを無駄にしたくはない。そう思って口を開く。

「……僕なんかに何ができるかわかりませんが、必要としてくれるなら精一杯、精霊さんと一緒に頑張りたいと思います」

「そうか。快く引き受けてくれて感謝する。では、この話はこれで終わりだ。皆の者は退室するように。……アシュレイと神子《みこ》はそのまま残ってくれ」

国王の声に従い臣下たちは一人、また一人と謁見《えっけん》の間から出ていく。

アシュレイと共に残された枢は、どうしたらいいのかわからないまま呆然と立ち尽くしていた。


「さて。残ってもらってすまないな」

「いいえ。なにかお話があるのでしょう？」

「そう畏《かしこ》まるな。今は私たち三人しかいないのだ」

「……そうだな。それで、兄上。どのような用事なのだ？」

まだ置いてけぼりにされている枢は、兄弟のやり取りを黙って聞いていた。

「用事ということもない。神子《みこ》……いや、カナメ」

「ひゃ、ひゃいっ！」

蚊帳《かや》の外かと思っていたが、いきなり名前を呼ばれたことにビックリしてしまう。

「くくっ、そう怯えるな。そなたに挨拶をしたかったのだ。私はこの国の王で、そこにいるアシュレイの兄のウィリアムだ。よろしく頼む」

「あ、ぅ、はいっ」

「よくぞこの国にまいられた。そなたが現れてくれたこと、心より感謝する」

「や、あのっ」

「……とまぁ堅苦しい挨拶はこれくらいにして。カナメよ、異世界から来て大変なことはないか？なにか困っていることは？」

「え？　えっと……」

「我らのために力を使ってもらうのだ。そなたが快適に過ごせるように配慮するのが我々の役目というもの。なにか必要なものなどはないのか？　体内魔力がないということは、普通の魔法は使えないのだろうし」

先ほどまでの厳粛なムードや圧倒的なオーラはどこへ行ったのか、枢の前にいる王はかなりフランクな雰囲気だ。驚くと同時に、そこでやっと肩の力を抜くことができた。

「あの、今のところは大丈夫です。魔法が使えなくても何も困ってません。侍従も付けてもらいましたし、ご飯も美味《おい》しいですし。その、アッシュ殿下もとてもよくしてくださいます」

国王との会話ということもあり、まだ緊張はしているが、それでもしっかりと自分の思いを伝えることができた。

「ふ。アッシュ殿下、な」

「……兄上」

「まだ何も言っておらんが？」

「余計なことは言わないでくれよ？」

「余計なことは、な？　お前のためになることならいくらでも口を出すさ」

「それが余計なことなのだが」

「まぁそう言うな。それよりカナメの護衛はどうするか決まっているのか？」

枢には理解できない、兄弟間のじゃれ合いのような会話が終わると、突然枢の護衛という話が出てきて、再び枢は目を瞠《みは》った。

「ご、護衛!? そ、そんなの僕っ」

「カナメの護衛は私がする。それと騎士団の副団長であるマクシミリアンと、先ほどのユリウスにも依頼してある」

「なっ、え……っ？」

「カナメ。お前は自分に護衛なんていらないと思っているだろう」

アシュレイがジトリとした目で枢を見る。それに困惑しながらも頷く。

「それはとても危険なことだ。お前は精霊の寵愛《ちょうあい》を受けている。もしお前が誘拐され、精霊がお前のもとに集《つど》ったとする。するとこの国にはどれほどの精霊が残るだろうな？」

片眉をあげながら、投げかけるように枢に言う。

「もしそれで国の結界が弱まれば他国に攻め込まれるかもしれない。それにより傷ついた者の治療ができずに戦力が削がれるかもしれない。すべては想像でしかないが、そうなる可能性もないとは言いきれないのだ。何より、お前が傷つけられるかもしれないのが私には耐えられない」

高い位置から見つめられ、その真剣な表情にドキリとする。どうしていいかわからないまま、その瞳を見ていると、コホンと咳払いが聞こえた。

「仲がいいのはよろしいが、それは部屋に戻ってからにしてくれるか？」

「兄上……」

「お前はわかっててやってるだろ？　まったく。狼のつがいに対する情というやつはすごいな」

「兄上！」

「あぁ、まだつがいじゃなかったか。ま、それは時間の問題か。とりあえず話はこれだけだ。部屋に戻るといい。あとカナメ」

「はいっ!!」

「何か困ったことがあれば遠慮なくアシュレイに言うといい。必ずお前の力になってくれるだろう」

「……はい」

慈しむように向けられたアクアマリンの瞳に、枢はそっと息を吐いた。アシュレイからの視線とはまた違ったそれに、くすぐったさを覚える。

（お兄ちゃんって、こんな感じなのかな？　とても、あったかい）

温かな気持ちを感じると同時に、元の世界にいる弟のことを不意に思い出した。彼はどうしているのか。考え込みそうになる頭を小さく横に振って、アシュレイと連れ立って謁見《えっけん》の間をあとにした。

「あの、アッシュ殿下？」

枢が与えられた部屋に入る直前。あまりの居心地の悪さに声をかけると、周囲の視線が集まり声が大きくなった。なんなら後ろを歩いているリオンも驚いている。

「んなっ!?」

「リオン」

「どういうことでございますかアシュレイ殿下？　なぜ愛称を呼ばせておいでで？」

「私が許可した」

「なっ！」

愕然といった表情のリオン。それを見て、枢はなにかとんでもないことをしてしまったのだと悟った。

「えと、あのっ、僕なにか悪いことを……」

「構わん。カナメが気にする事は何もない」

言いながらアシュレイは、枢を引きずり込むように部屋の中へ体を滑り込ませる。それに続いてリオンたちも入ってきた。

「いいえアシュレイ殿下。王族を愛称で呼ぶ者など、親類以外にあってはなりません。他の臣下たちにはどう説明するおつもりですか？」

「だから私が許可したと言っている。それに陛下の前でもカナメはそう呼んだ。とくに咎《とが》められなかったのだから、それでよいではないか」

「……それは神子《みこ》様がアシュレイ殿下の特別な存在であると考えてよろしいのですか」

淡々と答えるアシュレイに対し、リオンは押し殺したような声で問う。

「構わぬ。だからリオン。そなたもカナメへの態度には気をつけよ」

「……承知、いたしました」

どうやら決着がついたようだが、枢はそれどころではなかった。

「っあ、あの！」

枢は顔面を蒼白にしながらなんとかして言葉を発そうとする。

「僕っ、そんなふうに呼んじゃ駄目って知らなくて！　アッ……アシュレイ殿下がよいと仰《おっしゃ》ってくれたのでついっ、本当にごめんなさい！　今度から気をつけますから！」

本人に許可されたとはいえ、それは本来一般人と変わらない、なんの権力も地位も持たない枢が呼んでいいものではなかったのだ。

とんでもなく無礼なことをしたのだと理解し、必死に頭を下げた。

「カナメ。顔を上げろ」

「っ、いえ……！」

「いいから上げるのだ！」

大きな声だった。有無を言わせないその迫力に、肩を震わせながらゆっくりと顔を上げた。

きっと今の自分は、泣きそうな情けない顔をしているのだろう。そう思いながらも彼の言葉に背くことはできなかった。

「悪いが二人にしてくれるか」

「……御意」

リオンは何か言いたげな顔をしていたが、一言告げるとそのままジュードと出ていった。

「カナメ」

「……っ」

「大きな声を出して悪かった。だが聞いてほしい。さっきリオンが言ったことは本当に気にしなくてよいのだ」

「でもっ」

「でも、ではない。確かに『アッシュ』は愛称で、ごく僅かな者しか呼ぶことはない。だが、私はお前にそう呼んでほしいと思ったのだ。誰になんと言われても、私は気にはせぬ。だからお前も今までと変わらず『アッシュ』と呼んでくれ」

「ッ、なんで、ですか？　なんで僕なんかに、そんなに優しくするんですか？　そんな、特別みたいにっ」

声が、震える。自分は精霊魔法が使える神子《みこ》だから大切にされているのであって、それ以外の価値などない。そうわかっているのに勘違いしそうになる。

「初めて見たときから、お前は私の中で特別だ」

「え……？」

小さく落とされたその声に、枢は目を見開く。

「アッシュ、殿下……？」

「お前はきっと勘違いしているのだろうが、お前が神子《みこ》だから言っているのではない。ナカタニカナメという一人の人間が、私にとっては特別なのだ」

まっすぐ向けられた視線は、真剣な色を湛《たた》えて枢を射貫《いぬ》いた。

「――っ！」

言葉を発することができない。熱い眼差しを一身に受けて、胸の内から何かがせりあがってくる。熱くなる瞳が潤んで、今にも雫をこぼしそうになったとき、アシュレイがふっと小さく笑った。

「すまない。そんな顔をさせたかったわけではないし、本当は伝えるつもりはなかったのだ。……王に会って疲れたであろう？　今はゆっくり休むといい」

「あ……」

「私はもう行く。ジュードを呼び入れるからあとは彼に任せよう。いろいろすまなかったな」

そう言うとアシュレイは、枢に触れようと手を伸ばす。それに首をすくめると、彼は枢に触れる寸前で手を下ろし、そのまま部屋をあとにした。

「カナメ様。大丈夫でございますか？」

入れ替わるようにジュードが入室する。

「あ……うん」

「あの、カナメ様……」

「ごめんねジュード。今は一人にしてくれる？　晩御飯はちゃんと食べるから」

「……承知いたしました」

心配そうなジュードに無理を言って一人にしてもらう。ジュードが部屋を出ていったことを確認すると、枢はもぞもぞとベッドへ潜り込み、ネオブランジェに来てからのことを思い返した。

精霊の森から始まり、アシュレイとの出会い、国王陛下との謁見《えっけん》。……それから。

「特別って、どういう意味かな」

あの視線を思い出すと、胸が温かくなって、むず痒くて。涙が出そうだ。

「今までこんなに優しくされたことないからわかんないや」

あのとき一瞬よぎった弟のこと、それから芋づる式に思い出される家族や、学校のこと。

優しくされればされるほど、辛い記憶が蘇ってくるのはなぜだろうか――

◇◆◇

翌日。朝食を食べたあと枢はジュードと一緒に書庫へと向かった。

昨日の夕食後、ジュードとこの国のことや魔法のことについて話をした。その際書庫があることを聞いたので利用したい旨を伝えていたのだ。

すでにアシュレイに許可を取ってくれていたらしく、中に入るときに止められることはなかった。

枢はとりあえず魔法に関する本と、ジュードが教えてくれた近隣諸国との関係をまとめた書物を、いくつか借りて部屋へと戻る。

ぺらぺらと数枚ページをめくってみると、どうやら文字は問題なく読めるらしい。それにホッと胸を撫で下ろし、集中して読み進めていった。

――書物によると、この国における魔法の種類は四つだという。

火・水・風・土。それとは別に枢が使う精霊魔法があるのだとか。

誰しもが魔力を持っていて、大小の差はあれど枢のようにまったくない者はいないらしい。

通常、魔法を行使する際は、大気中に含まれる魔力を体内に取り込み、本人が持つ魔力と混ぜて放出する。体内魔力が大きければ大きいほど、大気中の魔力を取り込める量も多く、より高度で強力な魔法が繰り出せるという。

では精霊魔法はどうなのか。

精霊魔法を使うには、まず精霊に祈りを捧げるらしい。その祈りがどういうものかは人それぞれらしいが、とにかく、精霊に対して力を貸してくれるよう祈りを込める。すると、それに応えて精霊がやってくるので、彼らの魔力を取り込み、自分の魔力と混ぜて放出するのだそうだ。

普通の魔法と違うところは、体内魔力の量の違いでは力の差が出ないことだ。

精霊は神聖で純心。子供のように気まぐれで無邪気である。そのためどれだけ熱心に祈ったとしても、それに応えるかどうかは精霊次第なのだ。どんなに強大な魔力を秘めていようと、精霊のお眼鏡にかなわなければ、彼らは力を貸してはくれないということだ。

「でもこの理論でいくと、やっぱり魔力のない僕が精霊魔法を使えてるのはおかしいんじゃない？」

いくら精霊から愛され力を借りることができるとしても、それを変換する魔力が枢の体内になければ、魔法を放出する術《すべ》がないはずなのだ。

ではなぜ魔法が使えるのか？

「そこがカナメ様が神子《みこ》と呼ばれる所以《ゆえん》なのでは？」

「どういうこと？」

「魔力がなくとも魔法が使える。それはこの国の者には不可能なことです。けれどカナメ様にはできる。それは異世界からお出《い》でになられた貴方だから、ということではないでしょうか」

「なる、ほど？」

納得できるようなできないような。枢はよくわからなくなって曖昧《あいまい》に返事をした。

その後も黙々と読み進めていき、わからないことはジュードに訊ね、その都度教えてもらった。余談として教えてくれたが、アシュレイの体内魔力量は、ネオブランジェ随一だという。

魔法の本を読み終わると、昼食を挟み、国際情勢などの話がまとめられた書物に手をつける。しかし、こちらは色んな国名が出てくる上に、何年に戦争が起きただの、その戦争を終結させた英雄が国王の娘と結婚しただのと、あまりにも膨大な情報がまとめられており、枢の頭には半分も入ってくることはなかった。

「うぅー、難しいな」

「まぁ、こちらに関してはカナメ様が覚える必要はあまりないかと思われます」

「そうだよねー。この国を出ていくとかなら必要かもだけど、今はそんな予定ないし」

「今は、ということは、いつか出ていかれるのですか？」

「えっ⁉　そ、そんなことない！　出ていかないよ！」

眉尻を下げて訊ねるジュードに、慌てて否定する。彼も本気だったわけではなく、枢のあまりの慌てっぷりに少し笑っていた。

こうして一日が終わった。この日、アシュレイは一度も部屋に姿を現さなかった。それがどことなく寂しくもあり、ホッとしたのも確かだった。

それから枢は毎日魔法について勉強をし始めた。

自身に魔力がないため、通常の魔法を使うことはできない。だから、唯一使うことができる精霊魔法について、もっと理解を深めようと思ったのだ。

精霊魔法に関して詳しく書かれた本を読むだけで一日が終わったり、護衛のユリウスに教えてもらったりもした。この数日でユリウスとは随分仲良くなったと思う。

「カナメ様は本当に精霊に愛されていらっしゃる」

浄化の魔法を練習していると、そうユリウスが呟いた。

「え？」

「おそらくカナメ様が使っているものは、体内魔力が介入しない、純然たる精霊の魔力でしょう。それゆえ、結界の強度や浄化の力などは他の精霊魔法の使い手とは桁違いに強いのだろうと思いますよ。おまけに貴方のもとにはすぐにたくさんの精霊が集まってくる。これほど精霊に愛されている方は見たことがない」

そう優しそうな表情で言う彼につられて、枢は目の前の精霊を見る。

キラキラ輝きながら、戯《たわむ》れるように髪や頬を撫でて飛んでいる彼らは、とても楽しそうに見える。

彼らに愛されているのかはわからないが、枢は彼らのことが大好きだった。

それからもいろいろな練習は続く。ときどきアシュレイが覗きに来ては意味もなく枢の頭を撫でようとしたり、それをリオンがキツイ顔で睨《にら》んできたり。毎日が慌ただしかった。

◇◆◇

「精霊塔？」

そんなある日。枢が久しぶりにアシュレイと一緒に昼食を摂っていると、アシュレイから「精霊塔に行ってみないか」と誘われた。

「そうだ。その名の通り、精霊塔は精霊魔法を使う術師たちが集う場所だ。カナメも会ったことがあるヘルベール術師長がいるな」

「術師長……？　あ、あのときの」

「そうだ。あそこならもっと精霊魔法のことを学べるし、カナメの力がどれほどなのか確認もできるだろう」

「なるほど……僕、行ってみたいです！」

近頃の枢は以前に比べ前向きになっていた。元の世界にいたときとは違い、素直に自分の考えを口に出せるようになったからだろうか。

アシュレイとの会話にも随分慣れた。まだ多少のぎこちなさは残るし、触られそうになればビクついてしまう。それでもちゃんと目を見て、慌てずに話せるようになってきた。いまだにあのとき聞いた『特別』の意味は聞けないままだが。

「それはよかった。では明日の昼食後に行くとしよう。食事は別になってしまうが、食べ終わったらマクシミリアンたちが案内してくれるから、王宮の入り口で落ち合おう」

「わかりました」

「では、午後の練習も頑張るのだぞ」

そう言って優しく微笑むと、大きな手が枢の頭を撫でる。一瞬肩が跳ねたがそれには構わず、そのまますするりと頬まで滑らされた。アシュレイは頬の丸みを親指で何度か撫でるとゆっくりと離れていく。

部屋から出ていく背中を見ながら『特別』の意味を、こうしてときたま触れてくる手のひらの理由を考える。次第に輪郭がはっきりしそうなそれに、枢はまだ蓋をしていたくて小さく吐息をこぼした。


次の日。部屋で昼食を摂ったあと、護衛の二人に連れられて王宮の入り口へとたどり着いた。

ここに着くまでに見た景色は新鮮で、ついついあちこちに視線をめぐらせ、その度見知らぬ人からの視線にびくつくこととなった。

それというのも、枢はこの世界に来てからほとんどを与えられた部屋で過ごすか、本を選ぶために書庫に行くかという、とても限られた行動範囲でしか生活していなかったからだ。

それ以外で枢が知っている場所といえば、最初に目を覚ました精霊の森とアシュレイの部屋、図書室や謁見《えっけん》の間くらいだった。

普段よりも長い距離を歩いてやっと着いた入り口では、外に視線を向けたまま背筋をピンと伸ばして立っているアシュレイが待っていた。

枢が来たことに気づいたアシュレイはこちらを振り向くと、その切れ長の目をふっと緩め、目尻に柔らかな皺を刻む。

(あ……)

その表情になんともいえず胸が弾む。甘やかな痺れが胸から全身に広がるのを感じていると、アシュレイが枢の傍までやってきた。

「それでは行こうか。精霊塔までは少し距離があるからな、馬車を使って移動する」

アシュレイに背を押されるようにして、停められていた馬車へ乗り込む。中は意外と広く、向かい合うように備えられた座席には四人ほど座れるようだった。

奥に詰めて座ると、前の座席が空いているのに、なぜかアシュレイは隣に腰かける。広めの座席とはいえ、男子高校生である枢と、それより幾分も体格のいいアシュレイが並んで座れば必然的に二人の距離は近くなるわけで。

「あっ、あの……！　ユリウスさんとマクシミリアンさんはっ⁉」

「彼らは護衛だからな。馬に乗って外からついてきている」

「そ、そうなんですね……。えと、ならッ、狭いでしょうし、僕向こうに行きますよ⁉」

「構わぬ。隣に座っていてくれ。それとも、私が隣にいては迷惑か？」

腰を浮かせようとした枢の腕を掴んでそう言うアシュレイは、悪戯っぽく微笑んでいる。

「そんなこと、ないです……」

からかわれていると知りつつ、拒むことができない。座席に座り直すと、アシュレイの視線から逃げるように、枢は外の景色へと視線を向けた。

しばらく馬車の中に沈黙が落ちる。いつの間にか手を離された腕が寒く感じるがそれも束の間。外からかけられた声に、精霊塔に到着したのだとわかった。

アシュレイにエスコートされるように馬車から降りると、目の前にそびえ立つ大きな建物に目を瞠《みは》った。

「大きい……」

「お前が出てきた王宮はここよりもっと大きいんだがな？」

「……そういえばそうですよね」

王宮の中で生活しているからか、そこがどんな場所か、どれだけ大きく豪奢《ごうしゃ》なのかなど、枢は頭から抜け落ちていた。

アシュレイに案内されて扉の前まで来ると、そこにはいつぞやの謁見《えっけん》の間で見た男性と、その横に彼より幾分若い男が立っていた。

「ようこそおいでくださいました」

「わざわざ出迎えてもらってすまない、ヘルベール術師長」

「いいえ。アシュレイ殿下直々のお出ましですから、当然のことでございます」

「まぁ、今回は私と言うよりカナメにここを案内するのが目的なのだがな」

「それはもちろん承知しております。神子《みこ》様も、ようこそおいでくださいました。私は以前もお会いしました、精霊塔術師長のヘルベール・ルグランと申します。隣にいるのは副術師長のエドガーです」

「エドガー・シュトッツと申します。よろしくお願いいたします」

「あっ……！　はい！　えっと、仲谷枢です！　よろしくお願いしますっ！」

枢はあたふたとしてから、同じように頭を下げた。

「入り口で立ち話もなんです。中へ入りましょうか」

ヘルベールの声に促され、一同は精霊塔内へと足を踏み入れた。

中の空気は澄んでいて、非常に心地よさを感じる。真っ白だけれど無機質さはなく、どこか温かみを感じる場所だった。

「なんだか……居心地のいいところですね」

「ほう？　神子《みこ》様にはおわかりになりますか」

「……はい？」

「ここは精霊が心地よいと感じるように造られています。穢れを嫌う精霊のために、清廉さを象徴する白を基調とした部屋にし、毎日掃除を怠らず朝昼晩と精霊への祈りを絶やさない。そうすることで精霊たちによりたくさんの力を貸していただこうという我々の努力ですな。精霊に愛されている貴方がそう仰《おっしゃ》るなら、精霊たちも心地よいと感じてくださっているんでしょう」

「……そうなんですね。なんだかとても安心するような、そんな感じがします。きっと、精霊さんたちもそう思ってると思います」

今は姿を見せていない精霊たちだが、枢はそう確信していた。

それから精霊塔の中をいろいろと見て、ここで働く者たちの居住スペースや、精霊魔法を勉強するための部屋など、様々な場所を見せてもらった。

「精霊魔法を勉強するところがあるんですね」

「強い精霊魔法が使える者はそう多くはありません。祈りの方法や浄化の方法、結界の張り方などを教え、素質のある者をどんどんと育てなければ、国の結界などを長く維持することが大変になりますゆえ」

「……あの、僕もここで教えてもらうことはできないでしょうか？」

国のことを考えているとわかるヘルベールの表情に、枢は思い切ってそう口にしていた。

「僕はもっと精霊魔法について勉強したいんです。上手く使いこなせればこの国の役に立てますし、それが僕の役目だと思うので。なので術師長様、僕もここで学ばせてもらえませんか？」

「……殿下はいかがですか？」

まっすぐヘルベールに伝えると、彼はその視線を受け止め、そのまま枢の傍らに立つアシュレイへと訊ねる。

「まぁ、私もそれがいいとは思っていたからな。ヘルベール術師長から教えてもらえれば、頼もしいことこの上ないが」

「ほほほ！　この老いぼれにそのようなこと」

「ダメ、ですか……？」

「まさか！　精霊の愛し子を私自ら教えて差し上げられるなど、それほど名誉なこともありますまい。こちらこそ何卒よろしくお願い申し上げます」

「っはい……！　よろしくお願いします！」

自分のため、この人たちのため、そして、この国のため。

この場所で精霊魔法についてもっともっと勉強しようと枢は強く思った。

「――では神子《みこ》様。早速ですがやってみてほしいことがございます」

「……はい？」

「こちらに来ていただけますかな？」

そう言って誘導された場所には、大きな水晶玉のようなものが鎮座していた。その周りには何人もの人がいてこちらに注目している。

「あの、えと。これは？」

「これは〝魔法具〟と呼ばれるものです」

「魔法具？」

「魔法をより効率的に使うための道具、といったものですな。これはこの国の結界を司《つかさど》るとても大切なものです」

「国の……」

「この魔法具に魔力を流すと、国の要所に置かれた魔法具と共鳴して結界を張ることができます。

今はすでに結界が張られた状態ですので、ここにいる者たちは交代でこの魔法具に魔力を流し、結界の強化を行《おこな》っているのです」

「は、はあ」

「そこで今から神子《みこ》様にもそれをやっていただきたい」

ヘルベールはにっこりと微笑む。枢はたっぷりと時間をかけてそれを咀嚼《そしゃく》し、それから口を開いた。

「……え？」

「魔法具に魔力を流して、結界の強化をしていただきたいと申しておるのです」

「えっ？　そんな急にですか⁉　やり方もわからないし、それに僕、魔力ないですっ」

「それは十分承知しております。そこのユリウスにも言われたかもしれませんが、おそらく神子《みこ》様の使われる精霊魔法は、神子《みこ》様が使用しているわけではなく、精霊自らが行使していると考えてよろしいでしょう。貴方を護りたい、助けたいと思う精霊たちが自ら魔力を使っている。それ以外に魔力のない神子《みこ》様が精霊魔法を使えている理由は考えられないのです」

「……あの子たちが、僕のために」

「まぁ、あくまで想像でしかないのですがな。それはそれとして。神子《みこ》様に精霊を呼んでいただき、彼らの力を魔法具に流していただきたいのです」

「あ、そういう……」

「そうです。今まで精霊の純粋な魔力を流したことはないのでどうなるかわかりませんが、きっと悪いようにはならないでしょう。お願いしてもよろしいかな？」

優しく微笑むヘルベールに小さく頷くと、枢は精霊たちに呼びかけた。

「精霊さんたち、僕のところに集まって」

言うや否や、枢の周りには十匹ほどの精霊が集まってきた。

その場にいたヘルベールやユリウス以外の術師たちは、一様に驚いた表情を浮かべた。

「あのね精霊さんたち。お願いがあるんだけど、この丸い玉に魔力を注いでくれないかな？」

そう頼むと、ふわふわと飛び回っていた精霊たちの動きがピタッと止まった。そして皆キョトリとした顔で枢を見ている。

「えと、ダメ……かな？　結界を強くするんだって。だから僕に力を貸してほしいんだけど」

いくら精霊に愛されていると周りが言っても、彼らはそもそも気まぐれなのだ。自分本意の願いなどそう簡単に聞いてはくれないだろう。

——そう思ったのだが。

キラキラと輝いている精霊たちは、はしゃいでいるかのようにくるくる踊り出すと、魔法具を囲むように輪になった。そして枢のほうに顔を向ける。

枢が一歩近づき魔法具の上に手を翳《かざ》すと、彼らはそれを待っていたかのように、より強い輝きを放った。

その瞬間、辺りが真っ白になるほどの閃光が、室内すべてを埋めつくす。

あまりの眩しさにその場にいた誰もが目を瞑る。そしてしばらくして目を開くと……先ほどとは特段変化がなかった。

枢は精霊たちに目を落とす。彼らはまるで褒めて！　と言わんばかりに枢の周りを飛んでいる。

「あの、結界はどうでしょうか……？　強化、されてるんですかね？」

精霊の様子を見た枢が訊ねると、ヘルベールがハッとして意識を取り戻した。

「そ、そうでございました。すぐに確認いたします」

そう言うと今いる場所より奥、少し広くなっている祭壇のような所があり、彼はそこに駆け寄っていく。枢たちもそのあとに続くと、そこには鏡のようなものがあった。

「これは？」

「これも魔法具です。結界に損傷や綻びがないか確認するためのものですが、これで……見えた！」

覗き込むと空と森が一面に映っている。しかしよく見ると全体がキラキラと黄金色に輝いているのが見て取れた。

「これはすごい！」

「本当だ！　結界全体に精霊の魔力が満ちている」

枢はそれがどれほどすごいのか、普段の結界の状態も知らないからよくわからずにいたけれど、驚いた様子のヘルベールやユリウスを見て、あれでよかったんだなと、ひとまず安心することができた。

その後、枢は周囲をクルクルと回る精霊たちにお礼を伝えた。彼らはとても嬉しそうに飛び跳ねると、ふっといなくなってしまった。

きっと精霊の森へと帰ったのだろう。見えなくなった彼らに小さく手を振っていると、ヘルベールが枢に声をかけた。

「いやはやとても素晴らしい！　これほどまでとは思いませんでした」

「やはりカナメ様は精霊に愛されていらっしゃいますね」

ヘルベールとユリウスが顔を綻ばせながら枢を褒めたたえた。周りを見ると、こちらに声をかけたそうな術師たちが、チラチラと視線をなげかけている。

「え、やっ！　そんな!!」

「謙遜なさらずともよいですぞ。これほど強力な精霊魔法を使える者は国中探してもそうはおりませぬ。どうですかな？　神子《みこ》様。これからも数日おきとは言わずとも、月に一度でもよいですから、今回と同じように我々に力を貸してはくれませぬかな？」

ヘルベールは期待を込めた眼差しでそう告げる。それは、いつかの日に枢に力を貸してくれるよう求めてきた、国王のそれに似ていた。

「――ここに、精霊魔法を教わりに来ますし、僕にできることなら」

「引き受けてくださるのですね？」

「僕は力は持たないので、精霊さんたちにお願いするだけなんですけど……」

「もちろん。それで構いませぬ。神子《みこ》様、これからもよろしくお願いしますぞ」

ニコニコと好々爺《こうこうや》然とした笑みを浮かべるヘルベール。それと一緒に微笑んでいるユリウスを見ると、枢もなんだか嬉しくなった。

それからしばらくは、また建物内を見て回ったり、精霊魔法についての質問などをして、ヘルベールやユリウスとともに過ごした。

「ではそろそろ城に戻る」

「はい。この度は我々にとっても貴重な体験をさせていただきました。殿下、神子《みこ》様。お越しいただきありがとうございました」

「こちらこそ、ありがとうございました！」

挨拶を交した枢とアシュレイは馬車に乗り込み、精霊塔を離れた。行きと同じくアシュレイは隣に座ってくる。

「どうだった？」

「たくさん人がいて、みんなそれぞれ精霊魔法について学んでいたり、この国のために頑張っていてすごいと思いました」

「私はお前もすごいと思うがな」

「……僕は、何もしてません」

「そんなことはない」

「僕の魔力で精霊魔法を使ってるわけじゃない。全部精霊さんたちの力です」

「お前でなければ精霊はあれほどの力を貸さなかったと思うぞ？　力を使ってやりたいと、そう思わせることが、お前の力なのではないか？」

穏やかに紡がれるその言葉に、ぐっと胸が詰まる。

いくら褒めてもらおうと、自分の力など何もなく人に、精霊に頼るしかない己の不甲斐なさに、枢自身はやるせなさも感じていた。

それをこの人は……

（こんな情けない僕でも、認めてくれるんだ）

――好きだ、と思った。

こんなに優しい言葉をかけられて、大事だと眼差しで告げて、枢の心を暖かく包んでくれる。そんな風にされたら、今まで誤魔化して蓋をしていたものがあふれてしまっても仕方がない。

（こんなに大切にしてもらったことがないから、これが依存なのか、恋愛感情なのかはわからない。それでも僕は、この人が好き）

「……少し、疲れたので、寄りかかってもいいですか……？」

「どうした？　具合が悪いのか？」

「いえ、そういうわけじゃないんですけど……」

「遠慮せずに寄りかかるといい」

そう言うと、アシュレイは枢の肩を抱いて自分のほうに凭《もた》れさせる。

枢は受け入れてくれたアシュレイの優しさに甘え、そのまま目を閉じた。

（殿下に不釣り合いなことはわかってるし、どうにかなれるなんて思ってない。それでも今だけはこの人を独り占めさせてほしい……）

王宮に着くまでの間、枢はアシュレイの温もりに身を委ねていた。

それから、枢は特に今までと変わることなく日々を過ごしていた。連日魔法の勉強のため精霊塔を訪れているが、アシュレイは忙しいのかあれ以来同行することはない。ジュードと護衛の二人に付き添われて塔を訪問していた。

それ以外は相も変わらずあてがわれた部屋と書庫の往復のみ。他の誰かに呼ばれることも、会うこともない。

(アッシュ殿下との恋が叶うことなんてないんだ。今のうちに忘れる努力をしなきゃ……)

一人で昼食を摂りながらそう自分に言い聞かせる。

(僕のことを大切に扱ってくれるだけで十分。向こうにいた頃より何倍も幸せだ。だから僕にできることをして、この国の役に立たなきゃ)

最後の一口を飲み込むと同時に、そう決意を新たにする。

手を合わせて小さくご馳走様をすると、精霊塔へ行く準備をし始める。準備と言っても身だしなみを整えるくらいの簡単なものだが。

席を立っていそいそと動き出そうとすると、ドアがノックされた。

「はい、どうぞ」

来客の予定などなかったので不思議そうに枢が応えると、アシュレイが姿を現した。

思わぬ人の来訪に、枢は驚いて声を上げた。

「っ、アッシュ殿下!?」

「あぁすまない。今から精霊塔に出かけるところだったか？」

「は、はい。でもまだ時間はあるので、大丈夫です……」

「そうか。いや、そんなに時間は取らせないからここで済ませてしまおう。カナメ。明日の夜は予定を空けておいてくれないか？」

出入り口に立ったまままそう訊ねられる。

「明日、ですか？」

「そうだ。明日の夜は星祭りが行《おこな》われる。街にはたくさんの露店が出て、最後には街の中心の広場で大きな焚き火を囲み、星を見るんだ」

「わぁ！　とても素敵なお祭りですね！」

「そうだろう？　だから枢も参加しないか？　いつも城や精霊塔を往復するだけでは退屈だろう。私も騎士団として見回りをするから街にはいる。団員と交代で休憩をとったら一緒に露店を回りたいと思っているのだが、どうだ？」

ふっと表情を緩めてこちらを見つめる瞳にドキリとする。

（ッ、こんなタイミングなんて、ズルい）

自分の心を誤魔化そうとしているのに、そうする隙を与えないとでも言うように、枢の心に入り込んでは掻き乱してゆく。

「カナメ？　もしかしてもう、なにか予定が入っていたのか？」

「いえ、予定はなにも……」

「ならどうした？　浮かない顔をしているが。……私と一緒が嫌か？」

「そんなことないですっ！」

大きな声でアシュレイの言葉を遮る。これにはアシュレイも控えていた三人も、そして枢自身も驚く。

「……カナメ？」

「あのっ、ホントになんでもないんです！　その、アッシュ殿下が嫌……とか、そんなことも思ってないです！」

きゅっと唇を噛んで下を向く。

自分を思いやってくれるアシュレイの気持ちが嬉しい。だが同時に辛くもあった。浅ましくも彼の好意に甘えてしまいそうになる。自分たちが結ばれることなんてないのに。

「カナメ」

「っ……」

「私はお前が何を考えているかはわからぬ。ただ、これだけ聞いていいか？」

「なん、ですか？」

「星祭り、カナメは行きたいか？」

「っ、行って……みたい、です」

「…そうか」

絞り出すような精一杯の声を聞いて、アシュレイはホッとしたように息を吐いた。

「それならぜひ祭りには参加してくれ。私は見回りがあるからな。お前たちに合流できるかはわからぬが、もし嫌でなかったら、私と一緒に回ってくれ。いや……私が一緒に回ってほしいのだ」

優しく微笑まれては、これ以上拒否することなどできない。枢は大きく深呼吸したあとに答えた。

「わかり、ました」

「ありがとう。それでは私はこれで。手間を取らせて悪かったな」

そう言うとクシャリと枢の頭を撫でて出ていく。

(あんな言い方、断れるわけない。どんなに諦めようと思っても無理だよ……。だってこんなに好きだって思っちゃう)

枢はツキンと痛む胸を手で押さえて一つ息を吐くと、ノロノロと出かける準備を再開するのだった。


翌日。入浴も済ませて温かい格好をしてアシュレイを待った。今のネオブランジェの季節は日本でいう秋である。

このネオブランジェは日本と同じく四季がある。春夏秋冬に当たるのが、花の月・水の月・星の月・雪の月。花の月は三～五月、水の月は六～八月といったように三月毎に分かれている。それぞれ二の月……四、七、十、一月に該当する月の十五日には、それぞれの月の名前を冠した祭りが行《おこな》われる。

昼にジュードが教えてくれた。

今日は星の二の月の十五日。昼は快晴で、日も落ちた今は冷たく澄んだ空気が薄紫の空を満たしていた。

(もう、星が見えてる。キレイ……)

客間の窓から見える空には綺羅星《きらぼし》が瞬いている。窓辺に近寄って空を見上げているとノックの音が部屋に響いた。

「はい」

「失礼します」

入ってきたのはリオンだった。

「リオンさん」

「アシュレイ殿下からの頼みですので、本日は私も同行いたします」

「あ……、そうなんですね。はい、よろしくお願いします」

いまだリオンの態度は冷たいが、枢はもうあまり気にしてはいなかった。きっとそれは主であるアシュレイのためを思ってのことだろうと考えていたし、元の世界で置かれていた状況より可愛いものだと思えたからだ。

リオンに促されるまま、ジュードと共に馬車へと乗り込む。護衛の二人はいつもと同じく馬でついてくる。しばらく走ると街に入る手前まで来たので、一同はそこで降りて、歩いて街に入った。

「はいいらっしゃい!! ほろほろに煮た鳥の煮物があるよ! 味が染みて美味《おい》しいから食べていきなよ!」

「工芸品のアクセサリーだよ！　今ならお安くしとくよ！」

「あらあんたいい男だね！　どうだい一杯呑んでかないかい？」

そこかしこから賑やかな声がする。ひしめき合う楽しげな人々に、食欲をそそるかぐわしい匂い。

夜の訪れを邪魔しない、けれど煌《きら》びやかさを演出しているランタンの明かりなど、この世界に来て初めて感じる賑わいに枢は目をキラキラと輝かせた。

「わぁ！」

近頃忘れていたわくわくとする気持ちが湧いてくる。

あの店はなんだろう？　この食べ物は？　といろいろなものに視線を奪われる。それを隣で見ていたジュードは嬉しそうに微笑んでいる。

「カナメ様、時間はたっぷりありますからね。ゆっくり見て回りましょう」

「うん！　そうだね！」

護衛についてくれている二人も、微笑ましく枢を見ている。けれどもそれを気にとめる間もなく、枢ははしゃいだように露店を見て回った。

枢は黒髪黒目で、その姿はこの国ではほとんどいない。そのため今はフード付きのマントを羽織っている。変装とまではいかないが、人目を忍ぶようにしていた。

（誰も僕のこと知らないだろうし、こんな格好しなくてもいいと思うんだけど……）

りんご飴に似た物を齧《かじ》りながらぼんやり考える。

しかし、今日の昼間にジュードにそう提案したところ、真面目な顔で一蹴された。

「いいですかカナメ様。珍しい髪や目の色をしていると、それだけで人攫いに目をつけられます。一人になろうものならすぐに攫われて、特異な趣味をお持ちの貴族や奴隷商人などに売られることになりますよ？」

しかも本気のトーンでの脅し。さすがにそれは笑えないので、大人しく渡されたマントを羽織っているのだ。

とりとめもないことを考えながら、美味《おい》しそうなものがあったらとりあえず買って食べる。ジュードたちにも食べるよう勧めるも、仕事中だと断られてしまった。

（楽しいけど、寂しいっていうか……。皆で一緒に食べたりしたいなぁ）

心の虚しさを誤魔化しながら、今はこの楽しげな空間をめいっぱい満喫しようと思い直す。

再びいろいろな露店を見て回っていると、ある店の軒先に目が留まった。

（あ、これ……）

そこは天然石を加工した物を扱う店のようだった。

その店先に並べられた装飾品の中の一つに目を奪われる。それは手のひらに収まるほどの小さな紫の石が付いたストラップだった。

「おや？　お客さんこの石が気になるのかい？」

店主らしき老婆に声をかけられた。その人は、シワだらけの目元を優しく緩めながら話し出す。

「いい目を持ってるねぇ。それは魔除けの石だよ。紫水晶を加工してるんだ。肌身離さず持つときっとアンタを守ってくれる。どうだい？　少し値は張るかもしれないが買っていくかい？」

優しくランタンの明かりを照り返しきらめく紫色のそれは、想い人であるアシュレイの瞳を思い出させた。

（これくらいなら……持ってても許されるよね……？）

大事に包み込むように商品を手に取ると店主に代金を渡す。そして購入したばかりのそれを落とさないよう、胸元のポケットにしまった。

そして自分が動き出すのを待っているジュードたちのほうへ向かおうとしたとき、足元に何かが触れた。

「ん……？」

視線を下に向けると、汚れた白い犬が枢の足に体を擦り付けているところだった。

「わ！　可愛いわんこだ！」

店先だと邪魔になるだろうと、その犬を抱きあげようとしたとき、離れた場所から怒声が聞こえた。

その声に驚いたのか、犬は人混みを縫って駆け出す。その後ろ姿を見ると片足を引き摺っているようだ。

「あの子怪我してる？　っ、待って！」

慌てて追いかけようとするが、自分は一人で来ているのではないと思い出し、ジュードたちを振り返る。しかし先ほどの怒声の原因——酔っぱらい同士の喧嘩のようだが、そちらに周囲の人も枢の付き添いの彼らも注目しているようだった。

（どうしよう……）

とりあえず声をかけねばと思い、彼らのほうへ一歩踏み出そうとしたが、野次馬が集まってきていて行く手を阻まれる。そうしているうちに人の流れに呑み込まれ、どんどんとジュードたちとの距離が開いてしまった。

（人が多くて近づけないっ！）

一人でワタワタしている間にすっかりと離されてしまい、はぐれたときの連絡手段もないこの状況に、どうしようもなくなってしまった。枢は仕方なく先ほどの犬を探すことにする。

「……きっと大丈夫だよね？　僕がいないって気づいたら探してくれるだろうし。あとで怒られるかもだけど、今はあのわんこが心配だもん」

気持ちを切り替えた枢は、人の波を縫いながら犬を探す。露店と露店の隙間や人気《ひとけ》のなさそうな路地など。しばらく探していると、人もまばらになった街の入り口近くの路地から犬のか細い鳴き声が聞こえてきた。

「あ！　もしかしてあそこに……？」

駆け寄ると、そこには蹲《うずくま》り震える犬がいた。

「よかった！　こんな所にいたんだね。大丈夫？　怖くないよ」

優しく声をかけながら犬に近づく。ビクリと震えた犬は駆け出そうとするも、右足を怪我しているのかひょこひょことした走りしかできず、すぐに捕まえることができた。

「よしよし。大丈夫、怖くないよ。今怪我を治してあげるからね？　……精霊さん、お願いしてもいいかな？」

宥めるように犬を撫でながら精霊を呼ぶ。すると薄暗い闇を照らすように三匹の精霊が現れた。

「ありがとう来てくれて。この子の怪我を治してほしいんだけど、大丈夫かな？」

そのうちの一匹を片手に乗せてそう声をかけると、大丈夫だというように笑みを浮かべ飛び上がる。そして他の精霊と共に犬の傍をくるくると回り出した。彼らの体からこぼれ落ちた鱗粉のような光が犬の体を包み込む。

「終わった……？　治ったのかな？」

抱き抱えるようにしていた犬の足を見ると、傷跡は綺麗になくなっていた。

「治ってる！　ありがとう精霊さん！」

笑顔でお礼を言うと嬉しそうに跳ねる精霊たち。腕の中で大人しくしている犬も彼らの姿が見えているのか、しっぽを振りながら目で追っているようだ。

「さて。元気になったことだし、君もどこか行く所があるんだろうね？　もう怪我しないように気をつけて行くんだよ？」

抱きしめたままの腕を解くと、犬は数歩歩いてこちらを振り返る。クゥンと甘えるように鳴いたその声に、もっと可愛がってやりたい気持ちが湧くが、背後から聞こえた声に驚いて、それどころではなくなってしまった。

「こんな所でなにしてるんだぁ～？　ヒック」

振り返ると、路地の入り口からこちらに歩いてくる人が見えた。それはどうやら酔っ払った男のようで足取りはおぼつかない。ハッとして背後を見るが、どうやら犬も驚いてどこかへ行ってしまったらしい。

「物乞いかぁ？　ちょうどいいや、っおい。お姉ちゃん、酌でもしてくれや……なぁ？　ヒック」

近づいてくる男の目は据わっている。嫌な感じがして枢は立ち上がり駆け出そうとした。しかし少しの間同じ体勢のままでいたからだろうか、足がもつれて転《こ》けそうになる。

「ぅ、わ……！」

「っと！　へへっ何だよ、逃げるこたぁないだろぉ？　俺の相手してくれたっていいじゃねぇか」

地面に倒れるより前に手を掴まれた。そのままグイと引っ張られ背後から抱きすくめられる。肩口から頬を撫でる酒臭い息に、枢は思わず顔を顰《しか》めた。

「っ、離してください！」

「なんだよ、暴れるんじゃねぇよっ……！」

「嫌……っ、勘違いしてるけど、僕は男ですっ！　貴方の相手なんてできません……!!」

「いってぇ!!」

ゾワゾワと不快感が込み上げ、この男から離れたくてがむしゃらに暴れる。そうしているうちに枢の右手が男の顔に当たったらしく、力の緩んだ隙に距離を取った。

男が顔を手で覆って呻いている今のうちに、路地の奥へ逃げようと走り出す。が、それより一瞬早く男の手が枢のまとうマントの裾を掴んだ。

「わっ……！」

後ろに引かれた反動でバランスを崩して尻もちをつく。ズルリと脱げかけたマントから素顔がこぼれた。

「テメェ調子に乗ってんじゃねぇぞ！　黙って言うこと聞いてりゃいいもんを、痛い目にあいたいのか⁉」

地面に座り込んだままの枢の前に立ち、男は胸元を掴みあげる。

「うっ、く……！」

「……あ？　おめぇ」

苦しげに顔を歪める枢を覗き込んだ男は、一瞬目を瞠《みは》ったあと、いやらしく笑った。

「なかなかいいツラするじゃねぇか。女じゃねぇのはちと残念だが、まぁどうにかなるか……」

そう言うと男は握りしめていた枢の胸元から手を離す。それにより枢は地面に倒れ込んだ。

「つた……！」

痛みに顔をゆがめる。体勢を立て直そうとする間もなく、次の瞬間には男の体が枢に覆いかぶさっていた。

「なにっ⁉」

「暴れるんじゃねえぞ？　人に見せられねえような顔になってもいいなら構わねぇがな」

酔いが醒めてきているのか、強い力で枢の腕をまとめあげる。腹に乗られた状態では、もがいて逃げるのは難しかった。

圧迫される苦しさと、いやらしく自分を見下ろしてくる男の瞳の恐ろしさに、枢の目には涙が浮かぶ。

「いいねぇその顔！　そそるぜ……」

下卑《げび》た笑みを浮かべながら、男は片手で枢の襟元から服を引き裂いた。

「っひ……！」

「そこで何をしている！」

引き攣るような声を上げた瞬間、その緊迫した空気を割くように鋭い声が路地に響く。弾かれたように枢も男もその方向を向いた。

「リ、オンさん……っ」

息を切らせてこちらを睨《にら》みつけているのは、リオンだった。か細い枢の声が聞こえると、リオンはこちらに向かって一目散に駆け寄る。そして男の肩を掴むと勢いよく枢から引き剥がした。そして枢を背後に庇うように立ち塞がると、怒気を孕んだ声で男に叫んだ。

「貴様何をしている！」

「なっ、何だよ……！　お前に関係ないだろう!?」

「関係あるから言っている！　この方はこの国にとって大切な存在なのだ！　お前などが触れていい方ではない!!」

目の前で二人が言い争っているが、枢の耳には何も入ってこない。それどころか呼吸が浅くなり体がガタガタと震え出す。

（こわい、こわいっ……！）

枢の脳裏にはとある記憶が呼び起こされていた。

それは元いた世界……忌まわしい記憶しかない高校三年生時分のとある日のことだった。それは忘れようと心の奥底にしまいこんだ、たった一度しかなかったけれど深い衝撃を与えた事件。

あれが生徒会の誰の親衛隊だったかわからない。

もしかすると白戸瑞希の親衛隊であったかもしれない。ともかくその日は、その忘れてしまった親衛隊に呼び出され指定された場所へ向かっていた。そこへたどり着いたと同時に、教室の中から誰かに引きずり込まれた。

抵抗する間もなく床に組み伏せられ、手足を拘束された。驚きに大声を上げそうになるが、自分に跨った男にその口すら塞がれる。

……枢は数人の生徒に取り囲まれていた。教室の入り口には小柄な生徒が腕を組んで立っていて、自分を拘束する男たちに何やら告げていた。

何を言っているのかは、自分の心臓の音があまりにもうるさくて聞こえない。目線だけで彼らのやり取りを見ていると、小柄な生徒は教室を出ていった。

彼の出ていった扉を見つめていると、シャツからボタンが引きちぎられた音で我に返る。さまよわせた視線の先に転がるボタンが見え、混乱した頭のまま自分に乗り上げた男を見上げる。

『お前みたいなのに勃つかわかんねぇけど、やれって指示だしな』

『ちゃんとやったらアイツを抱かせてくれるって約束だし。俺らだってやりたかねぇけど、我慢してやるよ』

ニタニタと人を見下したような、いやらしい笑みが目に焼き付く。何を言っているのか理解できない。

そうこうしていると、露わになった胸元に無遠慮な手が這わされた。それから――

「っやだぁぁぁぁぁあ‼」

つんざくような絶叫が響き渡る。

その声にリオンが駆け寄ってくるが、枢の瞳には何も映していなかった。

「神子《みこ》様！」

「ひっ！　いや……！　触らないで！　やだ、やだぁ！」

「落ち着いてください神子《みこ》様‼」

「っ助けて誰か！　怖いっ、離して……っ‼」

落ち着くようリオンが枢の両腕を押さえているが、当の本人は落ち着くどころかどんどんと暴れる力が強くなっていく。

「やだっ、ごめんなさい……！　やめてっ！　いやだ、誰かっ……んぅ⁉」

無我夢中でもがいてリオンの拘束から逃げ出そうとしたとき、ふいに強い力で抱きしめられ、同時に呼吸を奪われた。

驚いて目を見開くと、至近距離にあったのは紫の煌《きら》めき。

（なん……っ⁉）

理解しきれていない枢を置き去りにして、与えられる熱は高まってゆく。

「んっ!?　ぅ、ふ……っん！」

息ができない。抱きすくめられた体は抵抗もできず、次第に力が抜けてゆく。

「ぁ……んっ、ぅ……！」

頭がぼうっとして視界が霞む。アシュレイは枢から呼吸も思考も、そして意識すら奪っていく。

そうしてくたりと脱力した枢は、静かに涙を流しながらアシュレイの腕の中で意識を失った。

「……リオン」

「はい」

「これは一体どういうことだ」

「……申し訳ございません」

「言い訳はあとで聞こう。今は一刻も早く城に戻りたい。私はこのまま枢を連れてゆく。お前はマクシミリアンに伝言を。……ジュード」

「っはい！」

「お前も私と共に来い。あとでお前にも聞くことがある」

「……はい」

「では頼んだ」

「承知いたしました」

アシュレイは安らかな寝息を立てている枢をしっかりと腕に抱くと、街の入り口に停めた馬車へと向かい乗り込む。そして車内は無言のまま城への帰路を急いだのだった。

◇◆◇

（温かい……）

暗闇の中に枢はいる。なのに手のひらに温もりを感じる。

（誰かが手を握ってる？　でも誰が？　僕は――）

『お前は今から俺たちに抱かれるんだ』

（――っ!!）

ねっとりと絡みつくように聞こえた声はあの忌まわしい記憶のもので。

（つそうだ！　僕は教室で、知らない人たちにっ）

それならこの温もりは――

「嫌だっ!!」

手のひらの温もりを振り払うように腕を大きく振る。瞬間、パシンと乾いた音がした。

「え……」

「つ、起きられたのですかカナメ様！」

「あ……ジュード？　あ、れ？　あの人？　それに、ここ……」

「ここは城でございます。カナメ様が気を失われたので……」

「気を？　――あ」

先ほどのは夢かと思うと同時に、気を失うまでのことが思い返される。

傷ついた犬、酔っ払い、引き裂かれた服。そしてハッとして自分の胸元を見ると、破かれたはずの衣服は綺麗なものになっていた。

「服……」

「恐れながら私が。意識がないカナメ様にどうかとも思ったのですが、着替えさせていただきました」

「いや、うん……。ありがと」

ジュードと話をしているが、枢の瞳はまだどこか虚ろだった。胸元の服を握る手は小刻みに震えている。

「カナメ？　起きたのか？」

「神子様《みこ》」

そこに、アシュレイとリオンが揃ってやってきた。

「アッシュ殿下、リオンさん……」

「大丈夫か？　怪我はないのか？　……一体、何があったのだ？」

ベッドに近寄ってきたアシュレイが、労《いたわ》るように枢の頭に手を伸ばそうとした。

「ひ……っ！」

「……カナメ」

「はっ、は……あ！　ご、ごめんなさっ」

しかし枢は小さな悲鳴を上げ身をすくませて、その手を拒んだ。

「いや、私は何ともないが。……それよりカナメ、何があったのだ？」

「そ、れは……」

心配そうに見つめるアシュレイの瞳から、逃げるように視線を逸らす。

決して枢自身にやましいことがあるわけではない。が、男に襲われそうになったなどと、そう簡単に言えるわけがなかった。

口ごもったままでいると、小さなため息が聞こえた。

「はぁ……。ではお前たち四人に訊ねる。お前たちはカナメの傍にいたはずだが、どうしてあのようなことになった？」

「……はい。私たちは神子《みこ》様のお傍にいましたが、熱心に露店の商品を見ておられ、店主とも話されていたようでしたので、少し離れた位置から見守っておりました。しばらくすると中央広場の辺りで騒ぎが起き、一瞬そちらに気を取られておりましたところ、神子《みこ》様を見失いました」

「……何のためにお前たちはいるのだ？　侍従としての経験の浅いジュードならいざ知らず、リオンや一国の騎士ともあろうお前たちが護衛対象を見失うだと？」

「申し訳ございません」

「謝って済む問題ではない！　もっと見つけるのが遅ければ、どうなっていたことかっ」

「ッ、もういいです……！」

自分のせいで他の人が怒られている。それは枢の気持ちをさらに暗くさせた。

「僕が悪いんです！　あのとき一言皆さんに声をかければよかったんだ！　っでも、僕は怪我をした犬を早く助けたかったし、みんなすぐに気がつくと思って、勝手にその場を離れた。だから、四人ともなんにも悪くないんです！　僕が、僕だけが悪いんです！」

「カナメ」

「今回のことは本当にごめんなさい。反省してます。今度からは勝手な行動はしません。……だから……少しだけ、一人にしてもらえませんか」

「――わかった。近くに護衛もジュードも控えている。何かあったら大声で呼ぶこと。いいな？」

「はい。ご迷惑をおかけしてすみません……」

「気にせずともよい」

「あ……あと。リオンさん」

「っ、何でございましょう」

「助けてくれてありがとうございます。リオンさんが来てくれなかったら今頃――」

「お礼は結構です。私の務めですので」

「そう、ですね。でも、伝えておきたかったので」

「……さようでございますか」

それだけ言うとリオンは枢に背中を向けて出ていく。彼のあとに続くように残りの面々も部屋を出る。

――最後にアシュレイがとても心配そうな顔でこちらを見やってから、ゆっくりと退室した。

「……本当にごめんなさい。でも、今は、怖いんだ……っ」

張り詰めた糸がプツリと切れたように、枢の両目からは大粒の涙がいくつもこぼれる。部屋の外に嗚咽《おえつ》が漏れないようにするのが精一杯なほど、後から後から雫が湧き上がってきた。

（わかってる。覚えてる。僕は最後までされてない。未遂だった。だからそんなに気に病む必要はないのかもしれない。……それでも、一度思い出してしまったらもう）

高校時代の忘れてしまいたかった記憶の上に、あの酔っ払いに付けられた新たな傷。それはもとより人間恐怖症気味であった枢の心を深く抉った。

誰かが傍に寄るのが怖い。伸ばされた手のひらが。触れ合った場所からもたらされる熱が。すべてが忌まわしい記憶を呼び起こしそうで、今はとても人と話せる状態ではなかった。たとえそれが好きな人であったとしても。


それから一週間ほど枢は部屋に閉じこもっていた。書庫に行くのもやめ、読みたい本は申し訳ないがジュードに取ってきてもらっていた。もちろん精霊塔へも行っていない。ユリウスに言付けてしばらく休むことを伝えてもらっていた。

（いつまでも、このままじゃいけないのはわかってるんだけど……）

大きな窓の傍のソファに座って、本を読みながら考える。

あの事件のあと数日間は悪夢を見ていた。が、今は大分と落ち着いてきている。

（……このままでいたって、なんにも変わらない。誰の役にも立てないし、いつまでたっても役立たずのまま……）

変わらなければ、と思った。そのためにはこの部屋から出るべきだとそう考え、明日からまた精霊塔へ向かうことを伝えようとしたとき、誰かが扉をノックした。

最近はアシュレイですらこの部屋を訪れていない。では誰だろう？　と思いながら入室を促す。

「失礼いたします」

「……リオンさん」

扉から現れたのは、リオンだった。いつもと同じ冷めた目で枢を見つめているが、枢はどこか違うような印象を覚えた。

「どうしたんですか？　アッシュ殿下に何か頼まれごとでも？」

「いいえ。今回は個人的な用で参りました。カナメ様」

「あっ、はい」

「先日はアシュレイ殿下に、私たちの処分をやめるように願い出てくださったとか」

「……は、はい」

初めてリオンに名前を呼ばれたことに驚いていると、彼は深く頭を下げてきた。

「貴方様のご厚意に深く感謝申し上げます」

「やっ、やめてください！　僕は何もっ」

「いいえ。カナメ様が進言してくださらなければ、私もジュードも、護衛についておられたお二方も今頃ここにはいなかったでしょう」

「そんなこと……」

――事件の翌日、実はアシュレイがこの部屋を訪れていた。そのとき彼はこう言ったのだ。

『あのときお前を守ることができなかった者たちの処分について話がしたい』

枢は〝その必要はない〟と言った。すべては未遂であったし、そもそも枢が勝手な行動をしなければ起きなかったことなのだ。だが、そう簡単にはアシュレイも折れなかった。

『お前はこの国の貴賓と変わりない存在だ。それを危険な目に遭わせてしまったのだから、彼らには何らかの処罰が必要だ』

繰り返しそう言う。しかし枢も同じことを言うしかなかった。

『僕はそんなこと望んでません。もし彼らに処罰を下すと言うなら、僕は、この国を出ていきます』

臆病な枢は自分のせいで誰かが罰せられるのを見たくはなかった。その思いで告げると、アシュレイはひどく驚き、そして小さく傷付いた顔をした。

『……わかった。では今回のことはカナメの意思を尊重して、不問にしよう』

そう言って部屋を出ていったのだった。

「……僕は、誰かが自分のせいで悲しむのが嫌だっただけです。決して、純粋な気持ちで貴方たちを助けたわけじゃない」

俯《うつむ》いて唇を噛みしめる。それを見ながらリオンはおもむろに口を開いた。

「貴方様は私が、貴方様に対して冷たい態度を取っていたのをわかっていたはずですね？」

「え……？」

「私は貴方様のことが好きではなかった。それは高い身分を賜ったものは、大体が驕《おご》り尊大な態度を取るからです。我が主であるアシュレイ殿下にいつか多大なる迷惑をかけることになる、その前に排除しようと思いました。けれど貴方様はいつまで経っても自信なさげでオドオドしていて、それも見ていてよい印象は持てなかった」

「……」

「一番の理由はアシュレイ殿下が、貴方様に興味を持たれていることでした」

「っ、それは」

「勘違いしないでいただきたい。私はアシュレイ殿下に特別な想いなど少しも抱いておりません。殿下とは幼少期から共に過ごしてきた、いわば幼なじみです」

「では、どうして……」

「この国で同性婚は認められておりますが、単純に私が殿下には良家のお嬢様とご婚約いただき、お世継ぎに恵まれることを望んでいるからです」

それはアシュレイに恋心を抱く枢にとって、いつか必ずぶち当たる大きな壁であった。まだ見たくはないと目を背けていたが、リオンから言葉にされてくっと息が詰まる。

「……話が逸れました。私が言いたいのは、今回の事件をきっかけとして私を咎《とが》め、追い出すことが可能であったのにどうしてしなかったのか、ということです」

「それは」

「私はアシュレイ殿下からも、貴方様を丁重に扱うよう言付けられていました。ですが、あえてそれに背くようなことをしてきたつもりです。貴方様は自分のせいで他人が悲しむのは見たくないと仰《おっしゃ》いましたが、今回のことで私が処分されても自業自得だと納得したことでしょう。なので是非お聞かせ願いたい。どうして私を庇うようなことを？」

じっくりと真意を見極めるように見つめられる。それは嘘は許さないと言っているように感じた。

「……リオンさんに冷たい態度をとられていることは、気づいてました。でも、僕にはそれほど気にならなかったんです」

「なぜ？」

「慣れていたからです。むしろこの国に来るまで、リオンさんに向けられるよりも、よっぽどひどい悪意を向けられ続けていたから、正直リオンさんの視線は優しいくらいです」

「それは……」

「暴力も振るわれましたし、この間の……あの事件と同じで、襲われそうになったことも一度ですけどあります。……こんな話をされても困りますよね」

「いえ、そんなことは」

「だからこそなんですが、あのときも言ったけど、リオンさんには感謝してるんです」

「……」

「本当に僕のことが嫌いで、アッシュ殿下に近づけさせたくないなら、貴方は僕を見捨てればよかったんだから。でも、貴方はそうせずに僕を助けてくれた。冷たい態度を取られていても、手を差し伸べてくれた。それだけで、僕は十分なんです」

「カナメ様……」

「あと、名前で呼んでくれるようにもなりましたしね」

「……さようでございましたか。デリケートなことまで聞いて申し訳ありませんでした」

「いいえ。僕が勝手に話したことです。……あ、でも、このことは秘密にしてくれると助かります」

「それはもちろん。……それと最後に一つ伺っても？」

「はい。何ですか？」

「貴方様は怪我をした犬を助けようとしたと仰《おっしゃ》っていましたが、それはなぜ？　犬など放っておけばよかったのでは？」

「僕、犬が大好きなんです。あんまりいいことがなかった元の世界で、飼ってた犬と過ごした時間だけはとても幸せな記憶なんです。だから、怪我した犬を放っておくことができなくて」

「さようでしたか」

「……本当に、僕の身勝手な行動で迷惑をかけたこと、すみませんでした」

「いいえ。その話はもう済んだことでございます。それよりも、ネオブランジェに貴方様が来られてから今日まで、私が取り続けてきた無礼の数々、心よりお詫び申し上げます」

そう言って深く頭を下げたリオンが次に顔を上げたとき、彼の瞳は温かさをまとっていた。それに枢は嬉しくなる。

「僕はなにも気にしてません。だから、今後ともよろしくお願いします」

枢は明日からの日常が、少しだけ楽しみになったのだった。

小さく笑ったリオンは、一礼すると部屋を出ていった。

「承知いたしました」

◇◆◇

——一方その頃。カリカリとペンを走らせる音が響く執務室にて、アシュレイはため息をついていた。と、そこへリオンが入ってくる。

「ただいま戻りました」

「あぁ、リオンか。……珍しいな、お前が何も言わずどこかに行くのは」

「ええ、まぁ。少しカナメ様とお話を」

「何っ!?」

枢の名前に反応したアシュレイは、手に握ったままの書類をクシャリと握り潰してしまった。

「なにをそんなに慌ててらっしゃるのですか？」

「い、いやっ……！　それよりリオン、カナメの様子はどうだった？」

「はい、少しはマシになられたのか、お元気そうでございました」

「そうか。それならよかった……。それはそうと、カナメは何か言っていたか？」

「何かと仰《おっしゃ》いますと？」

「……その、この国を出ていく、とか」

「はい？　そのようなことは一言も申されておりませんでしたよ？　というか、どうしてそのような話が？」

「……お前たちの処罰について話をしに行っただろう。そのときに、罰を与えると言うのなら国を出ていくと」

「あの方は……まったく」

リオンは口ではそういうが、顔は笑っていてどこか楽しそうだった。

「お前、何かあったか？　カナメと。そういえば、名前で呼んでいるな？」

「別にこれといってありませんよ？　強いて言うなら私の心境の変化です。カナメ様とは……そうですね。昔話をした、とでも言っておきましょうか」

「昔話？　カナメのか!?　ぜっ、是非私にも聞かせてくれ！」

「それはできません。秘密にする約束ですので。気になるのならご自分で訊ねられてはどうです？」

「……それができれば苦労はしない……」

「何を悩んでいらっしゃるのか存じませんが、カナメ様は犬がお好きだそうですよ。なんでも昔飼っていらしたとか」

「……それは昔話じゃないのか？」

「秘密の話のあとに聞いたので大丈夫だと思います。……そのままの貴方でダメなら、少しやり方を変えてもいいんじゃないですか？　私が言えるのはこれくらいです。正直私は貴方たちを応援しているわけではないので」

「リオン……」

「それはそれとして、今まで殿下の意思に背いた態度を取っていたこと、お詫びいたします。私は私なりに最善と思ってやっていたので、後悔はしていませんが」

「……ほんとにお前は。昔から可愛げのない奴だな」

「私に可愛げを求められましても。……まぁ、幼なじみとしては、お前に幸せになってもらいたいとは思ってるさ」

最後に従者としてではなく、幼なじみとしてリオンはアシュレイに告げる。お互いそれきり無言になり、それぞれの仕事に戻るが、アシュレイの心の中は幾分スッキリとしていた。

「犬、ねぇ」

ニヤリと笑った口元とは裏腹に、瞳は獲物を見据えた狼のように煌《きら》めいていたのだった。

◇◆◇

翌日。枢は朝から精霊塔へ行くことにした。ジュードにお願いし、アシュレイにも一言伝えてもらい、さあ城を出ようかというとき。なぜだかリオンがついてきた。

「あれ？　リオンさん？」

「私もお供させていただきます。精霊塔までの道のりですので、何もないとは思いますが念のため」

「そうなんですか……。ありがとうございます」

実際、枢はまだ自分より体格がよく強そうな――言うなれば騎士のような人間にはビクつくときがあった。力で敵わないと理解しているからか、本能的な恐怖が拭いきれていない。

その点リオンは枢より身長はあるとはいえ、美人と評するのがピッタリなほど線が細く華奢《きゃしゃ》に見えた。それだけで幾分か枢の恐怖心は安らぐ。

昨日和解したこともあってか、少し弾んだ気持ちで一行は馬車に乗り込み精霊塔へ向かった。

そして昼食もそこで摂り、午後もいい時間まで精霊塔で勉強や結界の強化をしてから城に戻ってきたのだった。

「今日はわざわざありがとうございました。一日付き合ってもらってすみません」

「お気になさらず。私が好きでやっていることですので。実際、今まであまり精霊塔を訪れたこともなかったので、私としてもよい機会でした」

「そうだったんですね。……これからもずっと精霊塔には通うので、都合が合うときはリオンさんも一緒にどうですか？」

「おや、それは……」

ふと思いついたことをリオンに言ってみると、ぱちくりと瞬きをして考えているようだった。

「あの、えっと、お忙しいでしょうし、全然、無理にとは……」

「あぁいえ。私の都合を考えて悩んでいるのではないのですが……そうですね。そこはアシュレイ殿下に確認してみてからお返事いたします」

「あ、はい」

「存外狭量なところのある人ですから、いい返事がもらえるかどうかわかりませんので」

「……？」

「カナメ様が気になさることではございません。ではよい夜をお過ごしくださいませ」

わずかに微笑んだリオンは、そのまま来た道を戻っていった。

「……どういう意味だろ？」

狭量とは一体誰のことか。いまいちピンと来ない枢は首を傾げつつ部屋に戻った。

それからは夕食を摂り、風呂に入り、借りてきていた本を数冊読む。

そうしていると久しぶりに外に出たからか、ここ最近のそれより早く睡魔がやってきた。

「カナメ様お休みになりますか？」

「ん……そうする。おやすみ、ジュード」

「はい。おやすみなさいませ」

布団に潜り込むと、灯りを調節してからジュードが部屋をあとにする。そして枢は睡魔に抗うことなく眠りについた。


……カタ……

……カタ、カタッ……

「ん……？　な、に？」

何かがカタカタと鳴る音が聞こえた気がして、枢はふと目を覚ました。

窓の外を見やると煌々《こうこう》と月は輝いており、生い茂った木々も特段揺れている様子はない。

「聞き間違い、かなぁ？」

風かと思ったがそうではないらしいと判断して、枢は再び寝ようとした。だが、その耳に再び窓の鳴る音が——

「気のせいじゃ、ない？　……じゃあ何？」

瞬間的にあの事件を思い出した。

まさか……？

そう思うと同時に、いやそんなはずはないとも思う。ここは平屋建ての家屋でもなく、王城という特殊な場所である。護衛の目を掻い潜って忍び込むなど無謀といえよう。

では一体何が？　何度目かの自問をしていると、ふいに窓の外に影が映った。

そこはバルコニーに面した窓で、何者かがその場にいることを示していた。

「っ、やっぱり何かいる！」

一度は自分で断じた可能性が、恐怖をもって枢に忍び寄る。

(どうしよう、怖いっ！　人を呼ぶ……？　でも夜中だし……っ)

パニックを起こしそうになる枢の耳は、尚も繰り返される、カタカタという音を拾う。

枢がギュウッと頭から布団を被り縮こまると、今度は別の何かの音が耳を掠《かす》めた。

——キュゥ……キュゥン……

それはまるで動物の鳴き声のようで。

「鳴き声……？　っ、まさか!?」

次に枢の脳裏を掠《かす》めたのは、いつかの怪我をした野良犬のことだった。そんなことはないだろうと思いつつ、枢は慌てて窓際に駆け寄る。

「っ、犬……？」

窓の外にいたのは、月の光を浴びて輝く銀の毛並みを持った生き物だった。

大型犬ほどの大きさがあるが、目元はつり上がっており、顔もどちらかというと狐に似たものに見えた。

じっと窓越しに見つめていると、再びキュゥンと鳴き声が聞こえ、枢は思い出したように窓を開けバルコニーへと飛び出す。

「ごめんね寒かったよね！　どこから来たのきみ……？」

ギュッと抱きしめると、ふわふわの毛が頬に触れる。それはしばらく外にいたのだろうことがわかるほど冷たかった。

「きみは、犬？　……僕、本物は見たことないけど、狼みたいに見えるんだけど」

頭や顔、体を撫で回しながら言葉を投げかける。動物相手に言葉が通じるわけなどないとわかっているものの、何となく口に出ていた。

するとそれを肯定するように、目の前の生き物はもう一度「キュゥ」と鳴いて枢に体を擦り付ける。

「言葉、わかるの？　きみ狼……？」

人の言葉がわかるなんて、と思ったが、この世界は魔法が使えるのだ。不思議ではないかもしれないと思い直す。

「あ、賢狼ウォルフ……」

そこで思い出した。この国の祖先である、人語を話す狼の王、賢狼ウォルフ。

「きみはウォルフの子孫？　人の言葉を話せるのかな？」

瞳を見つめながら聞くと、狼は首を傾げるだけで人の言葉を話すことはなかった。

「……なんでもいっか。ふふ、ふわふわで暖かいね」

段々と暖かくなってきた狼の毛を、枢は飽くことなく触っている。

しばらく続けていると、夜風に当たり続けていたからだろう。枢はふいにくしゃみをした。

「っくしゅ！　……冷えてきたなぁ。今って、えっと星の三の月になったって言ってたっけ。ってことは十一月……？」

狼を撫でていた手をようやく離し、自分の腕をさする。そこでようやく足の先や顔が冷たくなっているのに気づいた。

「きみに夢中で寒さも忘れてたなぁ」

なんて言って狼をまた撫でようとすると、その手のひらに頭をグイと押し付けられた。

「なぁに？　そんなにしなくても撫でるよ？」

可愛いなぁ、なんて思いつつ手を動かそうとすると、今度はしゃがんでいる枢の横腹に頭をグリグリとされた。狼は力を緩めることなく頭を押し付け、枢の体を押している。

「ん？　なに？　中に入れってこと？」

くしゃみをしたあとの行動なので枢はそう判断した。風邪をひいてもいけないと思い、狼に促されるまま室内に入る。

「きみはどうするの？」

振り向いて訊ねるが、狼はそこから動こうとしなかった。

「そこから帰れる？　寒いなら入っても……。でも、勝手に入れていいのかな？」

室内に招き入れようか迷い、うーんと目を瞑り思案する。そして次に目を開くと、目の前にはなんの姿もなかった。

「あれ、いない……。この高さからどうやって降りてったんだろ？」

再度バルコニーに出て下を覗いたが、そこに狼の姿はない。見当たらないということは、無事に降りられはしたのだろう。枢はそう考え部屋に戻ると布団へ潜り込んだ。

「狼かぁ……可愛かったなぁ。また明日も来てくれないかなぁ」

ふわふわの毛の感触を思い出して枢は嬉しくなる。明日は何か食べ物でも用意して待っていようと思いながら、静かに微睡《まどろ》んでいった。

「ねぇジュード。この国って狼がいるんだね」

「はい？」

翌朝、枢が食事を摂りながらそう言うと、ジュードはキョトンとした顔をした。

「いや、昨日寝ていたらバルコニーに狼が来て……」

「そ、れは」

「どこからか入ってきて、いつの間にか消えてたんだけど。なんか人の言葉も理解してるみたいだったし、この国の動物ってみんなそうなの？」

「いいえ、そんなことはありませんが……。その、狼の瞳の色などはご覧になりましたか？」

「え？　瞳？　……んー、月を背にしてたから逆光であんまりわかんなかったかも」

「そうでございますか……」

「ジュード？　どうかした？」

「いえ……あの、カナメ様。この国には野生の狼はおりません」

「え、そうなんだ。じゃあどこかで飼われてるの？　もしかしてこの城？」

「いいえ、飼われているわけでもないのです。あの、アシュレイ殿下からなにかお聞きになられておりますか？」

「殿下から？　ううん、なにも。最近は会ってもいないし」

「……それなら、何かあれば殿下が教えてくださると思います。狼はこの国では神聖なものですから、またお会いになりましたら優しくして差し上げるといいと思いますよ」

「え……？　あ、うん」

なんで狼のことを話せないのかとか、なんでアシュレイがここで出てくるのかとか、よくわからないままだが、ジュードはこれ以上は話してくれなさそうなので、枢は首を傾げつつも一応は納得した。

——それからというもの、狼は毎夜枢の部屋に現れた。

初めはバルコニーで戯《たわむ》れていたが、ある日リオンにそれを言うと「貴方様は何を考えておられるのか。風邪でもひいたらどうなさるおつもりで？　狼は神聖なもの。室内に入れることを咎《とが》める者なんておりませんよ」と怒られてしまい、以来室内で存分にもふもふさせてもらっている。

空気がどんどんと冷えてきた最近に至っては、一緒にベッドに入って眠っている。

「……でも起きたらいないんだよなぁ」

今日は精霊塔へは行かず部屋で本を読んで過ごしていた。けれど枢の頭の中にはあの銀の毛並みの狼ばかり浮かんでおり、本の中身はほとんど頭に入ってはいなかった。

「朝まで一緒にいてくれたらいいのに」

起きたとき隣を見ると、いつも美しい獣の姿はどこにもなく、しなやかな手触りのシーツだけが枢を迎えてくれる。

それは枢の心を酷く寂しくさせた。もちろんもう子供ではないのだから、一人で寝られないわけではない。

それでも誰かの温もりが傍らにあることは枢にとって、いつぶりか知れない幸せだったのだ。

（動物ですら一緒にはいてくれない、か。やっぱりどこに行っても僕は一人なんだ……）

狼の姿を思い出すと、連なるようにアシュレイの姿が脳裏に浮かぶ。それは狼の瞳が彼と同じ美しいアメジスト色だからだろう。

枢が酔っ払いに襲われたあの事件以降一ヶ月近く経つが、アシュレイとはほんの数回しか顔を合わせていない。

精霊塔へ行ったときに、近頃隣国との国境付近に魔獣が出没していると誰かが話していた。リオンに訊ねると魔獣討伐に騎士団が出征しているらしく、それで忙しいのであろう。

（このまま会わなければこの気持ちも忘れられるんだろうか……）

枢はそっとズボンのポケットに手を滑らせる。指先に触れたそれをつまみ上げると、目の前にぶら下げた。

「……肌身離さず持ってる時点で、結果はわかりきってるけどね」

あの日買った彼の瞳と同じ色のお守り《ストラップ》。狼とも同じであるそれを見る度、枢の胸は締め付けられるのだった。

その日の夜。いつもと同じく枢が部屋に一人になった頃に、狼はバルコニーに現れた。彼を部屋の中に招き入れると、そのまままっすぐベッドの中へと一緒に潜り込む。

普段であればソファで一度遊んでからベッドに向かうのだが、今日はそんな気分ではなかったのだ。

そんな枢の様子に狼も思うところがあるのか、何やら心配そうに見つめてくる。

「ふふ、僕のこと心配してくれてるの？　なら教えてほしいな……どうしていつも朝にはいなくなってるのか」

隣に寝そべる狼の背を撫でながら枢は問う。視線の先の狼はというと、どことなく困ったように見えた。

「……昔、犬を飼ってて。すごく大好きで小さい頃は一緒に寝てたんだ。僕を愛してくれたのはあの子だけだったから、きみがこうしてくれてるとあの頃を思い出して、本当に嬉しいんだ」

顔を撫でてやると狼は小さく鳴いた。

「僕ね、小さいときにお母さんが死んじゃったんだ。それからしばらくはお父さんと二人だったんだけど、小学三年生のときに新しいお母さんができて。……初めのうちはよかったんだ。でも、お義母《かあ》さんが妊娠した頃から僕、いらない子になってね。やっぱり、血の繋がらない僕のことが嫌になったみたいで、段々相手にしてもらえなくなったんだ。お父さんも最初は気遣ってくれてたけど、僕のことでお義母《かあ》さんと喧嘩になるとそれどころじゃなくなって。小さかった弟は、少しは懐いてくれてたんだけどね。まぁ結局、そんな空気が嫌で高校から全寮制の学校に行ったけど、そこでもいじめにあって……」

狼を撫でる手が止まる。こんなことを目の前の生き物に伝えたところで、いまさら過去が変わるわけでもないのに。枢はなぜか、沈んだままの気持ちで話を続ける。

「空気みたいに生きてた実家の中で、唯一安心できたのは飼い犬のリクの傍だけだったんだ。きみのとなりは、リクと同じでとっても安心できる。知らないこの世界だけど、人生で今が一番楽しいんだ。だからお願い。朝まで一緒にいてくれない？」

紫の瞳をしっかり覗き込みながら言うと、べろりと濡れた感触が頬にある。

「わっ⁉」

それは頬から首、手のひらとさまざまなところへと滑らされ、最後は唇を舐められた。

「っぷ。なに、どうしたの？」

キュウン、とどこか悲しげに鳴いた狼は、より一層枢の体にピッタリとくっつくと、そのまま瞳を閉じ動かなくなってしまった。

「寝ちゃったの？　……朝までいてくれるのかな？」

小さく訊ねても、それに返ってくる声も、揺れるしっぽもない。

「リクを思い出すからっていうのももちろんだけど、きみが隣に寝てると、好きな人が隣にいてくれるようなそんな感じがするんだ。きみと同じ銀の髪と紫の瞳の人。狼と人間を重ねて見てるなんて、失礼かなぁ？」

狼の吐くかすかな呼吸音に耳を澄ませながら、ぽつり、ぽつりと枢は言葉をこぼす。次第にそれは尻すぼみになり穏やかな寝息となった。

「……すまないカナメ」

そして、部屋から聞こえるはずのない声が静寂に落ちる。

翌朝、目を覚ました枢の隣に、銀狼の姿は見つけられなかった。

「はぁ……」

それは幾度目かわからないため息だった。

目が覚めた瞬間、隣にあってほしいと思った温もりはなく。やはりと思う気持ちと、どうして、という虚しさが枢を襲った。

「ほんと、なんでかなぁ……？」

「貴方様こそ。一体何なのですか？　ため息ばかりついて。見ているこっちの気が滅入ってしまいそうです」

「リオンさん……」

またもやぼんやりしながらついたため息を、ジュードに用事があって部屋を訪れていたリオンに咎《とが》められる。朝起きてから夕食を摂った今まで、枢は数え切れないほどのため息をついていた。

和解をしたあの日から、リオンは随分とあけすけにものを言うようになった。とは言っても、邪険にした物言いではないので、枢も気にはしていないし、むしろ心地よく感じている。

「なんです？　またあの狼のことですか？」

「あ……はい」

「今度はなんですか？　オモチャが足りません？　おやつですか？」

「いえ、あの……そうじゃなくて。えっと夜、一緒にベッドに入るんですけど、朝起きたらいなくなってるんです」

「……は？」

「えと、だから。一緒に寝たのに朝には狼さんがいなくなってて……。それがちょっと、寂しいっていうか」

「一緒に寝てる？　狼と？」

「はい？　……ええ。そうなんですけど」

「毎夜ですか？」

「そう、ですね？　最初のうちはそうではなかったですけど、ここ数日は」

「……はぁ……なんという」

「えっ？　え……なんっ、え!?　ダ、ダメ、だったんでしょうか!?」

片手で顔を覆って頭を横に振るリオン。その様子から、自分が何かしてしまったのではないかと思った枢は焦る。アワアワとしている枢をよそに、顔を顰《しか》めたリオンは言う。

「いえ。カナメ様ではありません。あの狼、大切なことは何一つ教えないうちから……」

「……狼？」

ブツブツと言うリオンの口ぶりから、彼はあの狼のことを知っているようだった。狼とは就寝前にしか会ったことはなく、リオンがその姿を見たことはないはずなのだが……

「リオンさんは、あの狼さんがどこから来たのか、知ってるんですか？」

「えぇ、まあ。知っているというか、何というか……」

「それじゃあ、僕に教えてくれませんか!?　あの子は一体……」

「それは私が答えよう」

ジュードも教えてくれなかったことを、リオンに聞こうと彼ににじり寄ろうとすると、いつぶりかになる声が耳に飛び込んできた。

「っ、アッシュ殿下！」

「久しぶりだな、カナメ」

「ぁは、はい……っ」

「急で悪いが、今からカナメと大切な話があるから、リオンたちは退室してくれないだろうか？」

「え……？」

久方ぶりに目にした想い人に、どういう態度を取っていいのかわからなくなっていると、アシュレイは部屋に二人きりにするようリオンに告げる。

驚く枢とは裏腹に、そう言われるのをわかっていたかのような表情のリオンは、二言三言アシュレイに話しかけたあと、ジュードや護衛と共に部屋をあとにした。

静まり返った部屋に二人で残された枢は、いよいよどうしていいかわからない。

(そんな、急に二人っきりとか聞いてないっ！　どんな顔したらいいの？　何を話せば……!?)

アシュレイの顔も見られず、下を向いたままの枢。視界には彼のつま先が見えるが、そこを見つめていていいのかもわからず、ウロウロと視線をさまよわせた。

そんな中。

「カナメ。大事な話がある」

頭上から真剣な声音でそう言われてしまい、枢は肩を大きく震わせた。

まずは腰を落ち着けよう、とアシュレイが促す。枢はギクシャクとした動きでそれに付き従い、ソファに腰を下ろした。

枢とアシュレイの距離は肩と肩がぶつかるほど近い。大きなソファなのになぜこんなに傍に座るのか。心臓がドクドクと大きな音を立てるのを聞きながら、混乱したままの頭をフル回転させる。

何を話せばいいのか、大事な話ってなんだろう、顔はどこに向ければいい……？

頭の中でぐるぐると考えていると、膝に置いたままの手を横から握りこまれた。

「……っ⁉」

「カナメ。今からする話をよく聞いてくれ」

淡々と発せられたそれは、いつもよりどこか硬い響きをまとっていた。

その声音に何かよくないことを言われるのかと、枢は不安そうな瞳でアシュレイの顎先を見上げる。いろいろな意味でまだ彼の目を見ることはできない。

「単刀直入に聞くが、枢は元の世界に帰りたいか？」

「え……？」

言われた意味が理解できず、キョトンとするしかない。

「もし帰る手段があるとして、そのときお前は帰ることを望むのか、と聞いている」

「帰れる、んですか……？」

――それは思いがけない質問だった。

「わからぬ。神子《みこ》の存在は今まで伝承でしか聞いたことがなかったものでな。帰す方法があるのかすら知らぬ。……だが、お前が帰りたいと言うのなら、どうにかしてその方法を探そう」

真剣な表情。心から枢のことを思っての発言だというのがわかる。

「隣国などで神子《みこ》が現れたことのある国がないか調べ、その国にお前を送り届けることもやぶさかではない」

「アッシュ殿下……」

「だから枢。お前がどうしたいのか正直に聞かせてくれないか？」

「っ……僕、は……」

ドクドクと心臓が嫌な音を立て始める。息が苦しい。

(僕に、帰ってほしいってこと？　この国に、本当は僕なんて、必要なかった……？)

血の気が引いていく気がする。手を握られているはずなのに、温もりを感じ取れない。

全身から力が抜け、ソファへ倒れ込みそうになる。が、隣から強く抱き止められた。

「……すまない。私の言葉が足りないせいでお前を不安にさせたようだ」

「っ……！」

「私は、お前に帰ってほしいわけではないのだ。むしろこの国に残ってほしいと思っている」

「な、ら……、どうして」

「お前の気持ちを無視することはできぬだろう？　私がいくら残ってほしいと言っても、陛下から助力を頼まれたとしても、カナメが我慢してそれを受け入れるのは違う。私はお前に無理強いなどしたくない。お前の……カナメ自身の決断で、ここに残ると、そう言ってほしいのだ」

アシュレイの腕に力が込められる。耳元で聞こえる彼の声は、切実さを帯びていた。

「僕、は……」

また一瞬、弟のことが頭をよぎった――けれど。

「僕は、ここにいたい、です。元の世界に帰ったって、きっと誰も待ってない。それなら、少しでも僕を必要としてくれる、……優しいみんなのいる、この国にいたいです」

――温もりをくれるこの人の傍に少しでも長くいたい。

かすかに脳裏によぎった弟のことは気にかかるが、高校に入って一度も連絡がなかったのだ。きっと自分のことなど忘れているだろう。

それに、アシュレイがどんな理由で残ってほしいと言っているのか枢にはわからないが、それでも、もし自分にできることがあるのなら彼の期待に応えたいと、そう思ったのだ。

「そうか。……ありがとうカナメ。お前がそう言ってくれて私は嬉しい」

もう一度強く抱きしめられた。その後その手がスルリと解かれ枢の顎にかかる。誘われるように視線を上げると、優しくこちらを見つめる紫の煌《きら》めきとかち合った。

「カナメ、私はお前が好きだ」

耳に飛び込んだ単語に、枢は大きく目を見開く。

「……え?」

「カナメのことが好きだと言ったんだ。もちろん友愛ではなく、恋愛という意味で」

絡む視線の熱さに、怯えとも歓喜ともとれぬ震えが枢の体を走る。

「そ……んな、なんで……っ」

「理由などわからぬ。初めて精霊の森で出会ったあのとき、涙を浮かべたお前の瞳が美しいと思った。……気を失ったお前を城に運んで目が覚めるまでの間、もしこのまま起きなかったらと思うと、不安で傍を離れることができなかった。出会ったばかりでそう思うのは初めてのことで、私も周囲の者も驚いていたよ」

出会ったあの日のことを思い出しているのか、不意に優しい目つきになった。それは傍から見ても慈愛を感じるもので、枢の心は落ち着かなくなる。

——だが。

「っでも、それはきっと……、殿下の勘違いです」

騒ぎ出しそうな心を抑えつけ、震える声でポツリとこぼす。それはまるで自分自身に言い聞かせるようでもあった。

これは叶うことのない想いで、いつかは捨てねばならぬ秘められた恋心なのだ。

アシュレイには王族としての務めや将来がある。いくら彼が自分を好きだと口にしようとも、そう簡単にことが運ぶわけがないことは枢でもわかる。

ここで枢が頷くことなど、できようはずもなかった。

「勘違いでなどあるものか。確かに、その美しい黒い瞳で私を見てほしいと、初めはそう思っていただけだった。……だがすぐに、怯えるその仕草だとか、自信なさげに下を向く姿を見て、お前の笑顔が見たいと思ったのだ。何がそんなにお前を悲しませているのか、その原因を取り除いて私がお前を笑わせてやりたい、私だけにその笑顔を見せてほしい。いつの間にか、そう思うようになっていた」

「アッシュ殿下……」

顎に添えられていた指はいつの間にか頬に触れていた。優しく親指で頬骨の辺りを撫でられる。

「あの星祭りの夜も、本当なら一緒に露店を回ってお前の楽しむ姿を見るはずだったんだ。マクシミリアンからお前がいなくなったと聞いて、心臓が止まるかと思った。そのあと暴れているお前を見たときの私の気持ちがわかるか？　……そんなになるまでお前を追い詰めた相手を、守れなかった自分を、どれだけ恨んだことか」

ぎゅっと寄せられた眉根に、あの事件で苦しんだのは自分だけではないと知る。

「それからお前はまた人を怖がるようになって、私も仕事が忙しくてなかなか会いに行けず。……そうしていたら、いつの間にかリオンと仲良くなっているし。お前とリオン、二人だけの秘密があるらしくて、私がそれにどれだけショックを受けたか知らないだろう？　その前にお前に言われた『この国を出ていく』という脅し文句も効いていたしな……」

「っ、それは……！」

「わかっている。リオンたちを辞めさせせないためだろう？　それでも私は悲しかったんだよ。……まぁ、それはさておき、だ。私はリオンにお前は犬が好きだと聞いた」

「犬、ですか？」

つらつらと述べられるアシュレイの想いに驚いてばかりいると、唐突に犬の話が出る。確かにそのような話をリオンとしたが、それがどうこの告白話と繋がるのか、枢は現状も忘れてきょとんとした顔をする。

「そうだ犬だ。……私はこれがチャンスだと思った。しかし急に犬なんて用意はできない。だが似たようなものならすぐに準備できたからな。それを使って傷ついているだろうカナメを癒してやりたかったたし、あわよくばお前の気持ちが少しでも聞けたらな、と思っていたんだ」

「それって、どういう……？」

話の意図が見えず首を傾げると、アシュレイは話し始めたときと同じように真面目な顔をして、枢の両肩に手を置く。

「驚かないで聞いてくれるか？　……お前の部屋に狼が来ていただろう」

「っ、どうしてそれを⁉」

「――あの狼は、私だ」

ぐ、と肩を掴まれる。

その力強さと瞳の真剣さに、彼が真面目な話をしているのはわかる。だが、その言葉の意味は枢の頭の中を空滑りして、上手く理解できなかった。

「え……？　はい？　それは一体」

「そのままの意味だ。あの狼は、私が変身した姿だ。……この国の王族は、生まれてからある程度経つと狼に変身できる者が現れる。というか、王の世継ぎとして生まれる者の、必ず一人は狼になれるのだ。基本的に王位継承権は狼の姿を持つ者にしか与えられぬ。今代では私も兄上も能力を持って生まれてきたがな」

思考が追いつかなかった。人間が狼になる？　狼になれなければ王位継承権がない？

日本という国で育ってきた枢には、にわかには信じられないことばかりで頭は混乱している。だが、それに追い打ちをかけるようにアシュレイは言葉を紡いだ。

「……話が逸れたが、私が狼の姿になってお前のもとに毎夜現れたのは、先ほども言った通り傷ついたお前を慰めるためだったんだが、それとは別の理由がある。……お前が私をどう思っているか聞きたかったのと、狼の姿を見たらお前はきっとジュードやリオンに話すと思ったのだ」

「話しては、いけなかったんですか……？」

「いいや逆だ。お前や私の周りの者にどんどん話せばいいと思った。なぜなら、王族が狼の姿を見せる相手は、つがいと決めた者だけだからな」

「つ、がい……」

「そう。狼のつがいだ。周りの者に私がカナメをつがいと決めたことを広めて、誰も手が出せないようにしようと思ってな」

ニヤ、と笑うと肩から手を外し、枢の両頬へと滑らせる。

——これは、夢なのか。

慈しみ愛されるように触れられることに、枢の理解は追いつかない。

「あ、の……つがい、って」

「つがいは生涯の伴侶――つまり結婚相手ということだ。私はお前とそうなりたいと思っている」

「けっ……!? そ、そんなの無理……っ！ 僕なんかが、そんな！ アッシュ殿下にはもっと……っ」

枢の頭でも理解できるように噛み砕いて伝えられた言葉に、一瞬で意識がハッキリとした。

そんな、目の前の男の将来を潰しかねないことなど、枢に受け入れられるはずはない。それにもしその立場になったとして、衆人環視に晒《さら》されるであろうことがわかりきっているのに、人嫌いの枢が「はい、わかりました」と頷くなど、できるはずもなかった。

――けれど。

「カナメ。私はお前がいいのだ。たとえそれがお前自身であろうと、私が選んだ者を貶すのは許さない。お前がもし元の世界に帰りたいというのなら諦めようと思っていたんだ。だがそうではないらしいからな、諦めるつもりは毛頭ない」

「な、なんで……それを」

「……私は狼のときにお前の気持ちを聞いている」

「っ、そんなのいつ……!! まさかっ!?」

「昨日の夜、お前が言ったではないか。銀の髪と紫の瞳を持つ好きな人がいると。……この国でその色を持つのは私だけだぞ？」

「〜〜〜っ!!」

名も知らぬ、飼われているか野良かもわからぬ銀狼にこぼしたはずの苦い想いは、何の悪夢か本人にそのまましっかり伝わっていた——

それを理解した瞬間、あまりの羞恥に枢はアシュレイを突き飛ばし逃げ出そうとした。

しかし、目の前の男を押しやろうと伸ばした腕をしっかりと掴まれてしまい、それは叶わない。

それでもどうにかアシュレイの視界から逃れたくてもがいていると、有無を言わさぬ力で抱きしめられた。

「っ、離して！」

「嫌だ。離さぬ」

抵抗しようにも枢は力では敵わない。それに耳元で囁《ささや》かれた声に、全身が痺れたように動けなくなってしまった。

「……っずるい！　僕の気持ち全部バレてて、いつの間にか外堀も埋められてて、逃げ道なんてないじゃないか……！」

「……そうだな」

「ずっと隠しておくつもりだったのに!!　僕の気持ちが知りたかったなんて、そんな勝手な理由で狼になって聞き出すなんてあんまりだっ！」

「すまないことをした」

「ウソ！　そんなこと思ってない……！　大体なんで教えてくれなかったの!?　最初から殿下が狼になれるって知ってたら、僕だって言わなかったのに！」

「……忘れていたのだ。この王宮にいる者たちは皆知っていることだったし、本当ならもっと時間をかけてお前との距離を詰めるつもりだった。……だがあの事件があっていろいろと計画が狂ってしまい、順序通りにはいかなくなったのだ」

「そんなの……そんな、そっちの都合なんてっ！　勝手だよ殿下は……！」

敬語など忘れ、ただ羞恥と怒りをアシュレイにぶつける。

アシュレイはそれを静かに聞いている。激情のまま言葉を放った枢は、小さく肩で息をしていた。

宥めるようにその背をさすりながら、アシュレイはゆっくりと口を開く。

「カナメの気持ちを蔑《ないがし》ろにしてしまったことは謝る。だが、それでもこの想いは変わらない。……私はお前が好きで、お前につがいになってほしい」

「ッ、殿下……」

穏やかに紡がれるそれは、荒れている枢の気持ちを次第に落ち着かせた。揺らぐことのない想いも、いまさらになって枢の胸を強く打ち、じわじわと喜びを伝えてくる。

だが、雰囲気に呑まれているだけではダメだと、浮つく心を抑えつけ言葉を発する。

「……僕は、自分の力だけではなにもできません。魔力もないし、精霊魔法も精霊さんの力を借りないとなにもできない。人は苦手だし、自分に自信もないし。本当にいいところがなにもないんです」

「カナメ、それは」

「聞いてください。……それでも、アッシュ殿下は僕のことを好きだと、つっ……つがいにするって、言えますか？　こんな、取り柄のない僕を……」

「カナメ」

ぴたりと撫でていた手が止まる。それに肩が跳ねるが、枢はぎゅっと目を瞑ってそのままじっとアシュレイの言葉を待った。

「カナメ。お前が納得するまで何度でも言おう。私はお前のことが好きだ。それはお前が神子《みこ》だからでも、精霊魔法が使えるからでもない。ナカタニカナメという、一人の人間が好きなのだ。自信がなくて人が怖くて、だけど犬が好きで精霊にも優しい。そんなカナメだから好きになった。私は、カナメ以外をつがいにするつもりはない」

体をそっと離され、正面からまっすぐ瞳を見つめられる。

「……カナメ、愛しているよ」

表情から、声音から。体全部で愛しいと告げてくるアシュレイに、枢の虚勢もここまでだった。

「僕は！　こんな僕だけど貴方と……アッシュ殿下と一緒にいたい。誰にも愛されたことがないから依存かもしれない。それでも、貴方の隣はっ！　誰にも渡したくないって思うんです。……すき。アッシュ殿下が好きです！　どうか僕を、アッシュ殿下のつがいにしてくださいッ！」

逞しいその体に腕を回してしがみつく。するとそれ以上の力で抱きしめ返された。

「もちろんだとも。カナメがそう言ってくれるのをずっと待っていた」

「ア、ッシュ、殿下……っ、んっ！」

熱い唇が降ってくる。それは言葉をこれ以上紡ぐより、互いの感情を雄弁に物語っていた。

「ふぁ、んっ……」

「カナメ……」

トサリとソファへ押し倒された。上から圧し掛かられながらも口づけは解けない。

「んっく……、ぁ、む……ぅ」

アシュレイの舌が咥内に差し込まれる。舌同士を絡ませ合い、上顎を擽り、歯列をなぞる。注ぎ込まれたアシュレイの唾液を飲み込み切れず、合わされた口の端から首筋を伝って流れていく。

「んぅっ‼　っは、あ……ッ！」

やっと唇を離されたときには息が上がっており、力が抜けてしまって指先一つ満足に動かせない。

アシュレイはそんな枢を愛おしげに見つめ、首筋を伝った唾液をベロリと舐めとった。

「ひゃう……！」

「そんなそそる声を出すな。……止まれなくなる。まだカナメはいっぱいいっぱいだろうからな。今日はこれでおしまいだ」

ちゅ、ちゅ、と顔中にキスを落としてからアシュレイは起き上がり、枢のことも起こしてくれた。

「ひとまず私は部屋に戻る。――また夜に、な？」

そうしてほのかな欲の炎を湛《たた》えた紫色がしっかりと枢の瞳と合わさり、それからようやく部屋をあとにした。


その日の夜。湯浴みも済ませあとは寝るだけという状態の枢の部屋に、アシュレイはやってきた。

明かりが落とされた暗い部屋にはどこか淫靡なにおいが立ちこめる。

「っ、あの……」

「ベッドに上がろうか？」

パチ、とまた美しいアメジストの中に欲の炎が爆《は》ぜた。

背中を押され、枢は抗う術もなくベッドへと乗り上げる。その後ろから押し倒すようにアシュレイが覆いかぶさってきた。

「で、殿下っ！」

「アシュレイ、と。呼んでくれカナメ」

「ふゃ、あ……っ！」

うなじに濡れた感触が這った。かと思えば吸いつかれ、やわく歯を立てられた。うなじから首筋へとアシュレイの唇が移動してくるのがわかる。

「ま……って！ア、シュレイ……」

「どうして……？」

会話をしながらも、枢の肌から唇は離れていかない。恥ずかしさにベッドに埋《うず》めたままの頬や、耳の後ろなどに可愛らしいリップ音を立てながらキスが落とされ続ける。

「は……ずかしい、ですっ！」

「恥ずかしい？　まだまだこれからだぞ？」

「今日はこれでおしまいって、言ったのに……ぃ！」

「最後までするつもりはないから安心しろ。……少しだけ。こうしてお前に触れさせてくれ」

言い終わらないうちからアシュレイの手は好き勝手に動いている。いつの間にされたのか、シャツのボタンは中ほどまで外され、肩はむき出しになっていた。外気に触れひやりとしたそこに、熱いアシュレイの唇が落とされる。

「や、ぁん……」

「少しだけ……。少しだけ、な？」

肩を甘噛みしながら、はだけたシャツの隙間から差し込まれた手のひらで腹を撫でられる。その手の冷たさか、それとも別のなにかか。枢の肌はぞわりと粟立った。

「カナメの肌は熱いな」

ちゅ、と頬に口づけながら言う。腹を撫でた手はそのまま上に上がってきて、枢の胸の尖りに触れた。瞬間。

「ひゃあ……っ！　だめ、アシュレイ！」

「どうして？　最後まではしないぞ？」

「っでも、だめ、です……っ。その、まだ、恥ずかしいからこれ以上は……っ！」

乳首に触れられた途端ハッとしたのか、枢は少し強めに抵抗した。アシュレイはその顔を覗き込むが、どうやら本当に恥ずかしがっているだけで嫌というわけではないらしい。

「……そうか。それは残念。だが、無理にするつもりはない。毎日ゆっくりと慣らしていくつもりだから、そのつもりでいてくれるとありがたいな」

もう一度枢の頬にキスを落とすと、アシュレイは服から手を抜き、また枢の上からも退いた。それに枢はホッとする。知らず力んでいた体から力を抜いたとき、今度はベッドに横になったアシュレイに抱きしめられた。

「っわ！」

「本当に今晩は何もしない。だから、こうやって眠らせてくれ」

頭をアシュレイの胸に押し付けられる。そこからは少し早い心音が聴こえてきた。

「あ、の……」

「私が緊張しないと思っていたか？」

「……はい」

「こんな風に自分から触れたいと思うのは初めてなんだ。緊張くらいする。カナメは嫌がっていないかとか、どこまでしていいかとか、いろいろ考えているんだぞこれでも？」

照れ隠しなのか、どこかそっけなく言うアシュレイに、何とも言えない気持ちになる。

（なんか、可愛い。それに僕と同じで、ドキドキ……するんだ）

こんなアシュレイを見たのは自分が初めてかもしれない、そう思うと多幸感が湧き起こり、枢は目の前の厚い胸板に頭をこすりつけた。そうすると、アシュレイはしっかりと枢の背に腕を回して抱き込み、互いの足を絡めて眠る姿勢をとった。

「おやすみカナメ。……愛しているよ」

「っ……はい。おやすみなさい」

好きと伝えるのが精一杯な枢には、まだアシュレイに同じ言葉を返すことはできない。

それでもきっと遠くない未来では、まっすぐに伝えたいと思いながら暖かな腕の中で眠りについた。

その日から枢は、二人きりのときはアシュレイを名前で呼ぶようになった。また夜は、同じベッドで眠るだけでなく、少しだけ濃い触れ合いをするようにも。けれどほとんどはキスと、肩や胸を軽く触れる程度のものだが。

恥ずかしいという思いはもちろん本当である。しかし枢はわかっている。それが過去の出来事から先に進むことを恐れているのだということを。

(怖いわけじゃない……。僕に触れてるのがアシュレイだって、わかってる。それでも……)

消してしまいたい過去の記憶が一瞬頭をよぎる。それだけで体が強張る。

それは恐怖などではなく、ただ自分が汚らわしいのだ。

複数の名前も知らない同級生、ただ触られるだけだったとはいえ、それらから齎《もたら》されたものは嫌《けん》悪《お》でしかなかった。

けれど、無理やりにでも昂ぶらせられれば反応はする。泣いて嫌がろうが追い詰められれば達してしまうのは男の性《さが》である。あの日自分は何度白濁を腹に飛び散らせたのだろうか。それを考えただけで昼に食べたものを戻しそうになる。

枢にとって幸いだったのは、おそらくアシュレイも枢が襲われたあの事件のことを考え、無理に先へ進めようとしないことだった。

（アシュレイには悪いと思う。でも、もう少しこのまま……。せめて僕が昔のことを貴方に話せるようになるまでは……）

いつまでもこのままではいけないとわかっているけれど、先へ進むにはもう少し時間が必要だった。

幸せだと思うと、途端に不安が押し寄せる。今まで愛されたことも、幸せだと思ったこともほとんどないからだろうか。いつかはこの幸福が壊れてしまう気がしてならないのだった。

◇◆◇

「では今回はこちらになります。カナメ様、よろしくお願いしますね」

「はい、わかりました。……それにしても、最近多くないですか？　浄化の依頼」

いつものように精霊塔に来ると、ヘルベールから浄化の依頼が回ってきた。今は雪の二の月に入ったばかりだ。

枢が精霊塔からの依頼で初めて浄化魔法を使ったのは一ヶ月ほど前の話だが、それから今日までに枢が依頼された浄化は、すでに片手では足りないほどになっていた。

枢がネオブランジェに来たばかりの頃は、こんなに魔獣が出た話は聞かなかった。しかし近頃は魔獣出現や、討伐報告などが頻繁に騎士団に上がってきているらしい。

「そうなのです。城下町までは結界が張られていますから問題ございませんが、そこから先は魔獣の被害が多いようです。先日は隣国からやってきた商人の一団が魔獣に襲われたそうです」

「そうなんですか……」

「アシュレイ殿下は騎士団の仕事でお忙しくしていらっしゃいますね」

「えっ？　え……あ、はい」

「お寂しくはございませんか？」

「えっ!?　だっ、大丈夫です……！」

「はっはっは！　そう照れずともよいですぞ。……まぁ、もうすぐ雪祭りもありますからな。そちらの準備も忙しいんでしょう」

「雪祭り……」

「星祭りではなにかあったようでしたから、きっと今度の雪祭りではカナメ様に楽しんでいただけるよう、殿下も一生懸命なのではないでしょうか」

優しく笑うヘルベールに、枢は一瞬虚を衝かれたような顔をして、それから小さく笑った。

あの日のことは数人しか知らないが、意外と鋭いこの老人もきっとおおよそのことは見当がついているのだろう。それでも訊ねてこないのがこの人の優しさだと枢もわかっていた。

「そう、なんですかね。……わからないですけど、雪祭り、楽しみにしています」

「ええ。きっと楽しい思い出になると思いますぞ」

それから挨拶を交わすと、枢は浄化すべき場所へと向かった。

それから数日間は依頼された仕事を淡々とこなしていた。そして今日も精霊塔へ向かおうと部屋の入り口まで来たところで、思わぬ人と出会った。

「……え？　今日は一緒に、ですか？」

その日もまた護衛たちと精霊塔へ行くのだろうと思いきや、なぜだかアシュレイがいた。聞くとアシュレイはヘルベールに呼ばれているのだとか。

「そうなんですね。でも、雪祭りの準備でお忙しいんじゃないですか？」

「なんだ？　拗ねているのか？」

いろいろと忙しいであろうアシュレイのことを思っての言葉だったが、彼は楽しそうに口角を上げてそう聞いてくる。

「なっ！　ち、違います……！　本当に、大変だろうなと思って！」

「ははは！　そう怒るな。……ちゃんとわかっているよ。だが、ヘルベールがわざわざ私を呼ぶくらいだ。きっとお前に関する大事な話だと思っている。だから忙しかろうが構わんのだ」

「アシュレイ……」

「あんまり可愛い顔をするな。……押し倒してしまいたくなる」

宥めるように頭を撫でるアシュレイの手の温もりを享受する。至近距離で瞳を合わせながら呟かれたその声の甘さに、思わず背が震えた。

「んっ……、アシュレイ！」

「わかっている。今はそんな暇はないからな。……これで我慢する」

「なに……？　っ、んむ！」

ふざけないでほしいと、咎《とが》めようとした声はアシュレイの唇によって奪い取られた。

軽く唇同士を合わせるだけのキスだったが、まだ慣れない枢は体を固くしてしまう。

「ふ。まだまだ慣れる様子はないな？」

「っ、慣れるわけ、ないです……」

技術も経験も、何もかもアシュレイと違う自分をからかわれたようで、枢は若干ふてくされる。

だがアシュレイはその顔すら可愛いとでもいうように笑うと、枢の手を引いて歩き出す。

「慣れていないお前が可愛いから、いつまでもそのままでいてくれ」

「複雑です……」

そのまま部屋から出てズンズンと出口まで向かっていく。それに付き従う護衛たちは、慣れた様子で二人の後を追った。

最近ではアシュレイと枢が手を繋いでいようとも、城の者たちはそれくらいでは驚かなくなったらしい。アシュレイが枢を構い倒し始めた頃は、〝王弟殿下がご乱心〟だとか〝誇り高き騎士団長が神子《みこ》に手篭めにされた〟とかいろいろな陰口が囁かれていたようだが。

馬車に乗り込み、いつものようにちょっかいを出されつつ談話していると精霊塔に着く。

「お呼び立てして申し訳ございません」

「いや、構わん。なにか大切な話があるのだろう？」

精霊塔内部の別室に案内された二人がソファに腰掛けると、和《なご》やかな雰囲気で話が始まった。

室内にはヘルベールと、自分たちの三人だけだ。

何度も精霊塔には来ているが、別室に通され畏《かしこ》まった話をするのは初めてだった。

「あの、僕も一緒でいいんですか？　殿下に話があるんじゃ……」

「もちろんそうですが、カナメ様にも関係がある……というか、貴方の話をしたくて此度はお越しいただいたのです」

にこやかにヘルベールは告げた。

「僕のこと、ですか？」

「そうです。……殿下」

「なんだ？」

「私は大分と歳を取りました。殿下が幼少のみぎりから、この精霊塔の術師長として務めてまいりましたので」

「……そうだな。子供の頃はミレイアと一緒にここに入り込んで、怒られたものだ」

「お懐かしい限りです。……殿下、急とは思いますが、私はもうそろそろ術師長の座を譲って隠居しようと思っているのです」

「……」

「そして、次の術師長にはカナメ様を指名したい」

そこまで言って、ただ傍観しているだけだった枢に優しい目を向けた。

「え……？」

「カナメ様は精霊に愛されているようだ。それにこの国のことも真剣に考えてくれているようだ。カナメ様のような人になら精霊塔を任せられる」

「そんな、僕には無理です……っ!!」

「貴方ならできる。それにこれは貴方にとって悪い話ではないのです。そうでございましょう？　殿下」

「アッシュ殿下……？」

自分がなにかとんでもないことに巻き込まれそうな気がして、枢は縋《すが》るような目でアシュレイを見た。

「……確かに、この話は私やカナメにとって悪いものではない」

「そんなっ！」

「私がお前をつがいとして発表するとき、今のままでは納得しない者が多くいるだろう。……神子《みこ》とはいえ、家柄や地位など確固たるものをカナメは持っていない。そういうものを重視する古い思考の貴族たちから必ず妨害されると思って間違いないだろう。だが、お前が術師長であれば話は変わってくる。精霊塔の長ともなれば、王宮の官たちにも並ぶ地位を得ることができる。そうなればよっぽどではないかぎり、私たちの婚姻に口うるさく文句をつける者はいないだろうよ」

「そんな……！　そんなこと、僕には無理です……」

「そうか？　私はお前ならできると思うが？」

「っ、無理です！　っそうだ！　副術師長さんがいましたよね？　えっと……そう、エドガーさん！」

　まずい流れになりそうなのをどうにかしようと、枢は必死に逃げ道を探した。

　閃いたとばかりにそう言うと、ヘルベールは少しだけ何とも言えない顔をして、それから穏やかに口を開いた。

「……カナメ様。他人のために祈りを捧げることと、自分のために祈りを捧げること、どちらがよい行《おこな》いだと思いますか？」

「え……？　なんですか、急に」

「いいから。答えてください」

「それは……、他人のために祈りを捧げるほうだと思いますけど……」

「……そうですね。そちらのほうがより心優しく、神聖な感じがいたしますよね。では、自分のために祈りを捧げるのはよくないことなのか。……それはどう思われますか？」

「そんなことは、ないと思います。祈ることは、そもそもよいことだと……」

「そうですね。こちらもまたよくないこととは言えません。そもそも自分のために祈るといっても、そこには必ず理由があると思いませんか？　たとえば、家が貧しく、しっかりとした職に就かなければ家族を養っていけない。そのためには精霊塔で高い地位に上り詰める必要がある、とか」

「それって……」

「……ふ、察しがいいようでなにより。まあこれはあくまで例え話です。エドガーがどうかはわかりませんが、彼はどちらかというと後者側の人間であることは間違いないと思います」

「でも、それでも必死に祈りを捧げているんですよね？　それはとてもいいことでしょう？　何も問題ないんじゃないですか……？」

悩みながらもヘルベールから投げかけられる問いに答える。

「確かにそれだけならば問題はないでしょう。……ですが近頃彼は、あまりにも術師長という地位に固執しているように思うのです。以前から彼は向上心の強い男でしたが、副術師長になってからは、次の術師長は自分だと確信しているような態度で、自分の取り巻きを作るようになりました」

「……それは」

「いえ、取り巻き自体は以前からいたようです。どんどんと上り詰めていく彼に憧れる者も多かったのでしょう。ですが、彼にはよくない噂もあります」

「噂……？」

それまで黙って話を聞いていたアシュレイがようやっと口を開いた。

「ええ。……実は彼と同時期にこの塔で働き出した者は、いまや誰一人残っていないのです。それは、彼が陰で何かしてその者たちが辞めていった……と。それに今いる者たちの中にも、彼と同じか、それ以上の能力を持つ者もいますが、誰も彼の上に立つようなことはしません。傍で見ていても、皆一様に彼の顔色を窺《うかが》っているような印象を受けるのです」

「……なるほど。エドガーが周りの者に圧力をかけていると？」

「あくまで予想です。……私は直接その場面を見たことがないので。ですが、不信感の残る者をこのまま術師長にすることは私にはできません。彼が術師長になってしまったら、才能のある術師が育たないかもしれない。そうならないためにも、カナメ様。貴方様に術師長になっていただきたいのです」

枢を見るヘルベールの目は真剣だった。精霊塔のこと、ここで働く術師のことを考えている眼差しに、枢は押し黙る。

――そして、それからしばらくして小さく声を発した。

「あの……。もしエドガーさんがそうだったとして、どうして精霊さんは、彼に力を貸しているんでしょうか？　精霊さんたちは、神聖な生き物なのではないのですか……？」

「……彼らは祈りを聞き届け、力を貸します。その理由がどうであれ、熱心な祈りがあれば、精霊が力を貸す理由にはなるのですよ。そもそも、精霊魔法が使える最低条件は、精霊が見えることです。どんなに魔力があっても精霊が見えない者もいますし、信仰心がなかろうと悪行に手を染めていようと、見られる者もいます。精霊は神聖であると同時に、気まぐれでもありますからね」

「……そう、ですか」

悪いことをしているかもしれない人間にも精霊が力を貸すと知って、今まで頼りにしていたものが崩れたような気がした。けれど、これまで枢を助けてくれていたことも事実で。

枢は、自分が見て、触れ合ってきた精霊たちを信じようと思った。

たとえ悪事に力を貸していたとしても、それは枢の知る精霊ではない。そして自分に力を貸してくれる精霊たちを、そのようなことに巻き込まないよう枢はまっすぐに生きるだけだと思った。

「……少し、時間をもらえませんか？」

「カナメ様……」

「……僕には荷が重すぎます。でも、精霊さんがよくないことに利用されるかもしれないなら、それは嫌だから。だからもう少しだけ、考える時間をください」

「もちろんでございます。私もすぐに辞めるわけではございませんので。ゆっくりとお考えくだされればと思います」

「ありがとう、ございます……」

深く息を吐くと、横から肩を引かれる。されるがまま、頭をアシュレイの肩に乗せた。

「少し疲れただろう。……術師長、しばらくここで休んでよいか？」

「もちろんでございます。カナメ様、本日は休まれたらそのままお帰りになられて結構ですよ」

「え、でも」

「今日は特にお願いする仕事はございませんので。城に戻ってゆっくりなさってください」

「あ……、はい。わかりました」

「本日はご足労いただきありがとうございました。では私はこれで」

そう言ってヘルベールは仕事に戻っていった。

「……急な事で驚いたな」

「本当ですよ。術師長だなんて、そんなの……」

「私はできると思っているぞ？　精霊に愛され、カナメもまた精霊を大切にしている。そのような人間が術師長になるのが一番だと思うからな」

「絶対無理です。本当ならアシュレイのつがいだって僕にはふさわしくないと思ってます。けど、それでも貴方の隣は誰にも譲りたくないから、そのことはもう覚悟できました。でも……」

「まぁ、今すぐに結果を出さなくてもいい。ゆっくりでいいと術師長も言っていただろう。もうすぐ雪祭りだ。とりあえず今は目先の楽しいことを考えよう？」

「……はい」

優しく頭を撫でるアシュレイの手のひらに目を閉じ、今は彼の温かさだけを感じていたかった。

――しかし、二人は……いや。先ほどまでこの部屋にいたヘルベールも、会話を聞いていた人間がいることに気づいていなかった。

「あんな奴を術師長にするだと⁉　ふざけるな……っ」

小さく吐き捨てられた声は、強い怒りをはらんでいた。

◇忍び寄る影◇

「あ、雪……！」

城に戻りジュードに淹《い》れてもらったお茶を飲んでいると、窓の外は雪がちらついていた。

雪の月、というくらいだから非常に寒い。先日からちらちらと雪は降っていたが、濡れ雪なのか積もるほどではなかった。

「積もる、かな？」

「積もると思いますよ」

空になったカップに熱いお茶を注ぎながらジュードが言う。

「そうなの？」

「ええ。いつも雪祭りの少し前から降り続くんです。そして雪祭りの前日には街の広場に雪像が作られて、当日はそれを見ながら温かい物を食べるんです」

「へぇ、そうなんだ。寒そうだけど、楽しそう。お城の庭とかには作らないのかな？」

「庭師たちが立派な雪像を毎年作っていますよ。公務で忙しい陛下や宰相様たちに少しでもお祭りの気分を味わっていただくためだそうです」

「そうなんだ……」

視界を真っ白に染めていく雪を見ながら枢は呟く。脳裏をよぎるのは先ほどのヘルベールの話だ。不安だらけで枢の心の中は窓の外と同じでなにも見えないが、肩を抱かれながらアシュレイに言われた言葉を思い出す。

「雪祭り、楽しみだな……」

今も忙しく準備をしているであろう恋人を思い出しながらゆっくりと目を閉じた。


翌朝目覚めると、窓の外は一面銀世界だった。

「わっ！　積もってる……！」

起き抜けでまだほかほかと温かい体のままバルコニーから外に出る。途端、肌を刺すような冷たさに体を震わせた。

「さむ……っ」

「当たり前だろう。こんな薄着で外に出るなんて風邪をひくつもりか？」

寒さに震えながら真っ白な世界をキラキラした瞳で見ていると、後ろから暖かいもので包まれた。

「アシュレイ」

「雪を見るのは初めてか？」

ふわふわのガウンを枢に羽織らせ、そのまま背後から抱きしめる。

「初めてじゃないです。元いた世界でも雪は降ったし、積もることだってあったから」

「それにしては楽しそうだな？」

「こうやってしっかり見るのが久しぶりだから……。それに、すごく綺麗」

朝日が雪に反射してキラキラと輝いている。

木々のざわめきも小鳥のさえずりすら聞こえない、心地よい静寂が辺りを支配するこのなんとも言えない幻想的な空間に、枢はほぅ……とため息をついた。

「この景色を気に入ったか？」

「はい、とても」

背中に感じるしっかりとした胸に、枢は体重をかけて寄りかかる。それは少しも動じず、逆に枢の痩躯《そうく》を包み込むように腕に力を込めた。

「もっとこの国を好きになってくれ。カナメに見せたいものも、行きたいところもたくさんある。そのどれもを気に入ってくれると、私は嬉しい」

「アシュレイ……」

枢が視線を向けると、アシュレイは柔らかな笑みを湛《たた》えて枢を見つめていた。澄んだ空気の中、朝日を浴びて美しく輝く紫水晶に、視線を逸らせない。

お互い、吸い寄せられるように唇を合わせた。

それは触れるだけのやさしいキスだが、じんわりと枢の心を満たしてゆく。

それからしばらく二人はその姿勢のまま、白んでゆく空を眺めていた。


「ほんとに結構積もってる……」

「あんまりはしゃがないでくださいよ？　転んで怪我でもしたら大変ですからね？」

「リオンさん……。子供じゃないから大丈夫ですよ？」

昼食を終えてから、枢はジュードやリオン、ユリウスも引き連れて中庭へと来ていた。アシュレイは数日後に迫った雪祭りの準備のためこの場にはいない。

「怪我をされると大騒ぎする人間がおりますからね」

「それは……」

「まぁ、これだけ護衛がいて怪我をさせたとなると我々の面目もないのです。そんなことは起きないとは思いますが」

「そう、ですね……？」

「ところで本日はどのようなご用事でこちらに？」

防寒着をぴっちりと着込まされた枢は、寒さからか少しの恥ずかしさからか、鼻の頭を赤くして話し出す。

「えっと、大した理由じゃないんです。ただちょっと雪で遊びたいなって……」

「……遊び？」

「ほんと、大したことじゃないんですよ!?　ただ、雪だるま作ったりとか、かまくら作ったりとか。なんなら、雪合戦……とか、してみたいなって」

「か、かま……くら？　ゆきが……？」

「あっ、えっと！　そっか、そんな言葉ないのか。っと、とりあえず、遊んでみてもいい……ですか？」

上目遣いで訊ねると、皆にっこり微笑み頷いてくれた。それから枢は黙々と雪を弄り出す。きちんと手袋を嵌めているが、それでもじんわりと冷たさが手のひらに伝わる。

「……それはなんですか？」

「これは、雪うさぎです。小さい頃によく作ったんですよね」

小さなうさぎを花壇の縁に作って置く。ジュードはしゃがんで見ながら「かわいい」と言った。

「子供のときは一生懸命作ったうさぎが溶けちゃうのが悲しくて、泣いたこともあったなぁ」

思い出して小さく笑う。それはまだ本当の母親が生きていた頃の、ただ幸せだったときの思い出。

感傷に浸りそうな気分を紛わすように、枢は雪うさぎを量産したり、小さな雪だるまを作ったりと、冷たい指先とは反対に体が火照《ほて》ってくるほどちょこまかと動いた。

「おや、それは……」

「なんです？」

「ユリウスさんにはわかりますよね？」

「それはもちろん。我らが偉大なる精霊ですね」

「そうです！　結構上手にできたと思うんですけど」

「ええ。とてもよく作られていると思います」

「……精霊はこんな姿をしているんですね」

精霊を模した雪像もどきを一同で囲む。自分でも意外と上手くできたと思った枢は、精霊を呼び出してみた。

「精霊さん！」

明るく弾むように声に出すと、瞬く間に数匹の精霊がやってきた。

「精霊さん、これ！　作ってみたんだけどどうかな？　一応君たちのつもりなんだけど」

精霊たちはそれを聞くとわらわらと雪像もどきに近寄ってゆく。しばらく動きを止めたかと思うと、今度は弾かれたように宙に舞って踊りだした。

クルクル回る者、枢に擦り寄る者、雪像の傍を離れない者。それぞれ違う動きをしているが、皆嬉しそうな様子ではしゃいでいる。

「よかった！　喜んでくれてる……！」

枢も嬉しくなって、自分の周りを回る精霊と戯れる。それを従者たちは温かく見守っていた。それからしばらくして枢が小さなくしゃみをしたことにより、この雪遊び会はお開きとなった。

「しっかり暖かくしてくださいね。体調が悪くなったらすぐにジュードにお伝えください」

「はい」

「あと三日で雪祭りです。今度は殿下と楽しい思い出を作ってくださいませ」

ずる……と洟《はな》を啜《すす》る枢に微笑むと、リオンは客間から出ていった。

「あと三日か。……ふふ、楽しみだな」

バルコニーを見て枢は笑みをこぼす。

そこには魔法で凍らせた、枢の作った雪うさぎがいた。

——そして、雪祭り当日を迎えた。

当日とあって、城内も民の様子も、やはり落ち着きがない。外の寒さなどものともせず、着々と夜の本番に向けて準備を進める周囲を見ながら、枢は考え事をしていた。

(忙しいこと以外いつもと変わらないはず。……だけど、多分気のせいじゃない)


——それは前々日。雪遊びをした翌日のこと。

雪祭り直前で皆忙しそうにしている中、訪れた精霊塔の人々も同じように慌ただしくしていた。

「人が大勢集まりますし、城下町だけでなく周辺の村からも観光客が来ますからね。結界はいつも以上に強化しておかなければいけません」

ヘルベールは忙しそうに、それでいて祭りを楽しみにしているように笑みをこぼして言う。

「そうすることが民のためだけでなく、警護をする騎士団や、祭りを成功させようとする者たちのためになります」

それは枢の心を揺すぶるのに十分な言葉だった。

普段から手を抜いているつもりはないが、アシュレイのためにもなると思えば、いつも以上にやる気が出て仕事にも力が入る。気合い十分の枢に応えるように精霊たちも張り切ってくれた。

結界の強化も一段落ついた頃、枢はトイレに行きたくなった。

「マクシミリアンさん、ちょっとお手洗いに行ってきますね」

一言告げて一人でトイレへ向かう。いつかの事件があった後、どこに行くにも護衛が傍を離れなかった。それはトイレに行くときも同じで、個室の手前で待機されるというプライベートもなにもない時期があった。

だが、さすがに恥ずかしすぎると涙ながらに訴えたおかげか、精霊塔の中限定ではあるが今は割と自由に動けている。

用を足し終わり手を洗っていると、精霊塔の術師が一人トイレに入ってきた。鏡越しに視線が合うと、ジロリと睨まれる。

その眼光の鋭さにビクッと肩を震わせて、枢は慌てて目を逸らしそそくさとトイレから出る。その背に個室から聞こえた声が刺さった。

「神子《みこ》様ねぇ……。どこから来たかもわからないのによく受け入れられるもんだ。ここの術師長も殿下も。どうやって誑《たぶら》かしたんだか」

まだ近くにいるのはわかっているだろうに、わざと聞こえるような声量で呟かれるそれ。

枢はキュッと唇を噛むと、急いで護衛たちの待つ広間へと足を動かした。

……陰口を言われるのは初めてではない。

精霊塔で仕事をさせてもらい始めて少しした頃から、アシュレイが護衛と話していたり、ほんの少し護衛が傍を離れた瞬間を狙って、枢にだけ聞こえるような声で悪口を言われていた。刺すような視線は割とずっと感じていたし、時にはすれ違いざまに偶然を装って足を踏まれたこともあった。

それでも枢を好意的に受け入れてくれている術師が多く、枢自身もそういったことは元いた世界で慣れてしまっていたから、気にしないふりをし続けてきた。

「……でも今日はいつもよりひどい気がする」

名前は覚えていないけれど、少し前まで割と好意的に接してくれていた術師が、今日はなぜか挨拶すら返してくれない。それどころか離れた場所で何人かと顔を寄せ合ってヒソヒソと話をしている。

「僕、何かしたかな……」

頭をよぎるのはあの学園生活。陰口、無視、暴力……

当たり前にあった平穏が侵され、壊される恐怖。それを思い出し背筋が震えた。

広間に戻りマクシミリアンの傍へ行くと、彼は枢の顔を覗き込んで眉をひそめた。

「カナメ様？　どうかなさったんですか？」

「え……？　どう、してですか？」

「顔色が優れないように見えますので……」

「っ、そんなことないです……！　ちょっと、お腹が痛かったんです」

お腹を擦りながら誤魔化す。マクシミリアンは納得していない様子だが、ニコ、と枢が笑ってみせると、それ以上は聞かないでくれた。

とはいえ、それから数日。枢は少しずつ悪口も小さな嫌がらせも増えているような気がしていた。

経験からそのような視線や行動に敏感だから、これは間違っていないと思う。

「でも、なんで今頃？　……まぁ、多分最初から嫌われてたんだろうけど」

痛む胸を無視しつつ、なぜ今頃なのか考える。

「もっと早くにこうなっててもおかしくなかったはず……。殿下が傍にいないときなんて何回もあったし。なのになんで今……」

今日は楽しみにしていた雪祭りの日だ。それなのになぜか胸がモヤモヤとして落ち着かない。祭りの日……ということもあり、あの星祭りの事件を思い出しているのか、それともよくわからない何か予感的なものを感じているのか、枢は不安が胸に湧き上がるのを抑えられずにいた。

「――あ。もしかしてあの話を聞かれて？」

そのとき頭をよぎったのは、もちろん数日前の次期術師長の件だ。

あの話を誰かに聞かれていたとしたら、そりゃあ嫌がらせをしたくなるだろうと思う。

「でもあのとき、周りに人はいなかった気がするんだけど……。殿下もなにも言ってなかったし」

騎士団長でもあるアシュレイが、人の気配に気づかないことなんてあるだろうか？

自分じゃあるまいし、と思いつつ、それ以外に急な態度の変化の理由が思いつかず。結局悶々としたまま、雪祭りの開始時間を待ち続け、やがて夜になった。

術師長の話を知らない人間に相談するわけにもいかず、かといってアシュレイに相談するかといえば、やはりそれはためらってしまう。

(今でもたくさん迷惑かけてるのに、これ以上アシュレイに心配かけられない)

考え込んでぼんやりしていると、すぐ傍でジュードの声がした。

「カナメ様？」

「っ、はい……！」

「どうされたんですか？　そんなに驚かれて……」

「あ……や、ちょっと考え事してて！　あはは……。っそれより、なにか用があったんじゃないの？」

大きな声を出してしまったことが恥ずかしく、誤魔化すように訊ねた。

「もうそろそろお出掛けの時間になりますので、準備していただこうかと思いまして」

「あっ、もうそんな時間？　ごめんね！　すぐ行きます！」

「そんなに慌てずとも大丈夫ですよ。殿下がお迎えに来られるそうなので。今しばらくお待ちになっていて結構です」

「なんだ、そっか……」

慌てていたため強張っていた体から力を抜くと、その肩にふわりと何かを掛けられた。

「……これは？」

「防寒とお顔を隠すためのマントです」

それは、星祭りのときに着せられたものとはまた違うデザインのものだった。

以前のものより厚手になっており、黒い布地に銀の刺繍が施された、ひと目でよい品物であるとわかるマントを羽織らされ、枢はまた慌てる。

「えっ、こんな上等なもの着られないよっ！　前に使わせてもらったのでいいから……！」

「こちらは殿下からカナメ様に贈られたものです。カナメ様がお風邪を召されては困る、と仰《おっしゃ》っておられましたよ？」

「でもっ」

「殿下はぜひともカナメ様に、これを着て雪祭りを一緒に楽しんでほしいと思っていらっしゃるはずです」

「そう、かな？」

「そうでございます」

「……そっか。ならありがたく着させてもらおうかな」

手触りの良いそれを胸元でキュッと握り、小さく微笑む。マントに包まれた身が温かくて、まるでアシュレイの想いに丸ごと包まれているような気持ちになった。

そうしていると、アシュレイといつもの面々が部屋へと到着したらしい。ノックの音に促され入り口へと向かう。

「カナメ」

「っ殿下」

「しっかりと顔を見るのは久しぶりだな」

すり、と大きな手が枢の頬を撫でる。ひんやりとしたそれに体が小さく跳ねた。

「すまない、冷たかったな」

「いえ……。あの、お疲れに見えますけど、大丈夫ですか……？」

近頃は本当に忙しかったようで、同じベッドで眠ってはいるが、アシュレイがベッドへ入るのは枢が寝入ってからで、起きるのは枢より先であった。

ほとんど顔を合わせないでいるうちに、すこしやつれたように見える。

「なに心配はいらない。これくらいいつものことだ。このあと騎士団の仕事が控えているから気は抜けないいし、なによりカナメと雪祭りを楽しまねばならないからな。疲れている場合ではないよ」

「アッシュ殿下……」

優しく目を細め、枢のことが愛しいという顔をするアシュレイに、きゅぅと枢の胸は甘く痛む。

「んんっ。アシュレイ殿下、カナメ様。そろそろ出発いたしませんと間に合いませんが？」

「おっとそうだな。……ではカナメ、行こうか」

「……っはい！」

枢がアシュレイに差し出された手を握るとしっかり握り返される。そのまま手を引かれて街へと繰り出した。


「すごい……綺麗ー！」

「そうだな。今年も素晴らしい雪像ばかりだ」

ザクザクと雪を踏みしめながら街の中を歩く。

星祭りでも訪れた街ではあるが、季節も景色も変われば、別世界へ来たかのようなまた違った顔を見せてくれる。

「氷の彫刻もあるんですね！　すごい、生きてるみたい……！　あっちのはピカピカ光ってる！」

「皆手の込んだものをこの日のために丹精込めて作り上げるからな。じっくり見るといい」

初めて見るものばかりでテンションの上がっている枢を、アシュレイは優しく見つめる。

「星祭りもすごかったですけど、雪祭りもすごいです！」

「喜んでもらえたようで嬉しいよ。そうだ、腹は空かないか？　温かいスープもあるぞ？」

「あ、じゃあ少しだけ頂きます」

手を引かれたまま露店の一つへ入ると、温かな湯気と鼻をくすぐる美味《おい》しそうな匂いに包まれる。

皿をふたつ受け取ると、店先の椅子に腰掛け食べ始めた。

「あ……」

「ん？　どうした？」

「いや、えっと……。殿下は一緒に、食べてくれるんですね」

「……あぁ。星祭りのときか。基本的に職務を途中で放棄するわけにはいかないし、客人と同じ席で従者や護衛が食事をするわけにはいかないからな。一人で食べるのは味気なかったか？」

「……はい。本当はみんなと一緒に食べたかったです……」

「そうか。……私はカナメが望むならいくらでもご相伴《しょうばん》に与《あずか》ろう。リオンたちも城であれば多少は融通が利くのだがな、さすがに民の手前ではそうはいくまい。勘弁してくれるか？」

「……大丈夫です。ちゃんとわかってますから。殿下が一緒に食べてくださるだけでも、嬉しいです」

あのとき思っていたことをジュードやリオンたちに聞かれることは恥ずかしかったし、わがままを言って困らせているのでは？　と思うと少し怖かった。けれど顔を覗き込んできたアシュレイの瞳は、どこまでも穏やかで慈愛に満ちていた。

それからしばらく他愛もない話をしたが、アシュレイが呼ばれて警備へと向かうと、残された枢はジュードたちと一緒に祭りを満喫した。

夜が更けるにつれ冷たさも増すが、それ以上に楽しさを感じていた。露店を回ったり、設置されている雪像を一つ一つじっくり見たり。星祭りではできなかったことをしていると、パンッ……と何かが弾ける音がした。

「なに？　……っあ！」

パンパンと続けざまに鳴る音に空を見ると、そこには大輪の花が咲いていた。

「花火！」

色とりどりの花火が夜空を彩る。星々が煌めく真っ黒なキャンバスに描かれた美しい花々に見蕩れていると、背後からぎゅっと抱きしめられた。振り返ると、仕事が終わったのだろうアシュレイがいた。

「綺麗だろう？」

「……はい。すごく」

「これをカナメに見せたかった。カナメと一緒に見たかった」

「アッシュ殿下……」

ぎゅっと胸に回された腕に力がこもる。その強さ、温かさにじんと心が痺れた。背後のアシュレイにそっと体を預け二人で同じ空を見上げる。

幸福感が胸に込み上げ涙がこぼれそうになったとき、辺りがなにやら騒がしくなった。

ザワザワし出したのはどうやら枢たちの周囲だけのようで、空から地上へ目を向けると、なにやら騎士団の団員が数名こちらへ向かってきているようだった。

人の波を縫って枢たちの前まで来ると、アシュレイになにかを耳打ちする。

途端にアシュレイの顔つきが変わった。緊張した面持ちになり、バタバタと走り去っていったその騎士団員を見送ると、すぐさま振り向く。

「カナメ。お前は今すぐ城に帰るのだ」

「っ、何かあったんですか？」

「……国境付近の村に魔獣の群れが現れたとの報告があった。私は今からそちらへ向かう。だからお前は城へ戻るのだ」

「そんな……っ！　僕も行きます！」

「ダメだ！　お前を危険に巻き込みたくはない！」

肩をグッと掴まれ、真剣な表情で枢の瞳を覗き込んでくる。その眼光に押されそうになるが、それでも枢も引かなかった。

「僕がいれば、怪我をしても治せますし、結界も張れます!!　術師の皆さんが来るまで時間がかかるでしょうし、微力かもしれないですけどお役に立てると思います……だから、僕も連れていってください！」

本当は怖い。魔獣を見たこともなければ、戦いという危険な状況に身を投じたこともない。

以前浄化魔法の仕事で見た、魔獣に襲われた村のように、たくさんの血が流れるかもしれないと思うと足がすくむ。

それでも使える力があるのになにもせずに、自分だけが安全な場所にいるのは違うと思った。

「危ないことはしません。だから、お願いします！」

「カナメ……」

互いに睨み合ったまま無音が落ちた。しかしそれも一瞬のことで、次の瞬間にはアシュレイは枢の手を取って走り出す。

「っ、わ……!?」

「護衛の傍を絶対に離れないと約束してくれ。治療に専念し、自分の身に危険が及んだらすぐに逃げると。そうでなければ今ここで置いていく」

「っ、わかりました」

力強く返すと、アシュレイは頷いてそれに応えた。

先ほどの騎士団員が置いていったのだろう馬に跨ると、一息に目的地へと駆け出す。

「しっかり私に掴まっていろ。揺れるし慣れないだろうが、村はそこまで遠くない。少しの辛抱だ」

「は、い……っ」

喋ると舌を噛みそうになるのをなんとかこらえ、枢は振り落とされないようアシュレイにしがみついた。

そしてどれくらい走ったのかわからないが、急に止まった揺れに、瞑っていた目を開けるとそこは戦場だった。

見たこともない大きな生き物が暴れている。

大きな鉤爪《かぎづめ》の付いた足で人間をなぎ払い、鋭く尖った牙で噛み付いては放り投げる。おもちゃのように投げ出された人間は地面に倒れ、うめき声を上げたままぐったりと動かなくなる。

(な、に……これ)

アニメやゲームでしか見たことのない景色だった。

軽々と投げ飛ばされる体、滴《したた》り落ちる血液。聞いたこともないおぞましい咆哮。

十八年間自分が生きてきた世界は、あまりに平和で優しい世界だったのだと、枢は今この瞬間理解した。

(足が動かない……怖い……こわいっ！)

「カナメっ!!」

――ハッとした。

鼓膜をビリビリと震わすような大声は、自分を安心させてくれる人のもの。力が抜け今にも座り込みそうな体を支えるこの腕も。

知らず詰めていた息を吐き見上げた瞳は、いつも以上に輝いている。強さと優しさ、そして厳しさを燃やす紫電は、枢の意識を覚醒させた。

「っ、もう……大丈夫です」

アシュレイに寄りかかるようにしていたのを、両足にしっかりと力を入れて立つ。彼を見つめ返すその瞳に、もう迷いはなかった。

「ごめんなさい。ちょっとびっくりしてしまって。でももう大丈夫です」

そう伝えると、アシュレイはしっかりと頷く。

「それでこそ私が惚れた男だ」

そしてゆっくりと枢の背を押した。彼の手が離れると枢は勢いよく走り出す。

「怪我をした人はどこですか⁉」

「神子《みこ》様……⁉　っ、こっちです！」

「動かないでください。今そちらに行きます‼」

振り返ることなく負傷者のもとに駆け寄る枢を見て、アシュレイも戦いの中に身を投じる。

「皆の者‼　街には一匹たりとも入れるな！　ここで食い止めるのだ‼」

「御意‼」

アシュレイの檄《げき》が飛び、騎士たちは今まで以上に剣を握る手に力がこもる。魔獣の咆哮と騎士たちの怒号。剣が切り裂き、弾かれる音。様々な音が戦場に響き渡る。

「うぅ……痛い！　痛くて死にそうだ……っ」

「大丈夫です。死んだりしません！　今治します！」

「指がっ！　指がなくなっちまったっ……！」

「っ、切られた指はありますか⁉　あったらそれをこちらに持ってきてください！」

「死にたくないっ！　家族が待ってるんだ……！」

「大丈夫です、絶対帰れます……！」

吹き飛んだ腕、切り付けられた体、潰された目。あまりにも無残な状態で自分のもとまで運ばれてくる騎士たちを見て、胃から込み上げてくるものがある。しかしその現状から目を逸らすことなど許されない。

（これは自分が望んだこと。それにこの世界で生きていくためには避けては通れない）

大きく唾を飲み込んで、せり上がってきたものを押し戻す。そうしてキッと前を見据えると、大きな声で精霊を呼んだ。

「精霊さん……！　お願い、来て‼」

瞬間、血なまぐさい戦場に似つかわしくない、神々しい光が降り注いだ。

「お願い、力を貸して！」

枢が声をかけるやいなや、精霊たちは負傷した騎士たちのもとへ飛んでいき、魔力を放つ。すると見る見るうちに傷がふさがり、騎士たちに力が戻っていく。

「っすごい……！　あんなにひどい傷だったのに！」

「一瞬でこんなに大勢の怪我を治すなんて……」

枢の精霊魔法を目にした人々は感嘆の息を漏らす。しかしその横から大声が飛ぶ。

「感心している場合ではない！　怪我が治った者は急いで場に戻れ！　魔獣は待ってはくれないぞ！」

そうして、傷の治療が終わった者たちはまた、戦場へと駆けてゆく。そうしてしばらくすると、同じように傷だらけになった騎士たちが枢のもとへ運ばれてくるのだ。

治療をするたび戦場に舞い戻り、そうして再び傷を負う。その繰り返しは、人間をただの道具のように扱っているようでひどく枢の心を蝕《むしば》んだ。

（こんなにひどい目に遭ってるのに、どうしてっ）

「どうしてみんな、戦うことをやめないの……？」

逃げてはいけないことくらい枢にもわかる。しかし死の恐怖を感じてまで、魔獣と対峙しなければいけないのか。逃げ出してもいいのではないか。そんな気持ちが湧き起こる。

「それは、殿下が逃げ出さないからです」

その問いに答えたのは、いつの間にか隣で負傷者を治療していたユリウスだった。

「ユリウスさん！」

「誰もが皆逃げ出したいと思っているはずです。私もそうでしたから。けれど、この場の全員が逃げ出したとしても、殿下だけは逃げないでしょう。たった一人になったとしても、殿下は民のため、この国のため、戦うことを諦めないと私たちは知っている。だから我々もそんな殿下を慕いついてゆくのです」

目の前の騎士から戦場の中心へと視線を移す。そこには一心不乱に剣を振るい、声を張り上げ、魔獣を打ち倒すアシュレイの姿があった。

「怯むな!!　この程度、我らの敵ではないぞ！」

我が身が傷つこうとも仲間を鼓舞し、ひたすらに戦い続けるアシュレイの姿は眩しかった。

誰よりも努力する彼の期待を裏切るわけにはいかない。彼を慕う仲間を、自分たちを守るため前線で戦ってくれる彼らを、誰一人として亡くすわけにはいかないと思った。

次々運ばれてくる負傷者の治療をしていると、後方がなにやら色めき立つ。

見ると精霊塔より駆けつけた術師たちがいた。

「皆さん！　よかった、これでもっとたくさんの怪我人の治療ができる……！」

精霊魔法を使える者の数が増えたぶん、治療のスピードも格段に速くなった。そのおかげもあってか、騎士たちが優勢になり、だんだんと魔獣の数が減ってきている。

「もう少し……！　もう少しで決着がつく！　アッシュ殿下、頑張って!!」

荒々しい息遣い、響き渡る剣戟音。ドサリと倒れる大きな音と、舞い上がる雪煙。激しい攻防の末、魔獣は残すところあと二体となっていた。

二体いるうちの一体は獅子のような生き物だった。巨大な体に鋭い爪。顔の周りにはごわごわとした鬣《たてがみ》がある。普通の獅子と違うところはと言えば、その額から三本の角が生えていることと、しっぽが鱗に覆われたものであることだった。

(キメラ、ってやつかな?)

元の世界の知識でなんとなくそう感じた。

アシュレイはそのキメラに向かい勇ましく剣を振り下ろすが、それは容易く躱《かわ》された。だがわかった上での行動だったのだろう。キメラの後ろに回り込んでいた他の騎士がすかさず斬り込む。

「ギャアッ!!」

轟くような叫び声を上げ飛び退る。

アシュレイたちは攻撃の手を緩めず、息吐く暇もなく剣を振るう。時間はかかっているが、確実に相手の力を削いでゆき、そうしてしばらくののち、ドサリとキメラが倒れ込んだ。

「っ、あと一体……!」

胸元で握りしめた手のひらに力が入る。

今の戦闘で怪我をした騎士が駆け込んでくると、枢はそれを治療しながらもアシュレイから目を離さない。

残されたもう一体は鳥のような生き物だった。大きな翼と嘴《くちばし》、獲物を捕まえるため研ぎ澄まされた鉤爪《かぎづめ》を持ち、空中から騎士たちを狙っている。

空中戦となると戦いにくさが桁違いであり、騎士たちは弓や魔法を使い遠距離攻撃を仕掛けている。それを見ながら枢は思う。

(アシュレイ、一度もこっちに来てない……。ずっと戦い続けて大丈夫なのかな)

大きく肩で息をしている。見れば頬から血を流しているし、小さな傷も無数に確認できた。

「……精霊さん」

呼びかけるとふわふわと近寄ってくる。

「アシュレイの傍まで行ける……？」

そう訊ねると精霊たちは不安げにクルクルと回り出す。

「やっぱり魔獣の傍には行きたくないよね……でも一瞬でいいんだ！　ほんの一瞬でいいからアシュレイを治療してあげることってできないかな？」

精霊とは聖なる生き物であるからして、魔獣とは相反する性質を持っている。それゆえ本当なら魔獣のいる戦場に精霊が来るというのも、彼らにとっては酷なことではあるのだ。

それがわかった上でなお、枢は精霊に魔獣の近くへ行ってほしいと頼んでいた。

「これは僕のわがままだってわかってる。アシュレイは精霊魔法を使わなくても大丈夫かもしれない。でも君たちが力を貸してくれたらもっと頑張れると思うんだ！　だからお願い！　アシュレイの傍に行って彼を治癒してあげて……」

枢は必死の形相で頼み込む。

すると精霊たちは、しばし動きを止めたかと思うと、小さく頷き合ったように見えた。それから一匹ずつ枢の頬にサラリと触れると、そのままアシュレイのもとへと飛んでゆく。

「精霊さん！」

魔獣が空から攻撃を仕掛ける一瞬の隙をつき、アシュレイの頭上でふわ、と優しい光が点《とも》った。

次の瞬間には精霊たちは枢のもとに戻ってきており、さも〝褒めて！〟と言わんばかりに枢に擦り寄ってきた。

「ありがとう精霊さんたち！　ここからでもちゃんと見えたよ。……大変な思いをさせてごめんね？　帰ったらなにかお礼をしなきゃだね」

ほんの少しの間精霊たちと戯れていると、地響きが聞こえる。ハッとして見やると、魔獣が地に伏せていた。どうやら縄を使って空中から引き摺り下ろしたらしい。

「地上戦になればこっちのものだ！」

近くにいた騎士がそう叫ぶ。

（これで、決着がつく！）

「っ、はい！」

「マクシミリアンさん、ユリウスさん！」

「どうなさいましたか？」

「お願いです。アッシュ殿下のところに行ってくれませんか？」

「なっ！」

「それはできません！」

「お願いします！　僕はここから一歩も動きません。周りには術師の皆さんもいますし、僕には精霊さんたちがついてます。いざとなったら結界を張って身を守ります。だから僕は大丈夫なので、どうかアッシュ殿下を助けてあげてください‼　少しでも人手があったほうが戦いが有利に運ぶはずです！」

ぱっと頭を下げると、二人の護衛は慌て出す。

「カナメ様……！　顔を上げてください！」

「私たちに頭を下げる必要はありません！　どうか……」

「いいえ！　僕はお二人にアッシュ殿下から指示されたことを破るよう頼んでいるんですから、これでも全然足りないくらいです。どうか殿下を助けてあげてくださいっ！」

「カナメ様……」

「もしお二人が咎《とが》められるようなことがあれば僕が何とかします……！」

「……いいえ。それは結構です」

「えっ……？」

頼み込んでいる枢の耳に届いたのは、冷静なマクシミリアンの声だった。

（いいえって……、嫌ってこと？）

「そんな！」

「騎士たるもの、己の行動には責任を持たねばなりません。ですから我々が今から行《おこな》うことの責任は、すべて我々にあります」

「そうです。カナメ様は何も心配することはありません！　それに私たちには、以前星祭りのときにカナメ様に助けていただいた恩がございます。もし今回我々の首が飛ぶとしても、それは仕方のないことですので」

「マクシミリアンさん、ユリウスさん……っ」

「それでは私たちは殿下のもとへまいります」

「必ずアイツを倒して戻ってきますので！」

「術師の皆様方、カナメ様をなにとぞよろしく頼みます！」

そう言って二人は力強く頷くと駆け出していった。


羽根をばたつかせて暴れる魔獣の、もがくように動き回る足は、近くにいた騎士を巻き込み吹き飛ばす。持てる限りの力で抵抗する魔獣に、戦闘に加わった二人は果敢に斬り込んでゆく。

誰もが彼らの戦いを固唾を呑んで見守る。治療を受けている騎士たちは、一秒でも早く傷を治してくれと言い、治療が終わった途端走り出していく。

皆が勝利しか見ていなかった。全員の気持ちが一つになり、ついにその瞬間が訪れる。

「ギィィィイイアッ！」

耳をつんざく断末魔が響き、バサリという羽根や足が地面に落ちる音。そして静寂が訪れた。枢はそれらを聞きながら息を呑み動きを止めた。

「や、やった……」

「勝った、終わったんだ……!!」

わっと歓声が湧く。あちこちで互いを労《ねぎら》い、生きている喜びを確認し合う声がする。

「神子《みこ》様！　やりましたね！　やはり殿下はすごいです……！」

近くにいた術師が興奮したように枢に話しかけてきた。だが、枢はそれに返事をすることができなかった。枢は俯《うつむ》き体を震わせている。

「……神子《みこ》様？」

「泣いてらっしゃるんですか？　神子《みこ》、様……？」

術師が枢の肩に手を触れようとしたそのとき、ぐらりと枢の体が傾いだ。そして受け身をとることもなく地面に倒れ込んだ。

「っ、神子《みこ》様⁉」

「あ、っが……ぁ」

「みこ……っ⁉　誰かっ‼」

横たわった枢の全身は痙攣している。顔からは血の気が引き、唇は真っ青だ。丸まるような体勢のその背にはキラリと光るナイフが刺さっていた。

「誰か！　殿下を呼んでくれ……っ‼」

「どうしたんだ一体！」

「これは……っ、神子《みこ》様⁉」

術師たちが枢を取り囲む。辺りは騒然としており、その異変に気づいた騎士たちもあわてて駆けつける。

「っ、カナメ……⁉」

アシュレイは横たわった枢を見てすぐさま傍へ駆け寄る。

「どうしたカナメ⁉　何があったのだ‼　誰にやられた……っ⁉」

「ッ殿下！　治療をいたしますので少し離れてください……！」

取り乱しているアシュレイに声をかけたのはユリウスだった。

ハッとしてアシュレイは、すぐさまそこを退き彼に場所を譲る。

ユリウスは祈りを捧げ精霊魔法を枢に施す。――だが。

「っなぜだ！」

「どうしたのだユリウス⁉」

「精霊魔法が効きません……！　精霊たちが傍に寄ろうとしないのです！」

「なんだと……⁉」

「心配そうにカナメ様の傍を飛んではいるのですが、魔法をかける様子がないのです！　一体どういうことなのか……っ」

「っカナメ！　しっかりしろカナメ……っ！」

力なくぐったりとしている枢を抱きしめ、アシュレイは名前を呼び続ける。その間にもどんどんと体から力が抜け、呼吸が荒くなっていく。

「私はカナメを連れて城に戻る！　術師たちは場の浄化を！　騎士たちは近くに不審な者がいないか探せ！　疲れているところ申し訳ないが、もうしばらく力を貸してくれ‼」

「もちろんです殿下！」

「はやく神子《みこ》様を治療してあげてください！」

枢を抱きしめたままアシュレイが頭を下げると、騎士や術師の皆が優しい言葉をかけてくれる。

「っありがとう！　本当にすまない！　マクシミリアン、ユリウス！」

「「はっ！」」

「お前たちは私と一緒に来い！　行くぞ！」

「……御意！」

背中の傷口には厚く布を当てる。そして落とさないようしっかりと柩を横抱きにし、繋いであった馬に飛び乗る。一秒でも早く城に着きたかったが、体に振動を与えると傷に響いて辛そうなので、ゆっくりとしか走れない。

「死ぬなよカナメっ、絶対に死ぬな！　お前は私のつがいだろう……!?」

布にはもう血が滲んでいる。だらりと力なくたらされた腕が視界に入る度、言いようのない恐怖がアシュレイを襲った。

「誰がカナメをこんな目に……っ！　絶対に許さぬ！」

柩を抱きしめる腕に力を込めながら、馬の手綱を引いた。

城につくとそこにはリオンとジュードが待機していた。

「リオン!!」

「っ殿下！　ご無事で……！」

「そんなことよりもカナメが大変なのだ！　術師長と侍医《じい》を呼んでくれ！」

「カナメ様が？　っ、わかりました！　ただいま呼んで参ります！　ジュード!!」

「は、はい！」

「カナメ様のお傍を離れないように」

「っ、はい!!」

何が起こったか把握できていないだろうに、リオンは何も言わず精霊塔へ駆け出す。残りの面々は急いで枢があてがわれている部屋へ向かった。

アシュレイは部屋へ着くなり枢をベッドに優しく寝かせる。血の気の引いた顔はあまりに青白く、死人と見紛うほどだ。

「カナメ、様……」

「大丈夫だジュード、死んでない。カナメは、死んだりしない！」

震える声で枢を呼ぶジュードにアシュレイは声をかける。それは彼を安心させるようであり、また自分自身に言い聞かせるようでもあった。

「指先がこんなに冷たく……。待ってろ。今温めてやるからなっ」

握り込んだ手の冷たさに、心臓が引き絞られるように痛む。少しでも枢に何かしてやりたくて、火魔法を使い体を温めてやる。

今にも消えそうな呼吸音が静まり返った部屋に小さく落ちる。それから少ししてバタバタと廊下を走る音が聞こえた。

「お待たせいたしました！」

普段よりかなりおざなりにノックされた扉が勢いよく開け放たれる。リオンを先頭に術師長たちが雪崩《なだ》れ込むと、そのまま枢の傍まで駆け寄ってきた。

「これはっ⁉」

「一体どうなさったのですかカナメ様は⁉」

「わからぬ！　最後の魔獣を討伐し終わって見てみるとカナメが倒れていた。背中にナイフが刺さっていたからユリウスが精霊魔法を使ったのだが、効かぬのだ……！」

「効かない!?　それはどういうことですか!?」

「魔法がかかっている感覚がありません。それに精霊たちが傷口に近づくのを嫌がっているのです」

「……なに？」

ユリウスの話を聞いたヘルベールは視線を空中に向ける。そこには心配するように枢の頭上を飛んでいる精霊たちがいる。

「……」

ヘルベールは精霊たちに祈る。『カナメ様の傷を治してください』と。しかし。

「なんという……」

精霊たちは枢の背中の近くに寄っていこうとするものの、何かを避けるようにパッと散らばって飛んでいくのだ。

「っ、これは。もしかすると……」

「っなんだ!?　何か知っているのか術師長！」

「殿下、カナメ様に刺さっていたナイフはどこにありますか？」

「ナイフ……？　それならマクシミリアンが」

「はっ。こちらです」

丁寧に布を巻いたナイフを差し出す。それにはまだ生々しく枢の血の跡が残っていた。

それを手に取ると、ヘルベールは再び祈りを捧げる。

(精霊よ。このナイフを浄化していただきたい)

しかしその祈りは届かない。なぜなら、先ほどの比ではなく精霊たちが怯えているのだ。

「術師長様？　これは一体……」

「どうした、なにが起きている⁉」

「……殿下。このナイフには、毒が塗られております」

「毒だと⁉」

「はい。しかもこの毒は魔獣の住処にのみ育つ〝ハルキア〟という花の毒です」

「ハルキア……」

「この花は魔獣の血や瘴気がしみ込んだ土から咲きます。それゆえ、根から花に至るすべてに毒があるのです。毒は遅効性ですが、少量摂取するだけでもかなりの効果が出る劇毒なのでございます」

「なぜ、そんなものが……」

「……わかりません。ですが精霊魔法が効かないのもこれで納得がいきました。精霊は自分が存在し得る場所や物しか浄化できません。しかし、ハルキアは精霊が存在できない場所に咲くものであるから、彼らには手出しができないのです」

「そんな‼」

一同は、今までどのような怪我でも治せると思っていた精霊魔法が万能ではないと知り愕然とする。しかも、一番力を発揮してほしいときにそれが叶わないとなると、絶望がより強くなった。

「では、カナメはどうなるのだ⁉　このまま毒に侵され死にゆくのを見ていろとでも言うのか⁉」

「いいえ。そうは言っておりませぬ」

「なに……っ？」

「助かる手立てはある、と申しております」

ヘルベールは真面目な表情のままアシュレイへと向く。

「っ、それは本当か⁉」

「もちろんでございます。魔獣の住処にしか咲かない花の毒であるならば、解毒薬は精霊の住処にしか咲かない花でありましょう」

「……スフィーリアか‼」

「そうでございます。スフィーリアを煎じて作った薬を飲ませればきっと……」

「っリオン！」

「はい、ただいま！」

「っ、私も行きます‼」

ヘルベールの言葉を聞き、アシュレイの瞳に光が戻る。すぐさまリオンに指示を出すと、リオンは精霊の森に向かって走り出す。ジュードも後を追って駆け出した。

「よかった……本当によかったっ！」

「……いいえ殿下。安心するのはまだ早いかと」

「っ、なに……」

「ナイフに塗られた毒がどれくらいの量だったのかがわかりませぬ。カナメ様は、呼吸はしておられるようですが意識はない。しかも刺されてから幾分か時間が経っておられる。薬が効き助かったとしても、意識が戻るのかはわかりませんし、戻っても後遺症などが残るかもしれません。……いずれにせよ油断はなされないことです」

「……そう、だな」

今にも消えてしまいそうなカナメの手を両手でしっかりと握り、不安な心を押し殺すようにアシュレイはキツく目を閉じた。

——それからしばらくして、リオンとジュードが腕いっぱいに抱えてきたスフィーリアから急いで解毒薬が作られた。枢の意識がないため、経口摂取はできず、腕に刺した針を通してゆっくりと体内へ入れてゆく。

「カナメ……っ、はやく目を覚ましてくれ」

力なく体の横に伸ばされたままの手を取り、祈るように口づける。

冷たさは幾分和《やわ》らいだように感じるが、何の反応も示さないその細い指にアシュレイは苦しそうに目を閉じた。

「死ぬなよ……。頑張れ。頑張ってくれ……っ」

そう呟くと枢の手を布団の中に戻し、前髪を払ってその額に優しくキスを落とした。——それから。

「……マクシミリアン、ユリウス」

「はい」

「はい、殿下」

「お前たちに聞く。なぜカナメの傍を離れた？　私はカナメの護衛をするよう言ったはずだが」

「……戦いを一刻も早く収束するため、そうすべきだと判断いたしました」

「魔獣が最後の一体になっていたので、加勢しに行こうという話をしておりまして。カナメ様の傍には術師の皆様方がいらっしゃいましたので、何かあれば守っていただけるだろう、と」

護衛の二人はしかとアシュレイを見ながら答える。それを受けたアシュレイは、冷めきった視線を返す。

「何かあってからでは遅いのだぞ!?　その万が一が起こらないようお前たちに頼んだのだ！　それなのに勝手な判断で傍を離れて、結局カナメを危険に晒《さら》しているではないか!!」

「……仰《おっしゃ》る通りでございます」

「…………返す言葉もございません」

「お前たちにはしばらく謹慎を言い渡す。追って沙汰を出すから、それまで宿舎に籠っていろ」

「……御意」

「本当に、申し訳ございませんでした」

アシュレイの告げた言葉に、二人は粛々と頷くと深く頭を下げた。二人が去っていくと部屋に残されたのはアシュレイとリオン、ジュードに術師長のヘルベールだけだ。侍医《じい》は枢の傷の処置をし、解毒薬の投与を済ませると退室していた。

「……ジュードよ」

「っ、はい！」

「エルチェット宰相を呼んできてくれ。呼んだあとはしばらく席を外すように」

「……はい。かしこまりました」

小走りで出ていくジュードを見送り、アシュレイは残りの二人と向き合う。

「……それで犯人は見つかったか？」

「いいえ。現場周辺を探したらしいのですが、見つからなかったとの報告を受けております」

「……そうか」

「ですが、その場にいた術師たちから、戦場に向かった術師のうち、塔に戻っていない者が一人いるとの報告がございました」

「なに、それは誰だ!?」

「ケビン・ワーグナー、と聞いております」

「ケビン、でございますか……」

小さく呟いたのはヘルベールだった。彼は悲しそうな、それでいて静かな怒りを感じさせるような顔をしている。

「術師長、そやつは一体……？」

ヘルベールのその表情に何か思うことがあったのか、落ち着いた声音でアシュレイは訊ねる。

「……ケビンは突出した才能はないものの、仕事熱心で優しい男です」

「そんな人間がカナメを……？」

「……わかりません。ですがケビンはエドガーの取り巻きの一人です。それも心酔しているようでした。なぜだかケビンが塔に来た頃から、エドガーは彼を気にかけてやっていました。元々大人しく口下手なケビンは、熱心に仕事を教えてくれるエドガーに憧れていたようです。それがエドガーが副術師長になると、憧れが崇敬に変わったのか、常に傍をついて回るようになっておりました」

「エドガー、か」

「……あの話が漏れた可能性がございますね」

「もしそうだとすると、エドガーに心酔するケビンがカナメを手にかけてもおかしくはない」

暗い雰囲気が漂う中、静かに部屋の扉がノックされる。

「失礼します。エルチェット宰相をお連れしました」

控えめなジュードの声が聞こえ扉が開かれると、宰相が姿を現した。

「お呼びでしょうか殿下」

「宰相。……カナメのことは聞き及んでいるな？」

「はい。何者かに刺された、と」

「そうだ。ナイフにハルキアの毒が塗ってあり、それで刺された。……それで、だ」

「はい」

「どうもこの件には、精霊塔の副術師長であるエドガー・シュトッツ、また一術師であるケビン・ワーグナーが関与しているらしい。早急《さっきゅう》に失踪中のケビンを探し出し、この二名を査問にかけようと思う」

「……精霊塔の副術師長が？」

「もちろんことは重大である。国の中でも重要な位置にある精霊塔の術師、それも副術師長の地位にある者が不祥事を起こしたとあっては、国の管理体制を疑われかねない。しかし、そうも言っておられんだろう。精霊の神子《みこ》が襲われたのだから一刻を争う事態であると考える。私は騎士たちに指示を出し、国王陛下に査問の許可を得る。宰相であるそなたには、査問に出席する大臣や貴族等の招集、調整など行《おこな》ってもらいたい」

「……かしこまりました」

アシュレイの指示を受けた宰相は一礼して退出していく。

「術師長、そなたには迷惑をかけることになる……」

「承知しております。我々精霊塔の者が起こした不祥事です。どのような処分も受ける所存でございます」

「……すまないな」

申し訳なさそうな顔をするアシュレイに、ヘルベールは穏やかに微笑んだ。

枢の部屋の前で各々と別れると、アシュレイはそのままウィリアムの部屋へ向かった。

「兄上」

「アッシュか。入れ」

部屋へ足を踏み入れると、机に向かい作業をしているウィリアムの姿が目に入る。

「……まあ座れ」

そう言うとウィリアムはソファに座るよう促し、自身もその向かいに座る。腰を下ろすとアシュレイは単刀直入に切り出した。

「兄上。カナメが刺され、毒に侵されていることは知っていると思う。……それでおそらく主犯は、精霊塔の副術師長だ」

「カナメの事情は聞き及んでいる。しかし主犯が副術師長とはどういうことだ？　私にはそのような報告は来ていないが」

「おそらく、と言ったんだ。確証はないが、その確率が非常に高い。……少し前にヘルベール術師長より、カナメを次期術師長にしたいとの相談があったんだ。もしかすると、それを誰かに聞かれていたのかもしれない」

「カナメを次期術師長に、か。まあ確かにあれだけ精霊から好かれていれば納得だが……。つまり、術師長の座を奪われかねないと焦った副術師長がカナメを襲った、と。そう考えているのか？」

「……多分な。カナメを刺したのは別の人間のようだが」

「別の人間？」

「あぁ。同じ精霊塔の人間だが、一術師で副術師長……エドガーを崇拝している奴だそうだ」

「それは、エドガーが指示をしたということか？　それとも」

「……わからない。だから兄上に頼みに来たのだ」

「その頼みとは？」

ちらりと目線で先を促す。

「エドガーと術師……ケビンを査問にかけたい。だからそのために許可が欲しい」

「術師のほうはいいとして、証拠がないのにエドガーを査問にかけて大丈夫なのか？　精霊塔の副術師長だぞ？　なにもなければタダでは済まされない」

「……わかっている。だから査問を開くまでに証拠を集めてどうにかする。だからどうか、許可を出してくれ。頼む」

アシュレイは深々と頭を下げる。しばしの間ウィリアムはその様子を見ていたが、ゆっくりと口を開いた。

「よかろう。許可を出す。……ただし責任は自分でとるのだぞ」

「っああ。……すまない。ありがとう、兄上」

「つがいは生涯に一人だからな。それを守るのは当然のことだ。しっかりやれよ」

「わかっている」

目線をしっかりと合わせた兄弟は小さく頷く。そうしてアシュレイは立ち上がり、再度頭を下げた。

「国王陛下にはご迷惑をおかけいたします」

ふ、と笑ってウィリアムは退室を促し、アシュレイもそれ以上は何も言わず出ていく。

「……早く行け」

「絶対に捕まえてやる……！」

廊下を歩くアシュレイの瞳には強い怒りの炎が宿っていた。

「――ということで、お前たち第一小隊には術師のケビン・ワーグナーの捜索を任せたい」

「はっ！」

「そして第二小隊。お前たちは副術師長のエドガー・シュトッツの周辺を調べてもらう」

「周辺、ですか？」

「そうだ。友人や知人、エドガーの生家。妻がいるようだから、そちらの生家にも黒い噂や悪事につながるなにかがないか、くまなく探してほしい」

翌朝。アシュレイは早朝訓練をしている騎士たちのもとへ行き指示を出す。

「なるほど。かしこまりました！」

「……それはよいのですが、団長。副団長とユリウスは……？」

「……あの二人はしばらく謹慎だ」

「そ、それは！」

「話は以上だ。日常の仕事に加えこのようなことを頼むのは申し訳ないと思う。しかし、精霊の神子《みこ》が襲われたのだ。これは重大な事件だと考える。だからどうか、皆の力を貸してほしい」

いつも毅然とした態度で指示を出し、戦場を駆け抜ける騎士団長が頭を下げている。それに騎士たちは慌て出す。

「団長……！」

「顔を上げてください！」

「私たちも神子《みこ》様を襲った奴は許せません！」

「団長のためにも、神子《みこ》様のためにも。我々一丸となり早急《さっきゅう》に事態解決に向けて努力いたします！」

騎士の誰かがそう言うと、他の者たちもそれに強く頷く。

「すまないみんな。ありがとう。……よろしく頼む！」

「はい‼」

強く大きな声で返事をすると、騎士たちは指示された通りに動き出した。

「本当に皆には迷惑をかける。……ありがとう」

走り出していく騎士たちの背中を見ながら、アシュレイは小さく呟く。それから修練場をあとにすると自室に戻った。そこにはリオンが待機していた。

「……殿下」

「リオン。お前はどう思う？」

「何がでしょうか？」

「雪祭りの日の魔獣騒動だ」

「あの日の騒動について、ですか？」

部屋に入るなり投げ掛けられた問いに、リオンは小さく首を傾げる。

「そうだ。……そもそも普段であれば、雪の月には魔獣は減少傾向にある。活動が活発になるのは花の月から水の月だと大体の傾向は決まっているだろう？」

「言われてみれば……、そうですね」

「なのに、あの日は水の月と変わらないほどの魔獣の数だった。しかも種類の違う魔獣たちがあの場にいたのだ。……おかしいとは思わぬか？」

「確かに。普通魔獣はそれぞれの縄張り意識が強く、違う魔獣同士が出会った場合闘い合うはず。それが同じ場所にいて人間を襲うなんて、聞いたこともありませんね」

「そうだろう？　……これは近頃魔獣の出現が増えてきたこととなにか関係がありそうだな。リオン、悪いが手伝ってもらうぞ」

「かしこまりました」

「まずは最近の魔獣の出現数のデータを持ってきてくれ」

アシュレイは自分にできることをしようと動き出した。


——それから二日が経った。

「……毒は中和されたようですな」

穏やかにそう言った侍医《じい》の言葉に、その場にいた人たちは皆安堵のため息をこぼす。

「よかった。……ひとまずは安心ということか」

「そうでございますね。たった今精霊たちが魔法をかけておりました。背中の傷も綺麗に治ったことと思います。……しかし」

嬉しそうに呟くヘルベールだが、すぐに表情を曇らせる。

「あぁ。……目が覚めるかどうかはまだわからない、か」

「ええ。顔色や呼吸はよくなりましたが。あとはカナメ様次第というところでしょうか」

「……カナメ」

うっすらと赤みの戻った頬を撫でる。あの日のような冷たさはなく、規則的に上下する胸を見てアシュレイは、胸が温かくなるのを感じた。

「……それでもよい。こうして毒で命を落とす心配がなくなり、生きていてくれるのならそれだけで。カナメ。私はいつまでも待っているからな」

薄く開かれたバラ色の唇に触れるだけのキスを落とすと、その場は侍医《じい》やジュードに任せ、ヘルベールらと共にアシュレイの部屋へと移動する。

「術師長」

「はい」

「エドガーの動きはどうだ？」

「特に普段と変わりはございません。カナメ様が塔に顔を出さなくなったことに対して、心配している素振りは見せておりましたが」

「……白々しいな。リオン、ケビンが見つかったという報告は？」

「まだございません」

「……どこに隠れたのか。それとももうエドガーが始末したのか……いや、滅多なことを言うものではないな、すまない。それで、だ。術師長」

「何でございましょう」

「あの日の魔獣についてなのだが、おかしいと感じたことはないか？」

「……報告を聞いた限りで感じたことは、この雪の月の時期にあれほど大量の、しかも種類の違う魔獣が出てくるというのはおかしい、ということですかな？」

ヘルベールはアシュレイの鋭い眼光を見つめ返す。

「そうだ。私もこれはおかしいと感じ調べ始めた。だが、過去にこういった事例は報告されていない。まれに通常より多く出現した、という記録があるが、これはすべて花の月から水の月にかけての出来事だ」

「……なるほど」

「なにか知っていることはないだろうか？　どんなことでもよいのだ、頼む。魔獣のことに関してはそなたのほうが詳しいだろう？」

「はるか昔に又聞きしただけの、不確かな情報しかないのですが」

そう言い、ヘルベールは神妙な顔をして静かに話し始めた。

「エステル大陸の隣、セルバンティア大陸の話です。私は若いときにセルバンティアから来たという人間に一度会ったことがあります。彼は言っておりました。セルバンティアには魔獣を使役することができる人間がいる、と」

「魔獣を使役、だと？」

「はい。その者も詳しくは知らないと言っておりましたが、セルバンティアの中のある地域に住む者たちが魔獣を使役して、その昔、戦をしていたのだとか」

「そんなことが可能なのですか……？」

信じられないというように、アシュレイの傍に立つリオンが訊ねる。それにはアシュレイも同感だと言わんばかりに目を瞠《みは》った。

「私も信じられませんでしたが、その者は確かだと言い切っておりました。それに今回のことを見ても可能性は捨てきれないかと」

「そうか。セルバンティアだな」

「書庫を確認してみますが、おそらくセルバンティアに関する資料はなかったように思います」

「誰か現地に派遣してみるか……」

「それなら誰か見繕っておきましょう」

「そうだな、よろしく頼む。——それにしても。仮にこの国に、その魔獣を使役できるという者たちが入り込んでいるとすると、大変なことになるぞ」

「……そうでございましょうな。至る所で魔獣を呼び寄せて暴れさせることができる……。そうなれば戦を起こさずとも国の内部から崩壊させることができるのですから」

「早急《さっきゅう》に調べる必要があるな。このことは国王陛下にも報告する。……二人とも、このことは誰にも知られることのないように」

「御意」

パタン、と閉まった扉を見ながら、静まり返った室内でぽつりと呟く。

「何があってもこの国とカナメのことは守る。……絶対に」

国を揺るがしかねない事態がすぐ傍まで迫っているのを、アシュレイはひしひしと感じていた。

◇終わらない悲劇◇

――ここは、どこだろう？

辺りは真っ暗でなにも見えない。枢には、眼前に翳してみた自分の手のひらは確認できるが、それ以外はなにもわからず、どれだけ耳をそばだてても物音もなにもしなかった。

「僕は、どうしてこんな場所にいるんだろう？　なに、してたんだっけ……」

自分の落とした声が空間に響くのみで、それに応えてくれる声はない。

「僕は……そうだ。雪祭りに行って花火を見て。それから魔獣が出たって知らせを聞いて、戦場に行って。それで……」

ここが一体どこかはわからないが、わからないなりに現状を理解しようと記憶を振り返ってみる。

「それで、アシュレイが最後の一体を倒した後、僕は……。っ誰かに、刺された？」

枢が覚えているのは、強い衝撃と息が詰まるほどの痛み。それから徐々に体が痺れ視界が暗くなってゆく恐怖。そのときを思い出そうとすると、無意識に体が震えてしまう。

「すごく痛くて、目の前が真っ暗になって……。じゃあここは？　僕、死んじゃったってこと？」

この世界に来たときもそう思った。だがあのときは周りの風景もあったし、精霊たちも自分の傍にいた。それが一つもないということは……

「こんな真っ暗ってことは、僕地獄に落ちちゃったのかな？」

自嘲気味に呟いたそれも、暗闇に消える。今、枢の傍には『そんなことはない』と言ってくれる人は、誰もいないのだ。

「……精霊さんたちにお礼しなきゃだったのになぁ。マクシミリアンさんたちにも迷惑かけちゃったし……。僕が死んでたら、マクシミリアンさんたち、アシュレイから怒られてるよね、どうしよう」

意識が途切れるより前に見た景色や、この世界に来てからのことが思い出される。いろんな人にたくさん迷惑をかけてしまった。

「ほんと、どこに行っても僕は迷惑しかかけてないよね。アシュレイにもいっぱい迷惑かけて……」

はた、とそこで気がつく。

——元の世界を思い出すことが減っている事。記憶のほとんどが、アシュレイの事であると。

最初に出会ったときの怖い印象。目が覚めたときに優しく触れてくれた手のひら。こんな自分を好きだと告げてくれたときの真剣な瞳。狼の姿になったときのふわふわの抱き心地。名前を呼ぶ低く心地よい声。

どれも鮮明に思い出されて胸が苦しい。

「アシュレイ……。会いたいよ。どうして傍にいないの……？」

口に出すと余計に寂しさを感じてしまう。

じんわりと浮かんできた涙を拭いもせず、小さく縮こまるように膝を抱えた。

「……こんなことになるなら、もっとしっかりみんなに気持ちを伝えておけばよかった。アシュレイとの触れ合いだって」

枢は後悔していた。

周りの人たちに感謝を伝えられていないこと、元の世界にいたときのトラウマがあるとはいえ、自分を愛してくれるアシュレイにすべてを晒《さら》け出せずにいたことを。

「恥ずかしいからって言ってたけど、他に理由があるって絶対気づいてたはずなのに……。本当に優しい人」

もう二度と会えないかもしれないと思うと、彼から与えられた熱がひどく懐かしい。

「アシュレイ……ギュッてしてほしいよ。キスもしてほしい。恥ずかしくても今度は止めないから。だからそのときは……」

そのときは自分の抱えている秘密も全部話そう。嫌われるかもしれない、蔑《さげす》まれるかもしれない。それでももし、許して受け入れてくれると言うなら、そのときはこの体をすべて捧げるから抱いてほしいと、そう思った。

◇◆◇

「――カナメ?」

「殿下?」

自室に籠り資料を見ていたときのこと。

アシュレイは枢の声が聞こえたような気がして、弾かれたように顔を上げた。リオンはその急な動きに驚いたようだった。

「どうなさいました？」

「今、カナメの声が聞こえた……」

「カナメ様の？」

「あぁ。確かに聞こえたのだ……。っすまないリオン、少し席を外すぞ」

リオンの怪訝な声を気にも留めず、アシュレイは駆け出した。今朝、枢を見たときは相変わらず目を閉じたまま、静かに呼吸をしているだけだった。――だというのに。

（カナメが呼んでいる）

なぜだかアシュレイはそう思った。

感情の赴くまま走り、ノックもせず枢の部屋に入る。

横たわったままの枢の横にはジュードが座っていたが、アシュレイに気づくと慌てて立ち上がった。

「っ、殿下！」

「カナメは⁉」

「それが今っ！」

アシュレイは言うや否やジュードが座っていた場所に体を滑り込ませる。枢の顔を覗き込むと驚きに目を瞠《みは》った。

「泣いている、のか……？」
ツ、と枢の眦《まなじり》から涙が一筋流れていた。
今朝となにも変わらない姿勢。けれどその閉じられた瞳からは止まることなく涙があふれている。

「カナメ……！」

激情が溢れ、アシュレイは枢の体を抱きしめる。その伏せられた目元に唇を寄せ、その透明な雫を吸い取った。

「起きてくれカナメっ！　私はここにいる……！　目を覚ましてくれ、カナメっ」

思いの丈をぶつけるようにキツく抱きしめ懇願する。

傍で見守っているジュードも涙を流していた。

◇◆◇

——呼ばれている。枢はそう感じた。

相変わらず座り込んだままではあるが、顔を上げ周りを見渡す。

「……気のせい？」

目に映る景色は先ほどとなにも変わらず、一筋の光も射さない暗闇しかなかった。

（心細すぎて幻聴が聞こえたのかな？　ていうかここが地獄なら、いつまでここにいなきゃいけないの？　閻魔《えんま》様とかいないのかな……？）

どれだけの時間こうしていたのか。音も光もないこの部屋では時間の流れすらわからなかった。

と、そのとき。

「あ、また聞こえる」

再びどこかから名前を呼ばれた気がして、ピクリと一度肩を震わせて枢は立ち上がる。そのまま方向すらわからないのに、声の主を探しに歩き出した。

「今の声、アシュレイだった……」

枢の気のせいではない。今も繰り返し呼ばれている。

(行かなきゃ……。アシュレイが呼んでる)

足に力を込め枢は走り出す。

いまだに周りには何も見えない。けれど先ほどよりも大きくなったアシュレイの声が力をくれる。

「アシュレイっ、アシュレイ……!!」

息が弾む。足が痛い。けれど止まりはしない。

走っているうちに体がほわほわと温かくなる。しかしそれは走ったことによる熱さというわけではなく、なにかに体が包まれたような温かさだ。

「抱きしめられてる……？」

どれだけ走ったのかわからない。けれどゴールはすぐそこだと確信していた。

今にも倒れ込みそうになりながら、いつの間にか先に見えていた小さな白い点のようなものに向かう。走り続けているとそれは徐々に大きくなり、そしてついには暗闇の中に明かりが射した。

「あそこに行けばっ！　アシュレイが……!!」

人が一人入れそうなほどの小さな光。それでも枢は迷わずそこへ飛び込んだ。

（……っ！）

視界が真っ白に染まる。体の感覚もわからなくなって、そうして枢の意識は途切れた。


枢の涙を見てから、アシュレイは傍を離れずずっと名前を呼び続けていた。

意識が戻る前兆なのだと、そう思いただひたすらに。

「カナメ……っ、!!」

ピク、と睫毛《まつげ》が揺れた気がした。

「カナメっ、カナメわかるか!?　私だ、アシュレイだ……っ!!」

次は指先。シーツを掻くように小さく動いている。

「カナメ様……？」

「ジュードも声をかけてくれ！　カナメを呼び戻すんだ！」

「っ、カナメ様……！　起きてくださいカナメ様！」

二人は願いを込めて呼び続ける。何度も、何度も。

——そしてついに、枢の瞼がゆっくりと開いた。

「っ、カナメ！」

「――ぁ……、ぃ……」

ぼんやりと宙を見つめる瞳。うっすらと開かれた唇から小さく漏れた声は掠《かす》れてよく聞こえない。

「っ、なんだ？　カナメ？　どうしたっ……？」

それでもアシュレイは耳を枢の口元に寄せて、久方ぶりに発せられた言葉を聞き漏らさないようにする。アシュレイの目には涙が浮かんでいた。

ジュードは涙をあふれさせながら急いで部屋から出ていった。おそらくリオンたちを呼びに行ったのだろう。

アシュレイは中空を見つめたままの枢の手を取った。すると、枢の視線がようやくこちらへ向けられる。ゆっくりと動いた黒曜石の煌《きら》めきが、アシュレイを捉えた。

「ぁ、しゅ……れ……」

「カナメ……っ」

懸命に声帯をふるわせて枢がアシュレイの名前を呼ぶ。そして会えて嬉しいというように目を細めた。

「カ、ナメっ！　よかった、本当によかった……っ‼」

ポロポロと涙を流しながら、アシュレイは枢をきつく抱きしめる。その温もり、存在を確認するかのように強く、強く。

「い、たいよ、アシュレイ……」

「っ、すまない。だが、今だけ……今だけは。こうしていてくれ……っ」

「……ご、めんね？　心配、かけちゃった」

「っ、いいのだ！　今はなにも言わなくていい……」

もう二度と離れないよう、このまま一つに融けてしまいたい。アシュレイは強く抱き合いながら思った。

◇◆◇

枢が目を覚ましたのは、あの雪祭りの日からちょうど一週間経った日だった。

ずっと寝ていたせいかいくらか体力が落ちていたため、現在、枢は状態を見ながら少しずつ体を動かし始めている。少し動くと息が上がってしまうので、休憩を挟みつつではあるが。

「──アシュレイ」

それはある日の歩行練習を終えたあとのこと。枢はアシュレイに声をかけた。

「どうした？」

「……マクシミリアンさんとユリウスさんは、どうしてるの？」

隣に座って優しい眼差しをくれるアシュレイを、まっすぐに見返しながら訊ねた。

それは目が覚めて数日してからずっと気になっていたことだった。

アシュレイは暇さえあれば枢の傍にいた。どうしても外せない用事のときだけは渋々出ていくが、普段は書類を枢の部屋に持ち込んで仕事をしていた。そのお陰か砕けた口調で会話ができるほどには距離が近づいた。

しかし、そんな自分たちの傍に、いつも付いていてくれていたあの二人の騎士の姿はない。

「カナメ」

「いつもあの二人が部屋にいてくれたのに、最近全然見ないから」

「……マクシミリアンとユリウスは、謹慎中だ」

「………あの二人は悪くないんだよ」

穏やかに言葉を続ける。

「僕が、アシュレイのところに行ってって頼んだんだ。二人は僕の護衛があるって断ったけど、それでも僕がお願いしたの」

「……ああ」

「だからね？　二人の謹慎を解いてあげてほしい」

「だが、あの二人が傍にいれば、お前は傷つかずに済んだかもしれぬのだぞ？」

「……そうだね。でも、悪いのはあの二人じゃないでしょ？　悪いのは僕を襲った人だし、あの二人はちゃんと仕事をしようとしてた。もし罰せられなきゃいけない人がいるなら、それはちゃんと言うこと聞かなかった僕。……そうでしょ？」

「……カナメ」

「アシュレイもわかってるんでしょ？　あの二人が勝手な行動するわけないって」

「……あぁ」

「これは僕からのお願いです。あの二人の謹慎を解いて僕の護衛に戻してください。……あの二人がいないと、僕、ちょっと寂しいんだ」

そう言って枢は小さく笑った。

――もちろんアシュレイもそれは理解していた。

あの事件から数日経ったとき、枢が治療していた騎士や近くにいた術師から、枢があの二人に頼んでいたという話は、アシュレイの耳にも入っていた。

それでも、あの二人が傍にいれば枢が刺され、毒に侵されることもなかったかもしれないと思うと、公私混同も甚だしいが、何も処罰を科さない、というわけにはいかなかった。

……何より、彼ら本人もそれは望まないだろうと、アシュレイは考えていた。

「――そうだな。もういい頃合いか。カナメがそう望むのなら、そうしよう」

「ありがとう、アシュレイ！」

「だがもう二度とあんなことは許さない。いくらカナメの願いであろうと、護衛を傍から離すことはできない。わかるな？」

「うん。もうしない。本当にごめん……アシュレイ」

「約束だ。こんな身を裂かれるような思いは二度としたくない。危険なことはもう絶対にやめてくれ」

「約束する……」

アシュレイは温かな腕で枢を抱きしめる。枢は抗うことなく身を任せ、自身の腕もその広い背中へと回したのだった。

……その日のうちに謹慎を解かれた二人は、夕食どきから枢の護衛に復帰した。

「この度は誠に申し訳ございませんでした」

「我々のせいでカナメ様を危険に晒《さら》してしまいました」

「やめてください……！　むしろ、謝るのはこっちです！　本当にごめんなさい‼　僕のわがままのせいでお二人が謹慎することになってしまって……」

「カナメ様はなにも悪くございません。あのときも申しましたが、己の行動には責任を持つのが当然。我々が判断し行《おこな》ったことでございます」

「そうです。……言い方は悪いですが、我々は本来殿下の命令が第一です。そのためにカナメ様の依頼を却下することができますし、そうすべきでした。それでも、我々は貴方様の願いを聞き届けることを選んだのです」

「ユリウスさん、マクシミリアンさん……」

「――もうそれくらいにしたらどうだ？　どうせ誰も『悪いのは自分だ』と譲らぬのだろう？　堂々巡りで埒《らち》があかんからな、カナメは冷めないうちに早く食事を摂れ。お前たちも持ち場に戻るのだ」

「「はっ」」

呆れたようにアシュレイが言うと、護衛の二人はいつも立っている扉の前に戻り、枢も慌てて食事に手をつけ出す。

「……実際あのとき、あの二人が加勢しに来てくれて戦いやすくなったのは事実だ。お前があんな目に遭ってしまったのは許せるものではないが、感謝している」

「アッシュ殿下……」

「この話はもういいから早く食べろ。元々食が細いのにさらに食べられなくなっているだろう？前と同じくらいに戻らないと全快とは言わせぬからな？」

「うぅ。もう本当にどうもないんですけど……」

「ダメだ。私が安心できぬからな。ほら、これも食べてみろ」

「わぁっ！　そんなに食べられません……っ」

仲睦まじい様子の二人を見て、マクシミリアンとユリウスは笑みをこぼすのだった。

枢が侍医《じい》から全快を告げられたのは、雪の三の月に入って少ししてからだった。

「……もう大丈夫でしょう。食事の量も以前と変わりないと仰《おつしや》っておりますし、体も問題ないようです」

「っそうか」

「本当にありがとうございます……！　殿下にも、大変ご迷惑をおかけしました」

「我がつがいを心配するのは当たり前のことだ。礼を言われるようなことではない」

枢の肩を抱き優しくそう告げるアシュレイに胸がキュンとする。その美しい顔に見とれていると、彼の銀の髪が煌《きら》めき出す。

「わ！　精霊さん！」

「精霊……？」

気がつくと枢の周りには数え切れないほどの精霊たちがいた。彼らの輝きでアシュレイの髪が陽の光を浴びたように煌《きら》めいていたのだと気づく。

「お祝いしてくれてるの⁉　ふふっ、ありがとう！」

実は目覚めてから、常に何匹かの精霊が枢の傍に常にいてくれた。

心配するように労《いたわ》るように、クルクルと舞いながら擦り寄ってきたその姿は、枢の心を癒すと同時に、申し訳なさを感じさせていた。

「ごめんね？　心配かけて。あのときも危険なのに戦場で頑張ってくれて、本当にありがとうね。君たちにもなにかお礼ができたらいいんだけど……」

しゅんとする枢をよそに、精霊たちはまるで何も気にしていないというように、キラキラ楽しそうに飛び交っている。

「カナメ様が元気なだけで精霊たちは十分みたいですね」

楽しそうにユリウスが言う。

「ほんとにそうみたいです……。今度、絶対なんかしてあげるからね！」

それでは気が済まないのだと、少し膨れて言う枢に周りの人々は微笑みをこぼす。

「まぁまぁ。それは追々でよいではないか。それよりも今日の夜はカナメの全快祝いだからな？陛下とも一緒に食事をすることになっているから、準備をしておいてくれ」

「うっ、はい……。わかりました……」

「ふっ。そんなに緊張せずともよい。兄上もカナメが元気になったことを言祝《ことほ》ぎたいのだ」

「それは、ありがたいです……」

「まだ夕食まで時間はたっぷりあるからな。心の準備もするといい。私はそれまで執務があるからここにはいないが、何かあったらすぐに呼ぶのだぞ？　いいな？」

「わかってます。……アッシュ殿下、前にも増して心配性になってませんか？」

「そうなっても仕方ないと思うが？」

これは言ってはいけない言葉だったと、枢が少し目を逸らすとアシュレイは笑って、枢の髪をくしゃくしゃにするように撫でる。

「冗談だ。では私はこれで」

「いってらっしゃいませ」

「ああ、いってくる」

嬉しさを滲ませた顔で笑うと、触れるだけの軽い口づけを枢の唇に落とす。そしてアシュレイはリオンとともにそのまま出ていった。

「……ん!?　って、殿下!!」

一瞬のことで反応に遅れた枢は、慌てて周りを見渡す。部屋に残ったジュードや護衛の二人は素知らぬ顔でそっぽを向いていた。

(見ないふりしてくれてるけど！　恥ずかしい～～!!)

真っ赤になった枢はソファに座って、傍にあったクッションに顔を埋《うず》めたのだった。

「それで、何かわかったことはあるか？」

執務室へと移動したアシュレイは、リオンと話していた。

「はい。まずは逃走していたケビン・ワーグナーですが、彼は隣国のカヴァッロ帝国に逃げ込んでいました……とはいっても、国境付近の小さな村の廃屋《はいおく》に潜伏していたようですが」

「なるほど。……それで？」

「騎士たちが発見し捕らえようとしたのですが、その瞬間毒を呷って自死したとのことです」

「……チッ」

「殿下。行儀が悪いです」

端麗な顔に似合わない舌打ちが部屋に響き、リオンがそれを咎《とが》める。しかしアシュレイは悪びれもせず肩をすくめた。

「仕方ないだろう？　……まぁいい。それでエドガーのほうはどうだ」

「そっちのほうはあまり収穫がありませんね。向上心や出世欲は強いみたいですが、特に知人に借金があるとか、悪事に手を染めているとかはないようです」

「これでは査問を行《おこな》うことはできぬではないか……」

「そうとは限らないかもしれませんよ？」

「――なに？」

リオンの言葉にアシュレイが目を眇《すが》める。リオンは手元の資料を見ながら口角を上げ、話を続けた。

「エドガー・シュトッツ自身には特に何もなかったのですが、気になるのはその奥方です」

「エドガーの妻?」

「ええ。名はメイサというそうです。彼女の実家はネオブランジェの地方の下流貴族なのですが、さらにその先をたどっていくと、大元はセルバンティアから渡ってきた者のようです」

「なんだと!?」

「元々エドガーの妻の一族……アーガイム家ですね。メイサの何代前になるかわからない先祖が、なんらかの理由によりエステル大陸に渡り、そしてネオブランジェに住み着いたと」

「セルバンティアから流れてきた……」

「ええ。数日前にセルバンティアに諜報部隊が数名到着しています。魔獣を使役するという者たちの情報と共に、アーガイム家についても調べるよう通達していますので、近日中に報告があるかと」

「そうか……」

アシュレイは厳しい表情を崩さず呟いた。

◇◆◇

――枢は思案していた。

（……今日が一番、タイミングがいい、よね）

現在は昼食を摂ったあとのひとときである。

ジュードは晩餐会のための枢の服を準備していた。その背を眺めながら小さなため息をつく。

（……全部話そう）

それはあの暗闇の中で思ったことだった。

もう二度とアシュレイに会えないかもしれないと思ったそのとき、枢は彼に隠し事をしていたことを悔いた。自分を慈しんでくれるアシュレイを騙しているような、今まで以上に卑屈で、卑怯な人間になってしまったような、そんな気持ちになった。

（後悔、したくない。でももしこれで嫌われたら……）

自分を冷たい目で見下ろすアシュレイを想像して、息が苦しくなる。彼に嫌われたら、きっと自分は生きていけない。

（……でも、僕は。アシュレイを信じてる。アシュレイならきっと、僕を受け入れてくれる）

今まで彼に愛されたことは疑いようのない事実だ。それは人を信じることができなかった自分の心を、ゆっくりと確実に溶かしてくれた。

恐れていては何も始まらない。

もう元の世界にいたときの自分ではない。アシュレイにふさわしい人間になろうと決めたのだ、傷ついたとしても前に進むしかない。

（もしこれで嫌われてしまったら、そのときはこの城を出ていこう。どうなるかわからないけど、僕には精霊さんがいるから、きっと大丈夫。ここじゃなくても、この国を守ることはできる）

――晩餐会が、終わったら……

小さく呟いたその言葉は、誰にも拾われることはなかった。

「――よく来てくれた。さぁ、座ってくれ」

煌《きら》びやかなシャンデリアが頭上から吊り下がり、豪奢《ごうしゃ》な装飾品が飾られた広々とした室内に足を踏み入れた枢は、緊張でカチコチに固まっていた。

枢に与えられた部屋にも、自分には絶対に手が出せないような高価な品が飾られているはずだが、この部屋は確実にそれ以上だろうと予想がつく。

床に敷かれた絨毯《じゅうたん》すら踏むのが恐ろしい。

（こ、これが国王陛下のお部屋！）

なにか粗相をしてしまうのでは、とハラハラしている枢をよそに、兄弟二人は楽しそうに話している。

「お忙しいところ、このような時間を取っていただきありがとうございます」

「そのような堅苦しい挨拶はなしだ。今夜はカナメの全快祝いだからな。くつろいでいってくれ」

「では、お言葉に甘えて。ほらカナメ、座ろう」

「はっ、はい！」

ギクシャクとしながら引かれた椅子に腰掛ける。それから穏やかに晩餐会は始まった。枢の体調に触れ、近況や精霊の様子などを訊ねられる。二人とも、たどたどしくそれに答える枢を優しげに見つめ、終始和《なご》やかなムードで時間は過ぎてゆく。

「……本当にカナメが無事でよかった」

そう言うウィリアムの顔は、やはり兄弟だけあってアシュレイと似ていた。

「……ご心配をおかけして、本当にすみませんでした」

「いやいや、カナメは何も悪くないだろう？」

「でも——」

「それ以上は言いっこなしだ。カナメが生きているだけで喜ばしい。そうだろう？」

「もちろんだ」

「アッシュ殿下……」

「……お前たちを見ていると私もミレイアに会いたくなったな」

穏やかな光を湛《たた》えた蒼の瞳は、どこか懐かしむように細められていた。

「ミレイア、さん？」

「兄上のつがいだ」

「つがい！」

「あぁそうだ。お前も会ったことがあるエルチェット宰相の娘でもある。今は隣国に留学中なんだ」

「それなんだがなアシュレイ。ミレイアが近いうちに帰国するとのことだ」

「なんと……！　それはよかったではないか兄上！」

アシュレイは驚きと嬉しさを顔に浮かべて目を見開く。

「あぁ。しっかりとしたお披露目会もできずにいたからな。帰国してミレイアの周りが落ち着いたら盛大にパーティを行《おこな》おうと思っている」

そう言うウィリアムは嬉しそうに笑っていた。

「そのときは私たちからも祝福を贈らせてもらおう」

「はい！」

「ああ、楽しみに待っている」

それからしばらく他愛もない話をして晩餐会はお開きとなった。


（……緊張する）

枢は再び緊張で身を固くしていた。

今、立っているのはアシュレイの部屋の前だった。

晩餐会が終わったあとアシュレイに送られ自室に戻った枢は、湯浴みを済ませジュードに寝る準備まで整えてもらっていた。そして彼が退室したあと、こっそりとアシュレイのもとへ足を運んだのだった。

部屋の前まで来たはいいが、なかなかそこから一歩が踏み出せない。

この部屋に来たのは、こちらの世界に来てすぐの一度きりだと記憶している。

(なんて言って声をかけよう、ていうか寝てたらどうする……？)

一人でぐるぐる悩んでいると、突如目の前の扉が開いた。

「うわぁ‼」

「一体いつまでそうしているんだ？　病み上がりだというのに、風邪でも引いたらどうするんだ。早く中に入れ」

顔を覗かせたアシュレイはそう言うと、カナメの背中に手を回し優しく室内へ誘導してくれる。

「湯上がりか。体は冷えていないか？　何か飲み物でも準備させよう」

「あ、えと……！　大丈夫、だからっ」

ソファに枢を座らせると、微かに香った石鹸の匂いに気づいたのか、そう声をかけて立ち上がろうとする。それに枢は慌ててアシュレイを引き止めた。

「……そうか。それで、一体どうしたのだ？　こんな時間に」

蝋燭の火だけがほんのりと照らす室内で、甘さを溶かした紫の瞳で見つめられると、なんとも言えない気恥ずかしさが枢の胸に湧き起こり、なかなか言葉が出てこない。

「う、その……。えっと」

「そう慌てるな。ゆっくりでいい」

「……うん」

大きな手で髪を優しく梳《す》かれると徐々に気持ちも落ち着いてくる。一度ゆっくりと深呼吸をすると、覚悟を決めた。

「アシュレイに、伝えなきゃいけないことがあるんだ」

「……ああ」

「僕、刺されてからずっと寝てたでしょ？　そのとき、真っ暗な場所にいたんだ」

「真っ暗な場所？」

「うん。……本当に真っ暗で誰もいない、何も聞こえない、ひとりぼっちの場所。あぁ僕、死んじゃったんだなあって思った」

枢の横で、アシュレイが悲痛な面持ちで眉根を寄せる。枢はそれを見てへにゃりと眉尻を下げた。

「まぁ生きてたんだけど。でも、そこでね？　思ったことがあるんだ。もし死んだんなら、アシュレイに秘密にしてることちゃんと話しておけばよかったなって」

「秘密？」

「そう、秘密。……これからする話は、あんまり気持ちのいいものじゃないし、もしかしたら……僕のこと、嫌いになっちゃうかもしれないけど」

「私がカナメを嫌うことなんてない。……だから、話してくれ」

枢がアシュレイを恐る恐る見上げると、彼の顔は真剣だった。

(きっと、大丈夫)

知らぬ間に小さく震えていた手を優しく包まれる感覚がする。その温もりをギュッと握ると、ゆっくりと口を開いた。

「星祭りの日、僕が襲われたのは覚えてるよね……？」

「ああ。忘れたくても忘れられぬ」

「あの事件のあと、僕ひどく怯えてたでしょ？　あとからリオンさんが、襲われたときはめちゃくちゃ暴れてたっていうのも教えてくれた」

「……あぁ」

「襲われたの、それが初めてじゃなかったんだ」

「つ、なに⁉」

「大丈夫！　ここに来てからのことじゃないから！　僕の、元いた世界でのこと……なんだ」

「……それは」

アシュレイが言葉を紡ごうとするが、それに被せるように枢は話を続ける。

「前にほんの少しだけ言ったかもしれないけど、元いた世界で通ってた学校で、僕は虐められてた。僕自身がなにかしたわけじゃないけど、悪者になってて、みんなが僕のことを嫌ってた」

「なぜ……」

「いろいろあったんだ。本当にいろいろと。それであるとき、何人かの男に押さえつけられて、襲われた。めちゃめちゃに暴れようとしたんだけど、手も足も動かせないようにされて。服を、脱がされ……てっ」

声が震える。声だけでなく、全身が。それを止めようと自由なほうの手で自分の体を抱きしめる。

「カナメ、もうよい……っ」

「ううん、聞いてっ！　……全身、まさぐられて。僕は嫌だったのに、その人たちに触られて何回もイかされて……」

「もういいっ!!」

繋いでいた手が解かれ、次の瞬間には痛いほど抱きしめられる。

「もういい……っ！　それ以上思い出さなくていい!!」

「……僕、汚いんだ。アシュレイが、僕を求めてくれてるのはわかってる。でも、こんな僕を抱いたら、アシュレイが汚れちゃう気がして」

「カナメが汚いはずないだろう！　そんなことで私は汚れなどせぬ!!」

「うん、ありがとう……。アシュレイならそう言ってくれると思ってた。っだからね、アシュレイ」

「なんだ？　なんでも言ってみろ」

「僕を……抱いてほしい」

悲痛な表情を浮かべたアシュレイの口はわなわなと震え、驚きで目を見開く。

「死んだと思ったとき、アシュレイに抱いてもらってたらよかったなって思ったんだ。愛されて、抱いてもらった、幸せな記憶があったらよかったなって……」

「カナメ……」

「僕の、忌まわしい記憶を消して？　アシュレイで、塗りつぶしてほしい」

少しだけ体を離し縋《すが》るようにアシュレイを見つめる枢の瞳は潤んでいた。それは恐怖と懇願と、ほんの少しの情欲。

アシュレイはその枢の表情を見るや否や、枢に覆いかぶさった。

「ん、ぅ……っ‼」

噛み付くように口づけ、性急に差し込まれた舌が枢の口腔内を縦横無尽に動き回る。

「ふぁ……ん、ふ……」

歯列をなぞり上顎をくすぐる。頬の敏感な粘膜まで舐めあげると、ゾクゾクと枢の背筋に甘い痺れが走る。

「……止めてやれないぞ？　本当にいいのか？」

「あ、っん……いいっ！　泣いてもやめないで……っ」

そう言って腕をアシュレイの首に回し、抱きつくようにして自分からキスをする。

「んっ」

「――できるだけ、優しくする」

初めて枢から贈られたキスに驚いたように目を見開くと、次の瞬間には唸るように声を絞り出し、枢の体を抱き上げた。

「う、わっ⁉」

「ベッドへ運ぶだけだ。しっかり掴まっていろ」

横抱きにされた枢は突然の浮遊感に慌てたが、アシュレイの腕は力強く、落とされる心配はなかった。言われるがまま抱きついていると、額に一つキスをくれる。

あっという間にベッドにたどり着くと、優しく横たえられた。

ギシリと軋んだかと思うと、ベッドに乗り上げたアシュレイが再び荒々しい口づけを仕掛けてくる。

「んんっ！」

角度を変えながら何度も何度も口内をまさぐられる。舌先に優しく歯を立てられ、ゾクリとした。そのまま外に引っ張り出されると、外気の冷たさを感じるが、それも束の間。舌同士を絡ませ合うとすぐに熱い吐息がこぼれる。閉じる暇のない口からは唾液がタラタラと流れ枢の顎を汚す。

「ふぁ……あ、んっ」

口づけを施しながらアシュレイは器用に服を脱がせてゆく。枢は気づくと一糸まとわぬ姿になっていた。

「綺麗だ」

「っ、」

優しく頬を撫でる。それから肌の感触を楽しむように指を動かし、喉から鎖骨、肩に触れ、そのまま腕を辿って手のひらへ。そのままキュッと指を絡ませると恭しくそこへ口づけた。

アシュレイの動きから目を逸らせない。取られた手を見ていると、その先に射貫《いぬ》くような紫の焔を見た。

労《いたわ》るような眼差しの中に、隠しきれぬ獰猛な雄の輝きがある。怯えなのか期待なのか、それにふるりと体を震わせた。

繋ぎ合わせたのと反対の手は、慎ましやかに存在する胸の頂きへと伸ばされる。

「んっ」

指の腹で押し潰したり、優しく爪を立てカリカリと引っ掻くように刺激される。

「あっ、や……ん」

「……気持ちいいか……？」

「わ、かんな……」

くすぐったさなのか、それとも違う感覚なのか、肩を小さく跳ねさせ目を閉じて甘い声を漏らす。

アシュレイはなおも乳首を苛める。親指と人差し指で摘むと、すり潰すように捏《こ》ねる。ときおりピンと引っ張ると枢の腰が揺らめいた。

「ふゃ、ぁ……んっ！」

「こっちも可愛がってやろうな」

明らかに快感を拾っている。視線を下にやると、緩く立ち上がった枢の分身が見えた。が、そこには触れず放置されたままのもう一方の乳首を口に含んだ。

「ひぁっ！」

突然の濡れた感覚に枢は目を見開く。驚いて見ると自分の胸元に美しい銀髪と、その隙間から伏せられた長い睫毛が視界に飛び込んできた。

「やっ、あん！　舐めないでぇ……っ」

「今まで舐めたことはなかったな。嫌か？」

「んっ、や……じゃないけどっ。はずかし……っ、ふぁ！」

嫌かと聞きながら、アシュレイは動きを止めない。ちゅ、ちゅと優しく啄《ついば》んだかと思うと、軽く歯を立てる。そうしたまま舌先で転がされると、誤魔化しきれない熱が腰に溜まるのが枢にもわかった。

「あ、アシュレ……イ」

「ん……？」

腹に触れるその熱にアシュレイが気づいていないはずはない。しかしそこはスルーされ、執拗に胸ばかりを弄る。

「も、やぁ！」

「そうか。なら、そろそろココはいいか？」

枢の声を聞いてアシュレイは、ペロリと自分の唇をひと舐めして胸元から顔を上げる。

その頃には枢の両乳首はぷっくりと腫れ、赤く色づいていた。

枢は浅い息を吐き、目じりに涙を溜めている。アシュレイは枢の目元に顔を寄せそれを吸い取った。

「カナメ。触っても大丈夫か……？」

言いながら左手を下げ腹の辺りを優しく撫でている。どこを、とは言わないが枢には伝わった。

「……ん。大丈夫」

アシュレイの右手と枢の左手。繋ぎ合った手はそのままなのにホッとして、枢は小さく頷いた。

安心させるようにキスをしながら、ゆっくりと頭をもたげている枢のモノに手を触れる。瞬間、今までより大きく肩を震わせたが、すぐに治まる。甘い口づけに蕩けている間に、優しく撫であげられた。

「ふ、んん……っ！　ぁんっ」

竿全体を大きな手で擦られる。それだけで、今まで感じたことのない快感が枢を襲う。怯えたように腰を引こうとするが、大きなアシュレイの体とベッドに挟まれているためそれは叶わない。

枢がジタバタする間もその手は止まらない。カリ首を親指で擦ったり、竿を握るとキュッキュッと捻るように刺激したりする。

「ンンン～っ!!」

枢はもうなにもわからない。体を桜色に染め涙をこぼし、ただただ快感の渦に呑み込まれるだけだった。

アシュレイの手がスピードを増す。枢を絶頂へと導こうとするその動きに抗うことなどできない。

「あっ、や……！　でる！　でちゃう……っ！」

「好きなだけ出したらいい。ほら……っ」

「あっあっ、ア……っ～～!!」

仕上げとばかりに鈴口をぐりっと刺激された瞬間、嬌声を上げながら白濁を吐き出した。

「ん。上手にイけたな……」

「あ、は……んっ」

荒く息を吐きながらくたりと脱力する。そんな枢の頭を、繋いでいた手を解いて優しく撫でる。その心地よさに目を閉じ浸っていると、耳元に妖艶《ようえん》な声が届く。

「疲れているところ悪いが、先に進んでも大丈夫か？」

少し掠《かす》れたそれは劣情を隠しもせず、枢を求めていることを伝えてくる。

「だい、じょうぶ。でも、その……」

「うん？」

「こ、こわい……から。また手、繋いでほしい……」

「っ！　もちろん。仰《おお》せのままに。……他には？」

「……きす、いっぱい、して……？」

顔を真っ赤にしながら、蚊の鳴くような声で呟く枢。これにアシュレイが煽られないわけがなかった。

今まで自分のことでいっぱいいっぱいだった枢は気づいていなかったが、このときまでアシュレイはほんの少し襟元を緩めただけで服を着込んでいた。

それを勢いよく脱ぎ去ると再び覆いかぶさってくる。今度は枢の右手とアシュレイの左手をしっかりと絡ませ合い、そして呼吸さえ奪うような荒々しさで唇を奪われる。

「あ、んぅ！　んっ‼」

「ふっ……」

唾液を啜《すす》り、流し込み飲み下す。舌が痺れるほど激しく絡ませ合いながら、アシュレイはベッドサイドのテーブルへ手を伸ばす。

一度吐精して落ち着いたかと思われた熱は、濃厚な口づけにより再度枢の体に火をつける。

目を閉じ感じ入っている枢を愛おしそうに見つめながら、アシュレイは引き出しから取り出した香油の蓋を器用に片手で開けた。

「少しだけ手を離すぞ」

「ふぁ……？」

ふわふわした頭では言われたことの半分も理解できていないが、右手の温もりが消えたことには気づく。

寂しい、と思って潤んだ瞳で見上げると、獲物を前にした狼がそこにいた。

「う、ひ……っ」

本能的な恐怖か、食べられることへの歓喜か。ギラつく紫の瞳で見つめられるだけで、背筋に寒気が走った。すこしも視線は逸らさず、けれど彼の手のひらは香油を温めるために動き続ける。

「……冷たかったらすまない」

「ひゃあっ！」

ぬるつくその手は窄《すぼ》まった後孔ではなく、ゆるく勃ち上がった性器へ触れる。

先ほど刺激されたときとまた違った快感に、すぐに勢いを取り戻し蜜をこぼし始めた。

「あぁ……んっ！　やっ!!」

すぐに達してしまいそうなほど強烈な刺激に、枢はイヤイヤとかぶりを振る。腰を捻って逃げ出したいのに、大きく開かれた足の間にアシュレイの体があってそれもできない。

トロトロと先走りが後ろへと流れる。アシュレイはそれをなぞるように、裏筋から双球のあいだを通り会陰、そしてかたく口を閉ざしている孔へと指を滑らせた。

そこに触れると大袈裟に枢の体がビクつく。全身に力が入り、小さく息を詰めたのがわかった。

「……触れられるのは、イヤか？」

「っち、ちがう！　ちがう……けど、思い出しちゃって……っ」

「……やめるか？」

「やっ！　やめなくて、いい……！」

「そうか。……なら、触るぞ」

香油を温めるために外していた手をもう一度しっかりと繋いで。枢が望んだ通り唇に何度も何度もキスを贈る。そうしながらアシュレイは右手の人差し指で、ゆっくり後孔のふちを刺激する。

ふにふにと緊張を解すように優しく。そうしておきながら、時折爪先を引っ掛けては掻くようにする。

むず痒さを覚えるそれに、枢の体から少しずつ力が抜けてゆく。

「んっ、んぁ……」

トロンとした瞳を見つめ、キスの合間に漏れる声が甘さをしっかり含んでいることを確認すると、後孔の周りで遊んでいた指をゆっくりと中へ潜り込ませる。

「んんぅ……！」

第一関節まで入れると、内側から肉壁をきゅっきゅと押す。内から外へ拡げるように何度も。そうしながら少しずつ奥へと指を進める。人差し指が根元まで差し込まれる頃には、爆発寸前だった枢の分身も力なく萎《しお》れていた。

「大丈夫か？」

「う、ん……」

答える声は小さく、かすかに眉根を寄せていることから、感じているとは言い難い。

「……両手を使いたいから離すが、いいか？」

アシュレイが問うと、枢はこっくりと一つ頷いた。

キスだけは続けながら、アシュレイは再び己の手に香油を垂らし、今度は前と後ろの両方を弄り出した。

「あぁっ!!」

勢いは付けず、ゆっくりと下から上まで扱《しご》く。何往復かすると、萎えていたそれは元気を取り戻し始める。すると体から力が抜けてきたのか、指一本なら簡単に抜き差しできるようになった。

「……二本目を入れるぞ」

驚かせないよう一言声をかける。

再びたっぷりと香油をまとわせると、アシュレイは枢の後孔に二本目の指をゆっくりと挿入する。

「んっ……」

「痛いか？」

「だ、い……じょぶ。ちょっとキツい、けど……っ」

「そうか」

一本目と同じように、中を拡げるようゆっくり動かしながら奥へと進んでいく。

時間をかけて解すと二本目もしっかりと根元まで収めることができた。少々キツさはあるが、中で指をバラバラに動かすことも可能だ。

アシュレイはしばらく二本の指を入れたまま、何かを探すようにくちくちと内部を動き回っている。

大分馴染《なじ》んできたのか、その頃には枢もキツさや苦しさだけでなく、ほのかな快感も拾うようになっていた。

「ふっ……う、ん」

「ここ辺りだと思うのだが……」

「ん……？　なにっ……ひ、ぁ……っ!?」

もたらされる快感に酔いしれながら、ぽつりと漏らしたアシュレイの言葉に疑問符を浮かべた瞬間。

背筋から頭まで電流が走り抜ける。

「あっ、あぁん！　やぅ、なに……っ!?」

「見つけた。ここがカナメの気持ちよくなれるところだ」

「ひっ、やぁ……!!　おしちゃ、ダメッ！」

今までにない強烈な快感に背を反らせながら悶える。つま先でシーツを蹴りながら上へずり上がって逃げたいのに、そうしようとする度見つけ出された泣き所を執拗にグリグリと指で押しつぶされる。

「ダメっ……だめぇ！　でちゃうの……っ！」

「おっと。出してしまっては困るからな」

「や、だぁっ！　なんで……っ⁉」

堪らず達してしまいそうになると、アシュレイは枢の前を指で押さえて堰き止めてしまう。

行き場を失った熱は体内でぐるぐると渦を巻いて、枢を苛《さいな》んでいく。

「な、で……！　出したいよぉ！」

「二度もイってしまってはカナメの体力が持たぬぞ？　それより、三本目だ」

「あ、ひぃ……っ！」

ググっと後孔に指が入ってくる感覚がある。せり上がってくる圧迫感に顔を顰《しか》めるが、その瞬間前を擦りあげられた。

「や、あぁっ‼」

「しっかりと解さないと、お前を傷つけてしまうからな」

そう枢の体を気遣う言葉とは裏腹に、うごめく指は容赦がない。

涙に濡れぼやける視界で枢がアシュレイの姿を捉えると、眉根を寄せ耐えるような顔をしていた。

耳元では荒い息も聞こえる。

（……僕に、興奮してくれてる……）

そう思った途端、求められている嬉しさが全身にあふれる。胸がキュンと甘く疼いて、それに連動するかのようにアシュレイの指を食《は》んだままの後孔も収縮する。

締め付けたことにより余計、前立腺を刺激してしまい身悶えることになった。

「やっ、あぁ……！　やっ、だめっ!!」

とめどなく襲いくる快感だけはわかるが、下半身の感覚などなくなってしまったかのように自由が利かない。

「っ、そろそろいいか……」

「ひぅ……!!」

ズルリと指が引き抜かれた。食い締めていたものがなくなった秘部はぽっかりと口を開けており、外気の冷たさを伝えてくる。だが、次の瞬間には灼《や》けた切っ先が後孔に添えられ、その熱さに枢はまた背を震わせた。

「あ……」

「入ってもいいか？　私も、もう限界だ」

「いい、よ……？　でも、ね？　お願い」

潤む瞳で見つめられ、枢の言いたいことを理解したアシュレイはしっかりと手を繋ぐ。

淫らに吐息をこぼす唇に口づけを落とすと、しっかりと片手で腰を掴んで己の熱杭を打ち込んでゆく。

「く……っ」

「あ、あぁ……！　うぅっ！」

隘路《あいろ》を掻き分けゆっくりと腰を進める。抵抗は少なからずあるものの、そこまでの痛みは感じていないのが枢の表情からわかった。

アシュレイは枢の様子を窺《うかが》いながらもどんどんと奥を目指す。一番太い部分を過ぎてしまえば、あとは比較的スムーズに枢の奥に到着した。

「っ、大丈夫か？」

「んっ、ちょっと、くる……しい」

力ない笑みを浮かべながらも、枢の胸の中には愛しさがあふれる。アシュレイはそんな枢を見て、顔全体にキスを降らせ、腰を掴んでいた手を離し、その手でしばらく触れていなかった乳首やなだらかな腹、臍《へそ》のくぼみなどを優しく刺激する。

挿入に伴い少し下を向いていた枢のモノも、優しい愛撫にどんどん頭をもたげてきた。

「ふぁ、あ……」

熾火《おきび》のような快感にとろかされ、アシュレイの屹立を締め付ける。

枢が落ち着くまで待ってくれていたのだろうアシュレイは、その反応にもういいと判断したのか、ゆっくりと己のモノを引き出した。

「あぁん……っ！」

内壁をこすられる感覚に肌が粟立つ。つい繋いだ手に力を込めると、同じくらいの力で握り返してくれる。それに安堵したのも束の間、出ていったそれが再び枢の中へと押し入ってくる。

枢の奥までたどり着くと出ていき、また戻ってくる。何度か繰り返すうちに滑らかに行き来ができるようになり、そうするとアシュレイは枢の感じる所を重点的に攻め出した。

「やっ！　あぁ……ん！　そこ、だめっ！」

「……っは、だめなのか？」

「だ、め……！　きもち、からっ！　ダメ、なのぉ……！」

「そうか。ならもっと可愛がってやらないとな……！」

「やぁぁぁあっ!!」

前立腺をゴリゴリと捏《こ》ねられると、目の前で星が散るように快感が弾ける。

触れられないままの枢の雄芯からはとぷとぷと蜜が流れ出て、アシュレイの腹と枢の下生えをしとどに濡らす。

「も、ダメ……っ！　イく！　イッちゃうよぉ……！」

「つ、あぁ！　私もそろそろ……っ」

「ぁ、あ……っ！　アシュ、レイ、アシュレイ……っ！」

「どうした……っ？」

「きす……！　キス、してっ！」

枢が懇願すると、すぐにアシュレイから熱烈なキスが贈られる。

呼吸も喘ぎもすべて呑み込みながら、アシュレイは枢のモノに手をかけ強く扱《しご》き出した。

「ふぅうっ!? んん! ぁ、あっ! アッ……っ」

イイトコロを突かれながら前も擦られてはたまったものではない。目を大きく見開き涙をボロボロとこぼしながら、せり上がってくる快感に翻弄される。

そして、一際強くアシュレイが腰を打ち込み、握りこんだ枢のモノに爪を立てた瞬間。

「イく……っ! いく、イッ……っあぁ!!」

「っく……!」

一度目より色の薄くなった精液が枢のモノから吐き出され、同時にうねって絞りとるように収縮した媚肉に、堪えることなくアシュレイも己の欲を吐き出した。


「……ん」

枢が目を覚ましたのは朝方近くのことだった。外はまだ暗いが、かすかに空が白んできている。

しっかりと覚醒しきれていないまま起きようとするが、体を起こせない。

「んん……?」

身動ぎすらできず、まるで何かに抱きしめられているような感覚。

そこまで考えて、枢は昨夜のことを思い出した。

昨夜アシュレイの部屋を訪れ、自分から望んで抱かれたことを。

(き、昨日僕、アシュレイと! ていうか、なんかいっぱい、恥ずかしいこと言ったような!?)

記憶とはそう都合よく消えてはくれないもので、己の発した言葉やらそのとき感じていた気持ちまで思い出してしまって、あまりの恥ずかしさに頭まで布団に潜り込みたかった。

——できなかったが。

「あっ、アシュ……っ！」

思わず大きな声を出しそうになって口を塞ぐ。

アシュレイはまだよく眠っているようで、長い睫毛を伏せ形のいい唇から規則的な呼吸を漏らしている。

「……寝てるとこ、初めて見たかも」

同じベッドで眠っていたとき、枢が目を覚ますともうそこにアシュレイはいなかった。近頃は病み上がりだからと気を遣い、床を同じくすることもなかったため、こんな無防備なアシュレイを見るのは初めてのことだった。

「……」

離れていたくないというように、枢を抱きしめる腕が解ける様子はない。

枢はそっと目を伏せた。

「……よかった。ちゃんとできて、本当に、よかった」

鈍い腰の痛みに、昨夜の出来事が夢でなかったと思い知る。

「こわくない。もう、大丈夫……」

「……カナメ」

「っ、アシュレイ……！　お、はよう！」

「ああ、おはよう」

寝起きの気だるげな表情のまま枢に擦り寄ってくる。

額や頬にキスを落として愛しげに微笑むアシュレイの顔が、気恥ずかしさからまともに見られない。

「どうした？　恥ずかしいのか？」

「う。そ、そりゃあ」

「今さらではないか？　昨日あれだけ隅々まで……」

「うわーっ!!　言わないで!!」

とんでもないことを言い出しそうなアシュレイを遮ると、彼の胸を押して抜け出そうとする。

「そんなに嫌がらなくてもいいではないか」

「だって！　恥ずかしいこと言うから……っ」

「悪い。カナメが可愛くてどうしようもなくてな」

「っ！」

眼差しから声から、アシュレイが本当にそう思っているのが伝わってくる。そんな風に気持ちを伝えられたら、暴れることすらできない。

「体は何ともないか？」

「……ん」

——昨夜、二度目の精を放ったあと枢は気を失ったらしかった。アシュレイはそんな枢を清めてくれたのだろう。目が覚めたときにはきっちりと夜着を着ていた。

そんな優しさを感じ胸が温かくなる。抜け出すことをやめピッタリと体をくっつけると、静かに話し出した。

「アシュレイ、ありがとう」

「なにがだ？」

「アシュレイのお陰で、嫌な記憶、なくなったよ……」

「……そうか。それはよかった。これからは私と、幸せな記憶をたくさん作ろうな」

「うん」

ゆるゆると背中を撫でながら穏やかな時間を過ごす。そうしていると再び睡魔が襲ってきた。温かなアシュレイの腕の中、その眠気に抗うことなく瞼を閉じた。


それから二人は、毎日とはいわないがほとんどの夜を抱き合って過ごしていた。

「寒くはないか？」

「うん。あったかい」

アシュレイの胸に擦り寄りながら呟くと、彼はもっと自分にくっつくように枢の肩を引き寄せる。

「カナメ、もうすぐ花の月だ。花の月に入ったら、ミレイアが帰ってくる」

「陛下のつがいっていう……」

「そうだ。すぐにお披露目は無理だろうからな、きっと花祭りの頃に祝いの席を設けることになるだろう」

「そっか。おめでたいね」

「あぁ。あの二人は昔から想い合っていた。というか、ミレイアが幼い頃から兄上を慕っていてな。驚くほど積極的にアプローチしていた」

「それはすごい……」

「本当にすごかった。周りからは淑女らしくないだの、はしたないだの言われていたようだが、淑女教育は完璧だったし、頭脳も明晰で誰にも文句は言わせなかった。そんなに熱心に想いを伝えてこられて、折れない男がいると思うか？」

「……いないんじゃないかな？」

「だろう？　今では兄上も心からミレイアを愛している。早くあの二人の幸せな姿が見たいものだ」

見上げたアシュレイの顔は、本当に嬉しそうに綻んでいた。

（ほんとうに、優しい人）

兄とその伴侶の幸せを願う彼の優しさに、枢の胸は温かくなる。もう一度アシュレイの胸に頬を寄せると、額に一つキスをくれた。

「兄上たちのお祝いのあとは、今度は私たちだ」

「え……？」

「お前が私のつがいであると国民に知ってもらおう。精霊の神子《みこ》が伴侶になるのだ。きっと、たくさんの祝福が贈られるぞ」

「アシュレイ……」

「二人で、幸せになろう」

しっかりと抱き込まれ顔中にキスの雨を降らされる。

枢はこの瞬間がいつまでも続いてほしいと、そう願った。

◇◆◇

――雪の月はあっという間に過ぎていった。あれほど頻発していた魔獣騒ぎも落ち着きを見せ、枢は以前と変わらず精霊塔で仕事に精を出している。

アシュレイと初めて体を繋げてから数日経ったとき、アシュレイから査問会が行《おこな》われたことを聞かされた。

エドガーを尋問し、枢が襲われた事件について追及したが、確証がなく追い詰められなかったこと。しかし、近頃頻発していた魔獣騒ぎが、実は彼によって引き起こされた可能性が高いこと。そして、それを彼の妻諸共に糾弾し、彼らに処罰を科したこと……

すべてが終わったあとにことの顛末だけを告げられ、枢はなんともいえない気持ちになった。だがそれは襲われた枢を慮《おもんぱか》ってのことだと理解できたので、なにも言及せずにいた。

ただ、術師としての地位を剥奪され、犯罪者として烙印を押された挙句、国外追放となったエドガーのことを思うと、やるせなくなる。

自分がいなければこんなことにはならなかったのでは、そう思えてならないのだ。

けれどアシュレイが、ジュードが、他の三人も。皆が口を揃えて「そんなことはない」と言ってくれた。ならばもう、終わってしまったことでいつまでも悩むのはやめようと思った。

自分のことを大切に思ってくれる、この人たちを自分も大切にしよう。そうして、罪滅ぼしとはいかないが、追放されたエドガーの分まで、自分が精霊塔やこの国のために頑張ろう。そう決意したのだった。


それから数日経ったある日。朝からなにやら城全体が騒がしかった。

それもそのはず。隣国に留学していたエルチェット宰相の娘、ミレイア・エルチェットが本日帰国するからである。

「みんなソワソワしてるね！」

「それはそうでございましょう。未来の王妃様のご帰国ですから」

「そっか、そうだよね！」

かく言うジュードも嬉しそうだ。枢は気になっていることを聞いてみた。

「ミレイアさんって、どんな人なの？」

「とてもお美しい方です。この国一番と言っても過言ではないほどの美貌の持ち主で、学業も淑女教育も完璧にこなされていたそうです」

「へぇ！　すごい人なんだねぇ……」

「ええ、それはもう。本当なら王立学院を卒業してすぐ城に上がり、お妃教育が始まるはずでした。ですがミレイア様は隣国の魔法具の技術の高さに興味を持たれ、数年ばかりではありますが留学することをお決めになられたそうです」

「魔法具？　あぁ、精霊塔にもある水晶とかのアレ……？」

「そうです。隣国は魔法具の生産が盛んに行《おこな》われており、我が国で使われている魔法具のほとんどがカヴァッロ帝国産だと聞いております。ミレイア様はその高度な技術をこの国に持ち帰り、役立てようと思われたのでしょうね」

「陛下の力になりたかったのかな？」

「きっとそうでございましょう」

本当に陛下のことが好きなんだな、と思った。恋をする一人の人間としてミレイアに興味が湧く。同じ血を分けた兄弟を想い合う者同士、話をしてみたいと。

「いつ頃戻られるのかな？」

「早朝にカヴァッロを出発されたとのことでしたので、昼過ぎにはお着きになられるのではないでしょうか」

「お昼かぁ」

枢は今から精霊塔へ向かう。

結界の強化や勉強が終わったら一度こっちに戻ってこようか、とそう考えた。

そのことをジュードに伝えると了承してくれたため、昼を楽しみにしながら、枢は精霊塔へと向かうのだった。


「んーっ、終わった……！」

結界の強化などのいろいろな依頼を終えた頃、時刻はすでに昼を過ぎていた。

「お疲れ様でした。そろそろ昼食にいたしましょうか」

「ユリウスさん。はい、ありがとうございます」

小さく微笑んでから枢は歩き出す。ジュードにも伝えていたから、城に戻ろうかと精霊塔の入り口まで行くと、そこに人集《ひとだか》りができていた。

「えっ、なに？」

驚いて上げた声も、人々の歓声にかき消された。

「ミレイア様がお帰りになられた！」

「お帰りなさいませミレイア様……！」

「お疲れでしょうに……もうこちらにいらしてくださったんですね！」

聞こえてきた声から察するに、どうやら噂のミレイアが帰国したようだ。そして、なぜか精霊塔を訪れたのだと知った。

「ミレイアさん？　どうして精霊塔に……？」

「カナメ様はご存知ないのですね。ミレイア様は精霊魔法が使えるのですよ。ご留学なさる前はよくこちらの手伝いをしてくださっておりました」

「……そうなんだ」

いまだミレイアの姿は見えない。馬車から降りるのに手間取っているのだろうか。

――なぜかわからないが枢の胸には不安が湧き起こっていた。

（なんだろう？　別に何かあったわけじゃない。それなのに、すごくモヤモヤする……）

それは人が左右にはけ、道ができてくるとより一層強まった。開けた視界の先にはなぜかアシュレイがいる。

「殿下……？」

「カナメ？　ちょうどいい所に……！」

入り口に立つ枢に気づくと軽く手を上げ笑顔を見せてくる。その後振り返り、馬車から降りてくる人物をエスコートしている。

「移動で疲れたろうに、無理はしておらぬか？」

「ご心配ありがとうございます。ですが、私も久方ぶりに術師長様にお会いしたいんですの。何より殿下の愛しいお方にもね」

鈴を転がすような可愛らしい声が聞こえる。足元を見るように顔を伏せているため彼女の顔は見えないが、艶やかな金髪が肩から滑り落ちるのはわかった。

雪を踏みしめる音がする。無事馬車から降り立ったのだろう彼女が、アシュレイの陰から顔を覗かせた瞬間。枢の時間が止まった。

「カナメ、彼女がミレイア・エルチェット嬢だ」

「――!!」

そこには、あの白戸瑞希がいた。

目の前のその人が微笑みながら何か言っている。それがなにかはわからない、聞こえない。……周りの音がなにもしないのだ。

その儚げで美しい顔を、枢は知っている。

忘れたことなど、一度もない。蜂蜜を溶かしたような黄金の髪も澄んだ海のような青い瞳も、全部今でも鮮明に覚えている。

「あっ……？　はっ、ぁは……!!」

「カナメ？」

「どういたしました？　カナメ様……？」

息ができない。足から力が抜け、体がくずおれる。

慌てたように駆け寄ってくるアシュレイの肩越し。あの日と同じように、自分を見つめる顔から目を逸らせないまま枢の意識はブラックアウトした。

「……ん」

「っ、気がついたか？」

「ア、シュレイ……？」

目覚めたとき一番最初に見たのは、心配そうに覗き込むアシュレイの顔だった。

「僕、いったい……」

「精霊塔の入り口で突然倒れたのだ。覚えているか？」

「精霊塔で……」

言われて記憶を手繰《たぐ》る。朝から城が賑わっていたこと、精霊塔でいつものように仕事をしていたこと、昼になって外に出ようとしたとき人集《ひとだか》りができていたこと……。ぼんやりとしていた頭が次第にクリアになる。

「っ、ミレイア、さんは……？」

「ミレイア？　彼女は今術師長のところに……」

アシュレイが言い終わらないうちにドアがノックされる。応答すると扉が開き、美しい金色が視界を染めた。

「お目覚めになられましたか？」

「あぁミレイア。ちょうど今そなたの話をしていたのだ」

「……ひっ！」

——やはり、同じ顔だった。

生まれ育ったあの世界にはいたくないと、楽になりたいとそう思わせた、あの白戸瑞希と同じ顔。

「初めまして。私ロドリゴ・エルチェットの娘、ミレイア・エルチェットと申します」

記憶の中の彼と同じ顔で、素晴らしいカーテシーを見せる。睫毛から覗く瞳の色も、髪色も何もかもが同じ。違うのはその長さとまとう雰囲気といったところか。

「っ、はっ、は……あ！」

「カナメ？」

「まだ、ご気分が優れませんでしたか？」

心配そうに優しさを湛《たた》えてこちらを見るその目が、怖い。

（それは、本当の顔？　裏では僕を笑っているんじゃないの？　僕なんて都合のいいコマとしか思ってないんでしょ？）

頭のどこかでは冷静に、目の前の人が枢の知る瑞希ではないと、語りかけている。

しかし体が、記憶が、感情が。言うことを聞いてくれない。

心の中はグチャグチャで、けれど口が貼り付いてしまったかのように言葉が出てこない。

「カナメ？　本当にどうしたのだ……？」

「ごめっ、なさ……っ！　ごめ……‼」

「……私、神子《みこ》様にご挨拶がしたかったのですけれど、また今度にさせていただきますわ」

自分にかけられた毛布を握りしめて震える枢を見かねてか、ミレイアはそう言った。

「すまないミレイア。後日こちらから連絡させてもらう」

「気になさらないでくださいませ。……神子《みこ》様、またお体の調子がよくなられましたら、そのときはぜひに」

「っ、は……い」

そう、絞り出すのがやっとだった。

随分と失礼な態度をとっているだろうに、ミレイアは微笑むとその場を辞した。

精霊塔の中の一室。そこに残された二人の間にはしばらく沈黙が落ちる。ややあって口を開いたのはアシュレイだった。

「なにがあったか聞いていいか？」

「っごめん、なさい……」

「……なにがだ？」

「僕、ミレイアさんに、失礼な態度を……」

「……カナメ」

「本当に、ごめんなさい……っ」

俯《うつむ》いた瞳からポタリと雫が落ちた。

(ミレイアさんは、ウィリアム陛下のつがい……。家族の大切な人を蔑《ないがし》ろにされたら、誰だっていい気はしないよ)

ミレイアからの問いかけにまともに反応しなかった自分のことをどう思っただろうか。今枢の心に湧き起こるのは、アシュレイに嫌われてしまったかもしれないという恐怖だ。

唇を噛みしめ、漏れそうになる嗚咽《おえつ》を我慢する。何も言わないアシュレイの反応が怖くて、顔を上げられない。

「はぁ――」

突然聞こえた深いため息に、枢は肩を跳ねさせた。

瞬間、強く肩を抱かれアシュレイの胸にぶつかった。

「……アシュレイ？」

「なんで謝るんだ？」

「っ、それは……」

「私もミレイアも、別にカナメを責めてはいない。一度でもそのようなことを言ったか？」

「っ……ううん」

「ならば謝らずともよい。……ただ、どうしてお前が突然気を失ったのか。それが知りたいだけなのだ」

「……それは」

「私には言えないことなのか、それとも言いたくないのか？」

「っ、そんなことは……」

「ない、と言うなら私に聞かせてほしい」

肩を抱く手に力が込められた。それは決して無理強いをするものではなく、あくまでも枢の口から聞かせてほしいという態度だった。

「……似てたんだ」

「なに？」

「ミレイアさんが、ある人に。そっくりだった」

心地よい心音を響かせる胸に額を擦り付けながらこぼす。震える語尾にきっとアシュレイは気づいている。

「誰にと、聞いてもいいのか？」

「……以前、元いた世界で虐められてたって言ったの、覚えてる？」

「ああ」

「その中心にいた人、かな。とっても明るくて、人懐っこくて、みんなその人のことが好きだったよ。僕は、そうじゃなかったけど」

「カナメ」

「……別人だって、わかってる。でも怖いんだ。思い出しちゃってどうしようもないくらい……怖い」

「……そうか」

アシュレイはそれ以上何も言わなかった。ただ抱きしめて、枢の背を優しく撫でてくれる。

結局そのあとは、どちらも言葉を発することなく、なんとなくぎこちない空気のまま城に戻ったのだった。

「え、護衛……ですか？」

「……あぁ」

翌朝、一緒に食事を摂っているとアシュレイからそう告げられた。

「エルチェット家の護衛も付いているが、次期王妃だからな。何かあっては困るということで、私がしばらくの間ミレイアの護衛に付くことになった」

「そう、ですか……」

「カナメがこちらに来てすぐに、私がお前の護衛に付くと言ったのにすまない」

「っ、いえ！　とても大事なことですから、僕のことは気にしないでくださいっ」

「いつものようにマクシミリアンたちや、リオンを付けておくから、何かあったらそのどちらかに言うのだぞ？」

「でも、リオンさんは殿下の侍従ですし……」

「本人も了承しているから構わん」

「……わかりました。ありがとう、ございます。リオンさんも、ご迷惑をおかけします」

「とんでもございません。殿下不在の間ジュードと共に傍に控えさせていただきます」

頭を下げるリオンを見やって、枢は一つため息をこぼす。

(大丈夫……。僕は今幸せだし、何も怖がることなんてない)

自分に言い聞かせるように胸中で呟く。そしてなんでもないように食事を再開した。

しかし、それからというもの、枢とアシュレイはすれ違いの日々を過ごすことになってしまっていた。

朝起きるとアシュレイの姿はなく、日中もほぼ見かけることはない。時折ミレイアが精霊塔に来た際には背後に控えている姿を見かけるが、騎士としての仕事をしているアシュレイに声をかけるのは憚《はばか》られた。

ミレイアはあれ以来、枢に遭遇すると声をかけてくれる。けれど、枢はこびり付いた恐怖心をなかなか払拭できず、その度にビクついて素っ気ない対応になってしまっていた。

「このままじゃいけないのはわかってるけど……」

ミレイアの顔を見る度、嫌な想像が頭をよぎってしまう。

(彼女にはウィリアム陛下がいるからないとは思うけど……ずっと一緒にいるんだよ？　何かあってもおかしくない……。アシュレイのこと信じてるけど、でも……)

妖艶《ようえん》に微笑む瑞希の顔が浮かんだ。

自分の周りにいた友人も、普通に会話していたはずのクラスメイトも、彼はすべて奪っていった。

彼と同じ顔をしているミレイアが、いつか枢の大切なアシュレイを奪ってしまうのではないか、なぜかそんな不安を感じてしまうのだった。


一方、アシュレイも悩んでいた。アシュレイは今、ウィリアムの部屋にいるが、目の前で繰り広げられる会話など耳に入ることなく、頭の中でぐるぐると思考を続けていた。

「カナメはなぜ、あれほどまでにミレイアに怯えるのだ……」

彼女と時折話す枢を見る度、苦い気持ちが広がる。

兄のつがいであるミレイアと仲良くしてほしいとアシュレイは思っている。それなのに枢は自分からミレイアに近づくことはなく、話しかけられても怯えて下を向き、二言三言喋ると逃げるように去っていく。

ここのところは寝床を共にしていても、抱き合うことはない。軽い接触すら減っているように思う。

「虐められていた、か」

それを語ったときのことを思い出す。

顔を歪め、絞り出すように話す枢は、見ていて痛々しかった。どのような虐めだったかはわからない。けれど、襲われたと言っていたことを考えると、よほどひどかったのだろう。

「だが、いずれ身内になるのだぞ……？　あれからいくらか日が経ったのだから、もうそろそろ慣れてもいい頃ではないか？」

枢が倒れたあの日以降、ミレイアのことについて枢と話し合っていない。けれど、そろそろしっかりと向き合うべきだと思った。

今夜にでも枢に話をしよう、そう心に決めたアシュレイはミレイアの声で我に返った。

「時間を取っていただき誠にありがとうございます」

「構わないさ。我が愛しのつがい殿」

「まぁ、陛下ったら！」

クスクス笑って仲睦まじい様子の二人。アシュレイはなんとも言えない思いでそれを見ていた。

「それで、どうだったのだ？　カヴァッロは」

今回集められたのは、留学していたカヴァッロ帝国のことについてミレイアが報告するためであった。

「そうですね。やはり魔法具作製の技術はとても素晴らしかったです。魔力が少ない者でも簡単に使える日用品から、高価な武具まで、さまざまなところにその技術が使われておりました」

「ほう。上流階級だけでなく、一般にも広く魔法具が使われている、というのは本当のようだな」

「……ネオブランジェよりは、というところでございますわ」

「というと？」

「いくらか一般家庭にも普及はしておりますが、やはり貴族などが買い占めたり、高額な値をつけて売られておりましたわ」

「まぁ、どこも同じようなことをしているだろうな」

「ええ。それでも技術は確かです。カヴァッロにある鉱山から良質な材料が手に入るため、比較的安価で作製が可能で、腕のいい職人もたくさんいましたわ」

「そうか。できれば国交を結びたいところだが」

嬉しそうに話すウィリアムとは対照的に、ミレイアは少し顔を曇らせた。その変化に気づき、アシュレイが声をかけた。

「……どうした？」

「あぁ、いえ。大したことではございませんの」

「その割に顔色が優れないが？」

「その、カヴァッロの王に声をかけられまして……」

「王、というとエルダーク・ロンディウム・カヴァッロか」

「はい。私は王族ではありませんし、魔法具の技術が知りたかっただけですので、街に宿を借りて生活していたのですけれど、突然王宮から使いの者が来られまして」

「……それで？」

「伺いましたら、その、側室になれと……」

「なんという……!!」

アシュレイは思わず、ガタリと音を立てて立ち上がった。

「もちろん、私には陛下がおりますゆえ、謹んでお断り申し上げました。けれどその後も繰り返し同じようなことがございまして……」

「何もされなかったか？」

「ええ。護衛もおりましたし、私も何かあったときのために結界を張っておりましたので、それは大丈夫でございました」

「そうか。帰国する際は何もなかったのか？」

「その、何度か襲われそうに……」

「どういうことだ……!?　なぜそのように狙われねばならないのだ？」

「どうやら、エルダーク王がまだ私のことを諦めていないようで」

「しつこい男とは困ったものだな……。外交を結ぶとなると、エルダークの存在が気にかかる」

「ミレイアに手を出してこなければいいが……」

「何にせよ、外交についてはまだどうなるかわからない。今は魔法具の技術をこの国にも広め、国民に広く魔法具を普及させることが重要だ」

「そうでございますね。この国に近頃移住した魔法具職人がいると聞きました。その者をこの城に招いて技術指導を依頼してはどうかと思っておりますの」

「それはいい。さっそく取りかかってもらうが、構わぬか？」

「もちろんですわ！　陛下のために私がんばりますわね！」

にこやかに笑うと、ミレイアは軽い足取りで部屋を出ていく。ウィリアムのために張り切っているようだ。その背を見ながらアシュレイは口を開く。

「大丈夫なのか兄上」

「わからぬ。エルダークはあまりいい噂は聞かぬからな。正室以外にも多くの側室を召し上げていると聞く。ミレイアのことも帰国したからといって諦めたのかどうか……。くれぐれも頼むぞ」

「……わかっている」

それだけ告げると、アシュレイはミレイアの後を追った。


その夜のこと。

「カナメ、話がある」

「アッシュ殿下……？」

枢が湯浴みをしようと準備していると扉がノックされ、アシュレイが入ってきた。普段なら湯浴みが終わってからカナメがアシュレイの部屋へ行き、一緒に眠るという流れなのに、一体今日はどうしたというのか。

「すまないがジュードは外してくれ」

「かしこまりました」

ジュードを外に出すと、二人並んでソファに座る。

「話って、なに……？」

「……ミレイアのことだ。カナメはいつまでミレイアを怖がっているのだ？」

「それはっ」

「虐めていた人間に似ている、と言っていたか？　確かにカナメにとってトラウマになっているだろうことはわかる。だが、似ているだけで別人であろう？　カナメもそう言っていたではないか。ミレイアはミレイアだ」

「な、に……？」

「もうすぐ兄上たちのお披露目もある。そのうちお前とミレイアは家族になるのだぞ？　それなのにいつまでもそのような態度では、うまくやっていけるのか私も心配なんだ」

どこかイラついたように言うアシュレイに、枢は唇を噛みしめる。

（……ミレイア、ミレイアって。僕の気持ちは考えてくれないの？　陛下とミレイアさんの幸せのほうが大事？）

何も言えないでいる枢をどう思ったのかわからない。が、アシュレイはなおも言葉を続ける。

「ミレイアはカナメに歩み寄ろうとしてくれているだろう。なのにお前は避けるばかりで。近頃のお前を見て、諸大臣たちもいろいろとこぼしているぞ？」

「……な、んで」

「カナメ……？」

「っ、なんで！　そんなにミレイアさんの肩ばっかり持つの⁉」

――叫んでいた。一度あふれてしまうともう止められなかった。

「わかってるよ、ミレイアさんが瑞希くんと違うってことくらい！　自分の態度が悪いのも、このままじゃいけないのも全部わかってる！　でも、そう簡単に割り切れるわけないじゃん‼」

「っ、カナメ……」

「ずっと一人だったんだよ？　仲がよかった友達も瑞希くんのせいでいなくなって、みんなが僕に意地悪なことをして！　叩かれて、蹴られて、物も隠されたり捨てられたり、挙句の果てに襲われて！　そんなことされた人と同じ顔で、別人だからって、すぐ仲良くできると思うの？」

「……っ、それは」

「アシュレイに言ってなかったこと、教えてあげる。……僕がこの世界に来たキッカケはね？　階段から落ちたからなんだ。階段から落ちて、多分、僕は向こうの世界で死んだんだよ」

「っ！」

「そのときね、アシュレイの大事なミレイアさんと、同じ顔した瑞希くん。笑ってたよ？」

「カナメ……っ！」

「触らないで！」

自分に伸ばされた手を叩き落とす。アシュレイは驚いた顔をしているが、そんなことは気にならない。

「アシュレイは、僕の気持ちなんかよりミレイアさんと陛下の幸せのほうが大事なんでしょ！」

「っ、ちがう！」

「違わない！　だって僕のこと責めてるじゃない。僕の気持ちちゃんと伝えてたのに、それでもイラついてるんでしょ？　僕に、僕の死を笑った彼と同じ顔の人を、家族になるんだから受け入れて生きていけって、そう言いたいんだよね!?」

「カナメ――」

枢はアシュレイの言葉の続きを聞くことなく立ち上がると、浴室の扉の前まで歩く。

「……僕、お風呂に入るから出ていってくれる？　今は、アシュレイの傍にいたくない」

「っ、待ってくれ！」

「出ていってってば!!」

怒鳴ると同時に浴室に入り扉に鍵をかける。すぐさま扉が叩かれるが、枢はすべて無視した。しばらくすると音が止み、やがて部屋の入り口の開閉音が聞こえる。それを聞き届けると枢はその場にズルズルと座り込んだ。

「ッ、ふ、ぅ！　……うぅ～～っ!!」

涙があふれて止まらなかった。自分が言ってしまったことを後悔する気持ちもあるが、それよりも強い感情が心に湧き起こる。

（やっぱりだ。やっぱりアシュレイも取られちゃった。みんな、みーんな瑞希くんに取られて、僕の傍にはなんにも残らない）

気持ちが昂りすぎて瑞希とミレイアがごっちゃになっているが、枢は気づかない。しかしその胸にあるのはただ一つ。自分はやはり誰にも愛されないという思いだけだった。

翌日から枢はアシュレイを避けるようになった。

食事もすべて別々に摂るようにし、寝るときも自分の部屋で休むようにした。精霊塔で顔を合わせそうになると、鉢合わせる前に別の場所に移動したりと、それはもう徹底的に避けた。

ジュードたちから心配の声をかけられるが、「何でもない。ちょっと喧嘩しただけ」と言ってそれ以上は取り合わない。

アシュレイを避けるということは、必然的にミレイアを避けることに繋がるわけで。

結局歩み寄るどころか、ミレイアとの関係を断ち切るような結果になってしまっている。

（このままじゃさすがにマズイのはわかってる。もう花の一の月も半分過ぎた。あと一ヶ月もすれば陛下とミレイアさんのお披露目があるはず。でも）

護衛だから仕方ないとはいえ、アシュレイとミレイアが揃って歩いているのを見ると、酷い言葉で詰《なじ》ってしまいそうになる。

（……僕が取り次がないでほしいって言ってるからアシュレイは会いにも来ない。でもやり方っていくらでもあるじゃん……。あのときみたいに狼の姿で来るとかさ？）

自分でも感情の起伏がどうなっているんだと思わないでもないが、会いたくないと思うのに、実際に会いに来ないとそれはそれで腹が立つ。

日に日にやるせない怒りが枢の中に募っていた。

「――いい加減、謝りに行ったらどうだ？」

そんなある日のこと。嘆息気味にアシュレイに話す声が部屋に響いた。声の主はリオンである。

この日は枢に用事があると伝え、側仕えを休ませてもらっていた。

リオンは今、アシュレイの私室にいる。今日のリオンはアシュレイの侍従ではなく、幼なじみとして話しに来ていた。

「リオン、だが……」

「だが、じゃないだろう。いつまでカナメ様をあのままにしているつもりだ？　お前のつがいなんだろう？」

「だが私は、カナメを傷つけてしまった！　自分の気持ちばかり押し付けて、カナメの気持ちをわかってやれなかった！」

「だからっていつまでも会わないままでいるつもりか？　犬が好きだと伝えたときは、バカみたいにすぐ会いに行ったくせに？」

「そのときとは状況が違うだろう？　あのときは他人から受けた傷を私が癒す、という名分が立った。だが今回は、私自身が招いたことで……」

「なんでこんなにヘタレてるんだ？　お前は。大体、自分のつがいとミレイア様、どっちが大切なんだ」

「……それはっ」

「即答できないのか？　そりゃあカナメ様も怒るだろうな。普通ここは迷わずつがいだと言うところだろう」

「だが、ミレイアは王妃になる大切な人間だ。兄上のつがいでもあるのだぞ？　どちらも大切に決まっている」

「じゃあカナメ様とミレイア様、二人が同時に敵に捕まって目の前で殺されそうになっているとする。お前はどちらを先に助ける？」

「……っ、ミレイアを」

「はぁ!?　お前っ」

悩んだ末、苦々しく答えたアシュレイに、リオンは目を見開き語気を荒らげる。しかしアシュレイも怒気を孕んだ声でリオンの言葉に被せた。

「ミレイアは女性だ！　女子供を先に助けるのは普通じゃないか!?」

「でもカナメ様には精霊魔法しかないんだぞ？　ミレイア様は精霊魔法だけじゃなく普通の魔法も使えるんだ。攻守両方できるミレイア様と、守ることしかできないカナメ様、どっちが先か考えろ。第一、強力な精霊魔法が使えたところで、この間みたいに死にかけることだってあるだろ!!」

リオンの正論にアシュレイは思わず言葉に詰まる。その様子を見て、リオンは肩をすくめた。

「お前は、物事を難しく考えすぎだ。王弟だとか、騎士だとか。そんなことは一度忘れて、ただのアシュレイとして自分がどうしたいか、ちゃんと考えてみろ」

「リオン……」

「まったく。俺はお前たちの仲を反対していたはずなんだがな」

「……すまない。ありがとう、リオン」

俯《うつむ》いてしまったアシュレイの頭を軽く叩く。そしてその後はなにも言わずに部屋から出ていった。

「私の……、アシュレイ・クリフォード・ネオブランジェ個人の気持ち、か」

リオンに言われた言葉は、深く胸に突き刺さった。

愛してる、つがいになってほしい、と。

そう伝えたのは紛れもない自分自身の気持ちだ。今でもそれは変わらない。なのにミレイアが帰ってきた途端、守るべきものが増えたと思ったのだ。

兄の家族を、国母となる王妃を。騎士として全力で守らねば、と。

「そうだとも。ミレイアには兄上がいるのだ。いざというときは私が守らずとも兄上が守る」

狼とはそもそも、己がつがいを生涯の伴侶として定め添い遂げる生き物だ。死別しようとも次の相手を持つことはない。

「私はカナメをつがいにと望んだのに、本当に愚かだな」

あの刺傷事件のあと二人の絆は強固なものになり、体を繋げ、心も通い合っていると思っていた。

しかし一時の幸福に浸ってとんでもない過ちを犯すところだった。

「私という一人の〝男〟の気持ちは決まっている」

その顔にいつぞやの苛立ちや、ここ最近抱えていた焦りなどは見られなかった。


その夜のこと。枢はベッドに入ってもなかなか寝付けずにいた。無駄にゴロゴロと寝返りを打っては、窓の外や天井を眺めて時間を潰そうとしていたとき、控えめにノックの音が聞こえた。

「――カナメ様」

「……ユリウスさん？　どうしましたか？」

「その、アシュレイ殿下がお越しになっております」

「え……？」

扉から顔を覗かせたユリウスは、困ったように眉尻を下げながら言う。それを見ながら枢は、突然の訪問に慌てていた。

（なんで今？　こんな時間に何の話？）

まとまらない感情であれこれ考えるが答えなどわかるわけもなく。それでも一つ、これだけは言っておかねばと、ユリウスに伝える。

「っ、中には入れないでください……！」

「かしこまりました」

大きな声で言ったものだから、きっとアシュレイにも聞こえていただろうが、ユリウスはしっかりと枢の気持ちを伝えてくれているらしい。しばらくして再度ユリウスから声がかかる。

「カナメ様。殿下はこのままでいいので、少し話がしたいと仰《おっしゃ》っております」

「……そう」

「私はお邪魔でしょうから、しばらく席を外します。話が終わりましたら声をかけていただくよう殿下にお伝えしておりますので、存分に話し合ってくださいませ」

「ありがとう、ございます」

「では」

静まり返った廊下を歩く足音がする。しばらくするとそれも聞こえなくなり、今この場には自分とアシュレイの二人きりなのだと自覚し、緊張で息を詰めた。

しばらく無音のまま時計の針は進む。どれくらいそうしていたのかわからないが、カチリと長針が大きく音を立てたとき、扉の外から声がした。

「カナメ」

「っ！」

静かに落とされたそれは、ひどく懐かしく思えた。数日聞いていないだけなのに、胸がぎゅっと引き絞られるように痛む。

「話が、あるんだ」

「……なに」

「……ここを開けてくれる気はないか？」

「嫌。僕はまだ許したわけじゃないから」

「ッそうか。なら、そのまま聞いてほしい」

枢の拒絶に幾分落ち込んだような声をしていたが、アシュレイは続けた。

「今まで、カナメの気持ちを蔑《ないがし》ろにしていて、本当にすまない」

「っ」

「身も心もカナメと繋がれて、私は浮かれていたのだろう。カナメのすべてをわかった気になって、何があってもカナメは私の傍から離れることはないと。兄上たちがお披露目を終えたら、次は私たちがお披露目を行《おこな》い、国民にも私たちの幸せな姿を見せたいと思っていた。カナメもきっと喜んでくれると」

そう語り出したアシュレイの言葉を、枢はじっと黙って聞く。

「……そのためにもカナメとミレイアには、ぜひとも仲良くしていてほしいと思っていたのだ。素晴らしい王家であると思われたかったのだろうな。それがカナメを傷つけていたとは少しも考えていなかった」

「どうして急に、そんな話を？」

「リオンに言われたのだ」

「リオンさん……？」

「ああ。昼に私の所に来て言われた。『カナメとミレイア、どちらが大切なのだ』と」

枢は思わず前を向いた。扉の向こうにいるはずの愛しい人を見つめる。

「……私はすぐには答えられなかった。カナメもミレイアも、どちらも大切だからだ」

「……やっぱり」

「だが、それがおかしいと言われた。自分が一番大切なものはなにか、余計なことなど考えずに一人の人間として考えてみろと、そう言われて目が覚めたのだ」

「え……？」

「今まで兄上たちのことや国のことなど、いろいろ考えすぎていたのだ。単純に一人の男として考えたら大事なものなど一つしかないというのに」

少しの沈黙のあと、枢の耳に深呼吸する音が聞こえた。

「……カナメ、私はお前を愛している。お前はこの世にただ一人の私のつがいだ。代わりなどいない。確かにミレイアのことは大切だ。だが、彼女の周りには友もいれば家族もいる、もちろん兄上もだ。彼女が危なくなったとき、守ってくれる人間は大勢いる。だが、カナメはどうだ？　見知らぬ土地に一人で来て、親兄弟、友人すらいない。そんな中でお前を守ってやれるのは私しかいないはずなのだ。なのに私は、お前の痛みをわかってやるどころか追い詰めて、傷つけてしまった。本当にすまない」

「アシュレイ……」

深い後悔を滲ませた声音だった。それを聞いただけで枢の心は喜びに震える。

(ちゃんと、反省してくれたんだ。僕のこと愛してるって、つがいだって。まだ、そう言ってくれるんだ……)

自分の居場所はまた奪われて、一人ぼっちになるのだろうと思っていたが、アシュレイはまだ自分を必要としてくれているとわかった。仲谷枢という存在を欲してくれていると。

「私のことを嫌いになったかもしれぬ。もう、顔も見たくないと、そう思っているかもしれない。だが、可能性があるのならもう一度チャンスが欲しい。お前を傷つけることは絶対にしないと誓う。誰よりも愛しているのだ、カナメ。どうか、どうかもう一度お前を愛する資格を私にくれ」

懇願するような声に、枢は扉の前まで歩を進めていた。扉にピッタリと体をくっつけ、その向こうにいるアシュレイに伝わるように言葉を紡ぐ。

「――アシュレイ」

「っ、カナメ……？　そこにいるのか!?」

「いるよ。でもこのまま聞いて。……僕はできた人間じゃないから、すぐにはアシュレイのことを許せない。でも、まだ僕のことを好きでいてくれてるってわかって、嬉しい」

「カナメ」

「……ミレイアさんのことは、僕もこのままじゃいけないって思ってる。時間がかかるけど、ちゃんと向き合うから。それまで待っててくれる……？」

「もちろんだ！　いつまでも待っている。私で力になれることがあるならなんでも手伝う！」

「ありがとう……。ねえ、アシュレイ」

「ん？　どうした？」

「僕も、アシュレイのこと好きだよ」

「っ、カナメ……」

分厚い扉に遮られているが、枢は確かにその向こうにアシュレイの温もりを感じた。

今はまだこの扉を開く気はない。完全にアシュレイを許せたとき、ミレイアのこともしっかりと受け入れられたとき。そのときにはここを開いてアシュレイを迎え入れようと思った。


――それからアシュレイは、毎晩枢の部屋を訪れるようになった。

日中は依然変わらずすれ違うだけのような暮らしだが、アシュレイの気持ちを再確認できた今、枢はわざと彼を避けるようなことはしなくなった。

廊下ですれ違えば視線を交わし、小さく微笑む余裕が枢に戻ってきていた。アシュレイの傍にはもちろんミレイアがいるため、ぎこちなさはまだ残っているのだが。

そうやって日中一緒にいることがほとんどない分、夜の扉越しの逢瀬では、その日の出来事をお互い楽しく伝え合う。

話す声の心地よさに笑みをこぼしたり、話の内容から伝わってくる楽しさに、なぜそこに自分がいないのかという小さな嫉妬を覚えてみたり。

誰にも邪魔されない夜毎の密会は、二人のあいだに穏やかな空気を運んでくれていた。

（もう少ししたら、このドアを開けられるかな？）

傷ついていた枢の心も大分と落ち着いてきていた。アシュレイは決して急かしたりせず、枢の気持ちが融けるのをゆっくりと待ってくれている。

それゆえ枢も自分の心をしっかりと見つめることができ、アシュレイと対面で向き合う勇気を持つことができた。

「最近はどうだ？　その、ミレイアのことは……」

「大分平気になってきたと思うよ。見ててわかると思うけど、少しは話せるようになってきたし」

――そう。枢が前向きになってきたのは、ミレイアとの関わり方の変化もあったからだった。

以前は二言三言話すのが精一杯で、目を合わせることすらできなかった。

けれど今はしっかりと目を合わせ、背後にアシュレイがいるのを確認してからにはなるが、彼女と少しの会話ができるまでになっていた。

まだ長い時間喋っていられるわけではないし、二人きりでは無理だと感じているが、それでも大きな前進だと思っている。

「そうだな。カナメはよく頑張っている。ミレイアも喜んでいたよ」

「そっか。でも、まだ長い時間顔を合わせて喋るのはキツいんだけどね……」

「ゆっくりで大丈夫だ。さんざん急かしていた私が言うのもなんだがな」

「それは、もういいよ」

「……私のことを許せそうか？」

「……ホントのことを言うと、もうそんなに怒ってないんだ、アシュレイのこと」

「それは」

「でもね、これはケジメっていうか、もっと成長してからアシュレイに向き合いたいなって」

アシュレイは黙って聞いている。

「アシュレイとの関係だけなら、今すぐにでも扉を開けてもいいと思うんだけど、僕が向き合わなきゃいけないのはそれだけじゃないでしょ？　ちゃんとミレイアさんとも話ができるようになったら。そしたらもっと自信を持ってアシュレイの隣に並べると思うから。だからそれまで待っててほしい。多分、あとちょっとだと思うから……」

「私は、いつまでも待てる。カナメが努力しているのだ、私もそれに見合うだけの男にならねばな」

見えないのに、今アシュレイがどんな顔をしているのか目に浮かぶようだった。

（きっと今、とっても優しい顔で笑ってるんだろうな……。こんなときだけ顔が見たいなんて、都合いいなぁ僕）

凭《もた》れかかっていた扉から背中を浮かし、そっとそこを手で触れる。

厚い扉のその先。彼のぬくもりを感じたかった。

「また、明日ね……。おやすみ」

「……あぁ、おやすみ」

こんなに近くにいるのに触れられないもどかしさから、いらぬ一言を言ってしまいそうで、枢はポツリと告げる。アシュレイはそれに応えると立ち上がったのだろうか、床が軋む音が聞こえその後すぐに足音が聞こえた。

自分が決めたことなのに、その誓いを破ってしまいたいほど、あの腕の温かさに焦がれる。

「頑張らなきゃ」

小さく漏らすと、床に座り込んで随分と冷えてしまった体を布団へと滑り込ませた。


翌朝、朝食後。

「誕生パーティ、ですか？」

「はい、そうです」

リオンから告げられた話に枢はキョトリと目を丸くした。

「花の二の月に入ってすぐにミレイア様の誕生パーティがございます。エルチェット家で行《おこな》われますが、それには国王陛下はもちろん、アシュレイ殿下も招待されています。それにカナメ様も」

「僕もですか？」

「はい。カナメ様は殿下のつがいでございますから当然かと」

「そう、なんですね……」

「……辞退なされますか？」

詳しいことは伝えていないが、少し前までの枢とアシュレイの様子を見ていたリオンは、枢の気持ちを慮《おもんぱか》ってそう告げる。

枢はしばらく考えると、ゆっくりと口を開いた。

「いいえ。参加させてください」

「よろしいんですか？」

「はい。未来の王妃様の誕生パーティに行かないなんて、そんな失礼なことできません。それに、僕がアッシュ殿下の隣に立つためには、いつまでも逃げてばかりはいられないですから」

その目には強い光が見て取れる。リオンはそれに安堵した。

「さようでございますか。ではそのようにお伝えしておきます」

「はい。よろしくお願いします」

ミレイアの誕生パーティ。

白戸瑞希と瓜二つのあの顔に向かって祝福を述べることができるか、考えると複雑な気持ちになる。それでもこれは己が越えなければいけない一つの壁であると同時に、愛する人の大切な人ときちんと向き合い、言祝《ことほ》ぐことができるよい機会なのだ。

(きっとこれを逃したら僕は、本当の意味でアシュレイの隣に立つことはできないと思う。だから)

後ろめたさなど何も感じず、彼の腕に飛び込むため。花の二の月に入るまでの数日、枢は気持ちを新たに過ごすのだった。

◇◆◇

「準備できたか?」

「はい……」

そして迎えた花の二の月の一日。

この日はアシュレイもミレイアの護衛ではなく、ネオブランジェ王国の王弟として過ごすことになる。そして枢もそのつがいとして、今日一日は彼と行動を共にするのだ。

彼の隣に並んで行動するのは、実に半月ぶりのことであった。

(久しぶりに、こんなに近くでアシュレイを見た……)

手を伸ばせば触れられる距離にいる。彼から香るパルファンにきゅんと胸が甘く痺れた。

「それでは行こうか」

「ぁ、はい」

馬車に乗るため差し出された手を掴む。手袋越しに触れた指先に、一つ鼓動が跳ねた。

馬車にはウィリアムも同乗している。走り出した車内、以前ならば密着していた二人の距離は、座席の端と端。間に一人座れるほどの間隔があいており、ウィリアムは向かいに腰かけていた。

「……本当はすぐ隣に座りたいのだがな。近づくと触れたくなってしまう。……だから今はこうして我慢しているんだ」

それはアシュレイの気遣いだった。

『今日だけは特別だから』と、雰囲気に任せて触れ合うこともできるのに、どこまでも枢の意思を尊重しようとするのが嬉しくもあり、少し残念でもあった。

(どさくさにまぎれて触れ合いたい、なんて思った僕のほうがホント……)

自分の意思の弱さに苦笑しながら、それでも向けられたアシュレイの愛情に温かい気持ちが広がる。

「まったく。私もいるというのに、お熱いことだな」

呆れを含みつつ、それでもどこか楽しそうな響きでウィリアムは二人を見つめている。近頃の二人の様子に思うところもあっただろうに、そこには触れないでいてくれるのがありがたかった。

ウィリアムを交えながら近況報告をぽつぽつと行《おこな》っていると、車窓から大きな門が見え始める。速度を落としていく馬車はその門を潜り、手入れされた庭をぬけ、大きなお屋敷の玄関前に停まった。

「大きなお屋敷ですね」

馬車を降りた枢は、眼前にそびえる豪奢《ごうしゃ》な建物を見上げ、感嘆のため息を漏らす。

「眺めているのもいいが、いつまでも我がつがいを待たせるわけにもいかないからな、中に入ろうではないか」

笑いながらそう声をかけるウィリアムを先頭に、三人は屋敷へと足を踏み入れた。

扉を開けるとそこには、物語でしか知らない豪華絢爛な世界が広がっていた。

「う、わぁ！」

煌《きら》びやかなドレスや宝石を身につけ、誰もが着飾り華やかな装いだ。天井から下がるシャンデリアの輝き、所狭しと並べられたテーブルと、その上に載った豪勢な食事。

元いた世界で読んだ本やテレビなど、創作でしか触れたことのない世界の中に、自分がいることに枢は驚く。それに加え華やかな雰囲気に圧倒され、またひどく気分が高揚するようでもあった。

「今までこんなに着飾った人々と交流することがなかったから、新鮮だろう？」

「そうですね！」

確かにどの邸宅よりも豪華である城に住んでいるが、枢がこの世界に来てから今までパーティに参加したことはない。きっちりと上等な服に身を包んだ人を見ることはあっても、それは城で働く臣下たちであった。

大勢の人の中に行ったのも、星祭りや雪祭りなどの民衆が集まる街中であった。ゆえにこのように目も眩むような輝かしい光景は物珍しく、枢の胸を小さく踊らせた。

広間へ足を踏み入れると、それまでざわめいていた人々はしんと静まり返り、皆の視線はすべてこちらへ向けられる。

王族への尊敬と羨望、そして秋波《しゅうは》。美男二人へ向けられるものとは別に、枢には疑問と興味を孕んだ視線が向けられているのをひしひしと感じた。

（この感じ、久しぶり）

居心地の悪さを感じながらも、隣に立つアシュレイに恥じぬようにと、しっかりと前を向く。と、傍に宰相である、ロドリゴ・エルチェットが立っていた。後ろにはミレイアが控えている。

「ようこそおいでくださいました国王陛下、アシュレイ殿下、それに精霊の神子《みこ》様」

「素敵な日にお招きいただき感謝する。ミレイア、誕生日おめでとう」

「ウィリアム陛下、祝っていただきありがとうございます。こちらのドレスもご用意してくださったとか」

「あぁ。よく似合っている。こちらは客人の立場ではあるが、そなたは私のつがいだからな。祝いの席にふさわしいドレスを贈らせてもらった」

「お心遣いいたみいります。本当に素敵なドレスで。大切にいたしますわ」

頬を桃色に染めながら愛らしい笑みを浮かべるミレイア。ウィリアムから贈られたというドレスは彼とミレイアの瞳とおなじ青色だった。ふんわりと裾の広がったそれは袖口や腰にたっぷりとしたレースがあしらわれ、美しいながらもどこか儚げな印象を与える。細やかに施された刺繍はミレイアの髪と同じ金色で、彼女が身につけている装飾品はすべてウィリアムの髪と同じ銀色だった。

（綺麗、だな）

主役であるというだけではなく、ミレイアはこの場の誰より美しかった。

「いつまでもここに立っているのもなんですから、奥へどうぞ」

ぼんやりしていると、そう声をかけこちらを見やるミレイアと視線がぶつかる。瞬間ニッコリと微笑まれた。

それに一瞬ピク、と肩が跳ねるが、すぐに逸らされたため、枢は力を抜く。

「行こうか」

「あ、はいッ」

アシュレイは枢の様子を気にかけて、小さく声をかけてくれる。

枢が落ち着いているのがわかると、軽く腰に手をあて歩みを促した。並んで歩きながら、周囲に目を配る。

こちらに視線を投げてくる人々は、顔を見たこともなければ名前も知らない。有名貴族や、アシュレイたちとも繋がりのある人々なのだろう。

（いつか僕も、この人たちと関わることになるんだろうな）

人が苦手である枢にとって、見ず知らずの大勢の人間と関わることは、正直言って苦痛である。普通なら愛する人の友人や取引先などは知っておきたいと思うのだろうが、枢は安心できるほんの数人の知り合いがいれば、今のままで十分だと思っていた。

けれどアシュレイのつがいとして人前に出るようになれば、そうも言っていられない。この会場にいる人々と関わることになるのは避けられない現実なのだ。

（あとで紹介してもらおう。それで、ちゃんと覚えていかなくちゃ）

パーティが終わったらやるべきことを決めると、いつの間にか広間の最前に来ていた。

「お集まりの皆様！　たった今、国王陛下が駆けつけてくださいました！」

ロドリゴがそう言うと、会場全体から拍手が響く。ちらちらと「かっこいいわ」「お似合いのおふたりよね」といった声も聞こえてきた。

「我がフィアンセの誕生日を祝いに、たくさんの人が集まってくれて私も嬉しく思う。今日は私も客人の立場ではあるが、共によき夜を過ごそうではないか」

「今日は陛下だけではなく、アシュレイ殿下、さらには精霊の神子《みこ》であるカナメ様にもお越しいただいております。我が娘の生まれた日にこのように大勢の皆様に集まっていただけたこと、心より嬉しく思います。ささやかなもてなしではございますが、本日は心ゆくまで楽しんでいただければ幸いでございます」

ロドリゴがそう言い終わると、先ほどよりも大きな拍手が湧く。

それが合図であったのか、客人たちは食事に戻ったり、周りの人と会話に興じたりしていた。大半はミレイアへ祝辞を述べたり、国王兄弟のもとへ挨拶をしに来ていたが。

枢はぞろぞろと押し寄せてくる煌《きら》びやかな人々に圧倒されており、できればその場から離れたかった。けれど人の多さに阻まれたのと、そっと腰に回されたアシュレイの腕に捕らえられたのとでそれは叶わなかった。

そうしていれば客人たちは、この国ではほとんど見ない枢の黒色の髪と瞳と、精霊の神子《みこ》という肩書きに興味津々であったのだろう。次々に声をかけてくる。

「精霊の神子《みこ》様？　綺麗な黒髪ですわね！」

「精霊魔法の使い手なんですか？　私も精霊魔法が使えるのですよ！　是非ともご教授願いたい！」

「精霊塔にお勤めなんですの？　陛下や殿下とのご関係は？」

次から次へと話しかけられ、枢はパニックになりそうだった。

（こんないっぺんに話しかけられるなんて！　しかも目がギラギラしてて怖いよっ！）

押し寄せてくる人々は目をギラつかせている。少しでも王族に取り入りたい者たちから、王族に近しいと判断された枢には、さまざまな思惑を持つ人間たちの視線が向けられる。

それは込められた意味は違っても、元の世界で向けられていた視線にどこか似ていた。

（気分が、わるい。吐きそう……）

あの苦痛の日々を思い出し、無意識に体が震えていた。

「……カナメ？」

それに気づいたアシュレイがそっと顔を覗き込んでくる。気づかないうちに下を向いていたようだった。

「っ、どうしたカナメ？　顔色が悪いぞ⁉」

「ちょっと、気分が……」

「それは大変だ！　どこかで休ませてもらうか？」

「っ、大丈夫です。ここから少し離れれば」

「ではテラスへ行こう」

アシュレイはそう言うと、隣に立つウィリアムに声をかける。彼が頷くと枢を促して人の輪を抜けた。

人をかき分け、テラスに面した窓を開き外に出る。夜風がひんやりと頬を撫でていくのが気持ちよかった。

備え付けられた椅子に腰掛けると、小さく息を吐く。隣に座ったアシュレイも、それにホッとしたようだった。

「大丈夫か？」

「はい。少し、落ち着きました」

「っ、すまなかった！」

あの場から離してくれたアシュレイに感謝の気持ちを伝えようとしたその直後、突然アシュレイが頭を下げた。急な謝罪に呆気にとられてしまう。

「カナメが離れようとしたとき引き止めてしまった。きっと、恥ずかしいだけなんだろうと思って……。しかし、嫌な思いをさせてしまうくらいなら、あのとき離しておけばよかったな」

「アッシュ殿下」

落ち込んだような顔をするアシュレイに、枢の胸は温かくなる。

(嬉しいな。本当にあの時のことを反省して、僕の気持ちを考えてくれてるのがわかる……)

枢の苦しみを、まるで自分のことのように受け止めてくれるアシュレイに、小さく笑みがこぼれた。

「僕のこと心配してくれてありがとうございます。でも、僕はあのとき離してくれなくてよかったと思ってます」

「カナメ?」

「確かに嫌なこと思い出して、結果的に具合が悪くなってしまいましたけど、いつか貴方の隣に立つのなら、こんなことにも慣れておかないといけないでしょう?」

「ッ、ああ」

「これから何度もこんなことがあると思います。何度も逃げ出しそうになるかもしれない。でもそのときはさっきみたいに、しっかりと掴まえて離さないでくださいね?」

枢は柔らかく顔を綻ばせる。アシュレイは一瞬それに目を瞠《みは》ったかと思うと、枢の頬に手を伸ばす。

そして――

「――へ？」

「……すまない。気がついたらしていた。我慢、するつもりだったのだが」

一瞬だけ、唇が触れ合っていた。すぐに離れていったが、アシュレイは困ったような顔をしている。

「まだ完全に許されていないのに、カナメの可愛い顔を見たら無意識に……」

「あ、アシュレイっ」

馬車の中で我慢したのが無駄になった、とぼやく彼に、半月ぶりの口づけに惚けていた枢は何も返せない。そのうち頬を撫でていた指がスルリと顎へと滑らされる。小さく息を呑み視線をアシュレイの瞳に合わせると、まっすぐ見つめてくる紫水晶と交差した。

「あ……」

もう一度くる。そう思ったとき。

「アシュレイ殿下、少々よろしいですかな？」

「っ！」

窓が開けられた音が異様なほど大きく聞こえた。大きく肩を揺らすと、アシュレイもハッとしたように枢から距離をとる。

そこにはロドリゴが立っていた。

「お取り込み中でしたかな？」

「いや、構わない。それよりどうしたのだ？」

「あぁ、いえ。妻が殿下にご挨拶したいとのことで」

「そういえば、奥方は先ほど見かけなかったか」

「はい。実は少々体調を崩しておりまして。本日も欠席予定ではあったのですが、少しよくなったとのことで出てまいりました」

「そうか。わかった、戻ろう」

「あ、なら僕も……」

アシュレイとロドリゴの話を聞いて、枢も一緒に戻ろうと声をかけると、アシュレイに止められた。

「カナメはもう少しここで休むといい。顔色が完全に戻ったわけではないからな。奥方には私から話しておく」

「そうでございます。そのうち神子《みこ》様と顔を合わせることもあるでしょうから、またの機会にぜひ」

「そう、ですか？」

「宰相もこう言っているのだから、遠慮することはない。あまり長い時間だと体を冷やすからな、できるだけ早めに室内に入ってくれ」

「はい、わかりました」

枢が頷くのを見届けると、二人は室内に戻っていった。窓が閉まるのを確認すると、くるりと庭側に体を向け大きなため息をつく。

「っ、はぁ〜〜！」

その顔は真っ赤だった。

「あぁ、もう！　なんでキスっ。誰が見てるかもわからないのに恥ずかしい……！　いきなりだったし！　しかも無意識って……！」

いまさらほんのわずかなアシュレイとの触れ合いを思い出し、ジタバタと暴れたいような気恥ずかしさに襲われる。それと同時に違う感情も生まれていた。

「無意識にキスしちゃうくらい、我慢が利かないくらい。僕のこと求めてる……ってことかなぁ」

胸に広がるのは純粋な喜び。本人ですら驚くほど衝動的な行動に、そして半月ぶりに重ね合った唇の熱に、アシュレイの気持ちを感じて嬉しかった。

こんなの己が言い出した約束事もあってないようなものだ。

「もう、意地張ってるだけじゃん。さっさと扉開けたほうがいい気がしてきた……」

とは言うものの、ミレイアとの関係が変わっていないのだから、そう簡単に開けるわけにはいかない。自分でそう宣言したし、アシュレイも枢の努力を受け入れてくれているのだから。

「っはあ。ちょっと顔の熱を冷ましたいや……少しこの庭を歩いてもいいかな……」

「それはもちろん構いませんわ」

「わあっ!?」

独り言のつもりで呟いた言葉に返事があったこと、また、その声の主が想像していなかった人であったことに、枢は声も出ないほど驚いた。

「驚かせてしまいましたかしら？」

「ミ、ミレイア様」

「いきなり申し訳ございません、精霊の神子《みこ》様。少しお話をさせていただいてもよろしいでしょうか？」

枢の前に現れたのは、本日の主役であるミレイアだった。

「そ、れは、あの、構いませんが、パーティは？」

「大丈夫ですわ。きちんとお父様にもウィリアム様にもお伝えしております。もちろん、貴方の大切なアシュレイ殿下にも」

「っ……！」

「ふふ、赤くなってお可愛らしい。……少し、お庭を散歩いたしませんか？」

「あ……はい」

枢がこくりと頷くとミレイアはふわりと笑う。そして二人は並んで歩き出した。外はもう完全に日が沈み、点々と設置されたランプの明かりが輝くだけだ。

綺麗に手入れされた庭の花々を見つめる。意識は自分の左側を歩くミレイアに注がれているが、そちらを見やるだけの勇気はなかった。

（いきなり二人っきりとか……！）

周りに人がいる状況でしかミレイアと話してこなかった枢は、突然の状況にひどく緊張していた。そこには、今彼女の顔を見ると取り乱してしまうかもしれない、というような恐怖も含まれている。

「暗い場所は平気ですか？」

「っえ……!?　あ、はい！　それは、大丈夫、です」

「よかったですわ。ひどく体が強張ってらっしゃるようだから、暗い場所が苦手なのかと思いまして」

「あっ、すみません。ちょっと緊張、してて……」

自分の様子を観察されていることに、なぜだかとても恥ずかしくなった。花に向けていた視線をもっと下、足元まで落として俯《うつむ》いてしまう。

そのとき、隣を歩く足が止まったのが視界に入る。

「……精霊の神子《みこ》様は、私がお嫌いですか？」

夜の静寂に溶けるように、その言葉は落とされた。

「……え？」

「二人きりになるのも、隣を歩くのも、体が強張るほど緊張される。同じ空間にいることが苦痛なのでしょう？」

「っ、ちが！　それはっ」

「先ほどから私の顔を一度も見てはくださいませんし」

「――っ!!」

どこか傷ついたような声に、枢は勢いよく顔を上げた。

「っ、あ……れ？」

途端、驚きに目を瞠《みは》る。

その声音から暗い表情をしているのかと思いきや、ミレイアは穏やかに微笑んでいた。

「っ、ふふ。ごめんなさい！　まさかそんなに驚くとは思っておりませんでしたわ！」

「え？　あれ？　あの……っ？」

「私が傷ついていると思われました？」

「え……あ、ぅ」

「ふふふ、大丈夫ですわ。全然傷ついておりませんから！　むしろ、神子《みこ》様を困らせてしまったみたいで申し訳ありません」

「あ、いやっ！　そんな……！」

「でも、これでやっとこちらを見てくださいましたわね」

それは本当に嬉しそうに笑っていた。

未来の王妃が悪戯を仕掛けるとは。枢は呆気に取られていた。

「あ、の……。なんで」

「初めて会ったときから神子《みこ》様は、私のことをひどく恐れておられたでしょう？　何もしていないはずなのにどうして？　と、最初は本当に悩んだんですのよ？」

「それは……」

「私、貴方に会うのを楽しみにしていたんですの。今まで恋人の一人も作らずに、ウィリアム様やこの国のために努力していらした殿下が、貴方のことを語るときにはそれはもう幸せそうで。孤高な殿下を変えたのはどんな人なのか、どんな風に彼と過ごしているのか知りたかったんですの」

「ミレイア様……」

「けれど貴方は私を避けるばかりか、会っても顔を見てもくださらない。いずれ私の義弟《おとうと》になるというのに、寂しいではありませんか」

「おっ、おとうと⁉」

「殿下とご結婚されたらそうなりますでしょう？　このパーティに出席されると伺ったとき、いい機会だと思いましたの。王妃となる前に、ただのミレイア・エルチェットとして、貴方ときちんとお話しして、仲を深めたいと」

慈しむような眼差しを正面から受け止める。彼女の表情は瑞希にはないものだった。

（――同じ顔でも、表情が全然違う）

自分は今まで何を見てきたんだろうか、と枢はようやく気づいた。

大嫌いな人間と同じ顔だからと、中身まで同じような人だと決めつけていた気がする。相手の顔も見ず、話もろくにせず。

都合のいい言葉だけを信じて、自分を迫害していた人間たちと、今の自分は何が違うだろうか？

（瑞希くんの言葉に踊らされていた人たちと、同じことをしてたんだ、僕）

――そこでハッと、目が覚めた気がする。

もう一度彼女の顔をしっかりと見る。相変わらず微笑んでいるが、今では瑞希と別人のように思えた。

「神子《みこ》様？」

「……貴女は、綺麗ですね」

「まぁ！　もう、私のことは怖くなくて？」

「――はい。たぶん、もう大丈夫です」

「そう。それじゃあ今度からはたくさんお話ししてくださいまし」

「こ、こちらこそ！」

「ふふふっ、さあ！　そろそろ中へ戻りましょう？　私たちの大切な方々が待っておりますから」

楽しそうに笑うその顔から、枢はもう目を逸らさなかった。

背を向けて歩き出す彼女を見ながら、心が軽くなっていくのを感じる。

(大丈夫。もう、怖くなんてない。これで、アシュレイとも……)

緩む頬を隠さないまま歩き出そうとした――そのときだった。

「つう……!?」

強い衝撃が頭を襲った。何かで殴られたと思うより先に、体はグラリとくずおれた。

枢は揺れる頭でとにかくミレイアが危ないと思った。もつれる舌で必死に彼女を呼ぶ。

「……っ、あ！　ミ、レッ」

「神子《みこ》様？　きゃっ！　んっ、ぅうー！」

けれどその願いも虚しく、何者かに捕まり薬を嗅がされたのであろう彼女は、目の前で意識を失った。

「あ……ッ、ミレイ、ア……さまっ」

連れていかれる彼女に向かって手を伸ばすが、もう一度ガツンという衝撃を感じた瞬間。枢の意識もそこでブラックアウトしたのだった。


「——遅いな」

アシュレイはなかなか戻らない二人に不安を覚えていた。

枢はこの屋敷について詳しくはないし、パーティの作法などもほとんど知らない。具合がよくなれば勝手に動き回る可能性もなくはないが、彼の性格からしてそうはしないだろう。何より「話をしてくる」と言ってあとを追ったミレイアが、頃合いを見て引き揚げてくるはずなのだ。

「兄上、私は少し外を見てくる」

「そうだな……。さすがに心配だ。頼んだぞ」

二人とも抜けてしまっては駄目だろうと、そうウィリアムに告げアシュレイは足早に外に出る。

見回してみるが、庭には誰の姿もなかった。

(二人してどこかに？　いやそんなはずはない)

歩き回っていると、ランプに照らされてキラリと光る物が目に入る。

「これは、ミレイアの……」

銀の装飾を施されたアクアマリンの耳飾り。それは本日ミレイアが身につけていたものだった。

それを拾い上げポケットに仕舞い込む。

（まだ、まだわからない。何かの弾みで落としたのかもしれない……）

逸《はや》る気持ちを抑えつけ、もっと手がかりになるものを。そう思って、視線を下に向けたまま歩き出せばそこには。

「つ、これはっ！」

アシュレイが目にしたものは血痕だった。ともすればレンガの汚れかと見紛うほどだが、鼻をつく鉄の匂いがそれは血液だと知らせる。

「つ……！　カナメが!!」

すぐさま屋敷の中へと戻る。ウィリアムに駆け寄ると、その表情から彼も異変を察したのだろう。

エルチェット夫人に言付けて、ロドリゴも一緒に別室へと急ぐ。

人払いをして室内に入り込むと、すぐさまアシュレイは口を開いた。

「カナメとミレイアが攫われた」

「……間違いないか？」

「ああ。ミレイアの耳飾りが落ちていたし、血痕があった。あれはカナメの血の匂いだ。襲われて、連れ去られている」

「ロドリゴ、この屋敷の警備はどうなっている」

アシュレイとウィリアムは、睨みつけるようにロドリゴに視線を向ける。

「門の出入口に二人ずつ、外には等間隔で警備の者を配置しておりますが……」

「門から中は？」

「そ、そちらは出入口に二人ずつだけです」

「死角がいくらもある。使用人として紛れ込めば警戒されずに犯行に及ぶことができるだろう」

「っ、私的なパーティであるため、そこまで必要ないと思っていたのですが、まさかこんなっ」

ロドリゴの顔面は蒼白だ。愛娘が攫われたのだから無理はない。しかも屋敷の警備の手薄さも露呈してしまった。冷や汗をかくロドリゴをよそに兄弟は冷静だった。

「まだそう遠くへは行っていないだろう。私は匂いを追ってみるつもりだ。兄上は一度城へ戻って騎士団へ指示を出してほしい」

「わかった。おそらく国交問題に発展するだろうからな。そちらの準備も進めておこう」

「頼んだ」

言い終わるとアシュレイは外へ飛び出す。

同時に急いで広間に戻るロドリゴを見ながら、ウィリアムは唇を噛んだ。

(きっとこれにはカヴァッロが絡んでいる。国交問題に発展するのはまず間違いない。酷く面倒なことになるだろう。だがそんなことよりも、だ)

一度目を瞑り再び開けたとき、そこには強い怒りが宿っていた。

「私のつがいに手を出すとはいい度胸だ」

離れた地にいる敵に向かい、喉奥で小さく唸り声を上げた。

その後アシュレイはすぐに街中へと下り、自身ができうる限りの速さで駆けていた。所々で聞き込みをするため立ち止まるが、それが終わると嵐のような速度で走り出した。

枢の血の匂いはすでに消えてしまっている。屋敷を出てしばらくは匂いを追うことができていたが、十キロほど走る頃にはぷっつりと途切れていた。おそらく結界か何かで枢の体を覆ったのだろう。

(精霊魔法を使う者がいる可能性があるな)

脳裏に浮かぶのは、追放したエドガー・シュトッツの姿。

「あいつはまだカナメを狙っているのか!?」

アシュレイは立ち止まり、これは己の甘さが招いた事態なのだと歯噛みする。だがアシュレイの健闘虚しく、有力な目撃証言はない。血の匂いも途切れた今、これ以上捜すのは不可能だった。

「気持ちを切り替えるぞ、アシュレイ」

自分自身に気合を入れ、深呼吸をすると踵《きびす》を返し、アシュレイは城へと向かう。兄と合流し作戦を練るために。

◇幸せになるために◇

「ん……」

ぼんやりと目の前にほのかな明かりを感じ、枢は目を開く。途端、鈍い痛みが頭に響いた。

「いった！　っ、ここは……」

顔を顰《しか》めながらも上体を起こそうとする。が、上手くいかない。よく見ると手足を縛られ、硬い木の板の床に転がされているようだった。

「そっか僕、殴られて……」

そこまで思い出しハッとした。

「っ、ミレイア様！」

暗闇の中目をこらす。窓から差し込んだ月明かりに照らされ、自分の近くにミレイアが倒れているのがわかった。

枢は這いずりながら彼女に近づく。

「ミレイア様！　ミレイア様しっかりしてください！」

「――ぅ、ん……？」

何度か呼びかけるとミレイアの瞼が動く。そしてゆっくり開くのを確認すると、枢はホッと一息吐いた。

「大丈夫ですか、ミレイア様？」

「み、こ……さま？　ここは……？」

「っ、わかりません。ミレイア様のお屋敷で襲われて、どこかに連れてこられたんだと思います」

「……そう、ですか」

枢はどうにか体を起こす。後ろ手で縛られていたため動きにくいが、全身を使って同じようにミレイアの体も支えて起こした。

「どうして、こんなことに……」

「――私のせいかもしれませんわ」

「……え？」

そうして、ミレイアは留学していたときの話をし始めた。

「――あれだけしつこかったので、もしかしたらまだ私のことを諦めていないかもしれないと思っていたのです。だからこれは、エルダーク王の息のかかった者の仕業かもしれないと」

「そんなことが……」

「私には婚約者がいること、それがネオブランジェの王であることもきちんとお伝えしていたのですけれどね。それでも諦めないというのは、逆に尊敬いたしますわ」

申し訳なさそうにしながらも皮肉っぽく苦笑を漏らす彼女に、枢はどう声をかければいいのか悩んでいた。

「あの、えっと。ミレイア様は被害者じゃないですか。好きでもない人に言い寄られて、そのうえ攫われるなんて……」

「そうかもしれませんわ。でも未来の王妃として、国交問題に発展しないよう穏便に事が運べていれば、このような事態にならなかったかもしれないのです。その点に落ち度がないとは言いきれませんわ」

言い切ったミレイアは美しかった。令嬢であるにもかかわらず、己の身に起きたことを嘆き、他者だけに罪があると断罪することはない。未来の王妃という立場をしっかりと理解し、また王の隣に並ぶにふさわしい人間であろうとするその気高さが眩しく、枢は目を細める。

「未来の王妃として、善良な市民である神子《みこ》様を巻き込んでしまったこと、本当に申し訳なく思っております」

「っ、やめてください！　ミレイア様は何も悪くないです！　っそれに、もしかすると僕のせいかもしれないんです……」

「神子《みこ》様……？　それはどういう？」

ミレイアの話を聞きながら思ったことを今度は枢が話す。彼女に襲われる原因があると言うなら、それはこちらも同じこと。

……むしろ自分のほうが狙われる理由は確かな気がする。

枢は精霊塔の次期術師長への打診があったことから、殺害未遂、エドガーの国外追放までの一連の流れを話して聞かせた。

「……それは、とても大変な目に遭われたんですのね」

「えぇ、まあ。でも周りの人たちのお陰で無事にこうして生きています。もし、僕たちを襲った犯人がエドガーさんだったなら、狙いは僕だけだと思います。だからなんとかしてミレイア様だけでも逃がせたらと思うんですが」

枢は、今まで散々ひどい態度をとっていた自分にも、ためらうことなく頭を下げるミレイアを見て、己がなにをすべきか自覚した。

(僕が今しなきゃいけないのは、この強くて美しい人を、ここから陛下のもとに戻すことだ)

この高貴な人をこんな所で死なせてはいけない。そう強く思った。もちろん自分も死ぬつもりはない。けれど、いざとなったら我が身を挺してでもミレイアを守るつもりだった。

(この人はこの国に絶対に必要な人。だからなんとしてでも！)

枢の目には強い意志が漲《みなぎ》っていた。

「——二人で、ですわよ」

「えっ？」

枢の強い決心を遮るように、その声は優しい響きを持ってかけられた。

「私は陛下のもとに、神子《みこ》様はアシュレイ殿下のもとに、二人揃って戻るんですのよ？　私一人だけ戻るだなんて真っ平ごめんですっ」

「ミレイア様」

「私、神子《みこ》様に命なんてかけてほしくはないですからね？　なんとしてでも二人で愛する人のもとへ帰りましょう！」

「……ッはい！」

「そうと決まれば脱出の手立てを考えませんと！」

知れば知るほど、ミレイアと白戸瑞希が別人であると感じる。

己のために周りを振り回し、絶望に突き落とす瑞希と同じ顔でありながら、己のためでなく愛する者のために全身全霊を傾けることのできるミレイア。

(もっと早くにこの人を知る努力をしていればよかった)

枢に付きまとっていた瑞希の影は、もうない。

「ミレイア様、魔法は使えますか？」

国母となるこの人と愛する人のもとへ帰るため、枢は前を向く。

「――いいえ、使えませんわ。魔力を封じられているみたいです」

「そうですか。……なら今度は僕が精霊さんを呼んでみます！」

それだけ告げると、枢は小さな声で精霊を呼んだ。

「精霊さん、来て」

言い終わるなり、ポウと暗闇が光る。

室内を照らしてしまえるほどの数の精霊が集まり、枢を囲んでいる。

「……すごいですわ、こんなにたくさん」

「やっぱり僕には魔力がないから、特に何もされてないみたいですね。……精霊さん、こんなにたくさんありがとうね？　それで突然なんだけどお願いがあるんだ」

心配した、と言うように枢の全身に擦り寄ってくる精霊に向き合い言葉を紡ぐ。

「お城に戻って殿下たちをここまで連れてきてほしいんだ。僕の護衛のユリウスさんって、わかるかな？　精霊魔法が使える人」

じっと彼らを見据えると、数匹の精霊が理解したように枢の目の前でくるりと回転する。

「わかるんだね⁉　よし、それじゃあその人を連れてここまで戻ってきてほしいんだ、お願い！」

頭を下げ、もう一度精霊たちを見る。すると彼らは、ためらったようになかなか飛び立とうとしない。枢の傍を離れるのを渋っているようだった。

「僕のことを、心配してくれてるんだね？」

そうだ、と言うように枢の頭を撫でるように飛び回る。いつの間にか、頭の痛みが消えていた。

「ありがとう。でもね、僕は大丈夫。絶対死んだりしないから、きみたちにまだお礼もしてないし。だからお願い！　アッシュ殿下のところに行って！」

繰り返し頼み込む。すると、しばらく枢を見つめるように動きを止めていた精霊たちが、一斉に宙を舞い消えていった。

「ありがとう精霊さんたちっ！　頼んだよ」

「……本当に精霊に愛されてらっしゃるのね、神子《みこ》様は」

温かい目で見つめてくるミレイアに、はにかんだような笑みを返す。

「ほんと、なんでかわからないんですけどね。とても好いてくれてるみたいです。……それより、

「その、神子《みこ》様って呼び方、やめてもらえないですかね？」

「あら？　お嫌ですの？」

「その……はい。僕はそんなに大層な者ではないので。普通に名前で呼んでいただければと」

「では、遠慮なくカナメ様、と呼ばせていただきますわ」

「っ……はい！」

より距離が縮まった気がして、枢は嬉しくなった。

そうして二人は脱出するための方法を探し始める。

「扉は……っと、やっぱり開きませんね。外から鍵がかけられてるみたいです」

床に尻をつけたまま扉の前まで行き、体を使って軽く押してみるがビクともしない。ならば他に何か方法がないかと辺りを見回してみる。

精霊たちがいなくなり、建物の中には月の光しか差し込まない。かすかな光源を頼りに見る限り、人が寄り付かなくなった小屋のように見えた。

自分たちがいるのは出入り口の傍だが、奥のほうにはまとめられたまま放置された縄が見える。

「……あれは、瓶？」

目を凝らすと、縄の奥に転がっているワインボトルのようなものが見えた。そこまで再び進んでいく。尻の痛みなど気にもならない。

近づいてみようと上体を倒した途端、バランスを崩してそのまま倒れ込んでしまった。

「あた……っ！」

「カナメ様っ？」

「大丈夫です、ちょっと転んだだけなので！」

受け身も取れなかったので意外と大きな音がしたが、幸いにも誰も近寄ってくる様子はない。近くに敵はいないのだろうか？

そう思いつつも、鼻先に転がる瓶に意識を向ける。手は使えないため瓶の先端を己の口で銜《くわ》え、ズリズリと横になったまま少し下がる。

それからようやく口を離すと、枢は起き上がった。

「っふ、う。すごく疲れるな……」

「大丈夫でございますか？　私がもっと身軽な格好であればよかったのですけれど」

「いや、気にしないでください！　さすがに動けたとしても、こんなこと女性にさせるわけには……」

「こんなときに男も女も関係ございませんことよ？」

ばっさり切り捨てるミレイアに、どこまでも器の大きな人だと感服するしかない。

「っ、それはそれとして。ミレイア様」

「はい？」

「今から大きな音を出します。なので、ちょっと周囲に気を配っていてもらっていいですか？」

「……何をなさるのか聞いても？」

「えっと、瓶を割ろうかと」

「拘束している縄を切るため？」

「そ、そうです……」

「なら、こちらに来てくださいまし」

「……はい？」

しっかりと枢を見つめてミレイアは告げる。

今から瓶を割るというのになぜ？　どういう意味か測りかねて枢は首を傾げる。

「あの、ミレイア様？　なにを……？」

「いいですから早くこちらに」

「は、はぁ……」

後ろ手に瓶を掴んだまま彼女の隣まで近寄る。どういうことなのだ、と彼女を見ると、こともなげに言い放つ。

「私のドレスの中で割ってくださいまし」

「は？」

「ですから、私のドレスの中で瓶を割ってください」

「な、何を言ってるんですか!?　そんなことできませんよ！」

「普通に割っていては音が響きますわ。少しでも抑えるため、私のドレスの中で割るのが一番よいかと。それに、私たちが離れているより近くにいたほうが、怯えて身を寄せ合っていると思ってもらえるかもしれませんわ」

「ミレイア様……」

「私の怪我を心配されているのでしたら、どうぞお気になさらず。カヴァッロにいるときに魔法具を作る作業場などに出入りしておりましたから、多少の怪我でしたら慣れておりますわ。それに私、守られているだけなんて性に合いませんの。ウィリアム様のためにできることなら、どんなことでもいたしますわ。これもその一つです」

（――そうだ。今僕がしなきゃいけないことはっ！）

この場から脱出すること。枢はミレイアと視線を合わせる。互いに頷き合うと、もうそこに迷いはなかった。

ミレイアのドレスは左右にパニエがついているものだったので、なるべく不自然に見えないよう背中合わせになるような形で位置取りをする。それから後ろ手に持ったままの瓶を彼女のドレスの裾から中へと滑り込ませた。

動かしにくい手を上下に振って、傷んだ床板に叩きつける。

縛られたままの手では上手く力が入らず、何度も何度も振り下ろす。手が汗で湿って滑りそうになると、ミレイアも交代を申し出てくれ、協力しながら瓶を振るった。

そしてついに、幾度目かの殴打で瓶が割れた。

「っ！　割れた！」

「やりましたわね！」

「ミレイア様、怪我はしてませんか？」

「ええ、大丈夫ですわ」

「そうですか、よかったです……！」

「では、早速縄を切りましょう」

背中越しに頷くと、枢は割れた瓶をミレイアに握らせた。そして自分の腕を歪に尖ったそこへと宛てがう。

「っつ！」

切っ先が腕を傷つけるがためらいなどない。血の滴《したた》る感覚と痛みに顔を顰《しか》めながら、何度も繰り返し腕を動かす。

段々と腕の感覚がなくなってくる頃、ようやく縄が切れたのがわかった。

「き、れたっ！」

「本当ですか……！」

ホッと一息吐きたいところだが、悠長にしている時間はおそらくない。窓から差し込む光が、次第に夜明けに近づいていることを知らせていた。

「いま、ミレイア様の縄も解きます……！」

ミレイアの縄も、彼女の腕を傷つけないよう注意しながら切っていく。血でぬかるみ、傷だらけで熱を持ち始めていた枢の腕は、なかなか言うことを聞いてくれない。それでもどうにか切ることに成功したとき、小屋の外に足音が聞こえた。

「っ！」

枢の体は入り口に向いている。ガチャガチャと鍵を開ける音を聞きながら、扉から顔が覗く瞬間を注視していた。

錆び付いた音を響かせながら開かれたそこから覗いた顔は、やはり枢の想像した通りの男であった。

「……エドガーさん」

「おや、お早いお目覚めで。久しぶりだな、精霊の神子《みこ》様？」

嫌な笑顔を貼り付けたまま中へ入ってくるエドガー。その後ろには三人の見知らぬ男たちが控えていた。

「……やっぱり、僕のことを恨んでるんですか」

「恨む？　いいや違う。憎んでいるのだ！　わかるか!?　本来なら私の地位は約束されていたのだ！　それなのに、お前は突然やってきてあのヘルベールと国王兄弟に取り入って私からすべてを奪っていった!!」

「それは違いますっ！」

「違わない!!　私は真面目に働き、成果も挙げてきた！　私こそが術師長になるべき人間だったのだ！　それがお前のような魔力もない、ただ人より精霊に好かれているだけの人間に劣るとでもいうのか!?　そんなこと断じて許せるわけがないだろうっ！」

「でも貴方は魔獣を操っていたんですよね？　それで襲われた村も、あるんですよね!?」

決して目を逸らすことなく、エドガーの憎しみにまみれた顔を見つめた。

「……能力が十分だろうと、成果を挙げていようと、そのために精霊を利用して、民を傷つけるのは間違ってると思います。そんな人、術師長になるべきじゃないと僕は思う」

「っ黙れ!! お前に何がわかる! ただぬくぬくと王宮に保護され、苦労もせずに術師長の座が得られるお前に! 騎士たちのように市民から褒め称えられることもほとんどなく、魔獣討伐に向かえば命を落とすこともある! 高位の役職に就かなければ大した給料ももらえない!! そんな我らの苦しみの何が……!」

「……っ」

悲痛なエドガーの叫びに、枢は反論できなかった。社会経験も乏しい己がかけられる言葉などないと、そう思ってしまったのだ。

けれどミレイアは違った。他人の言葉に惑わされず、己の信じるものがブレない彼女は、毅然とした態度で言い放った。

「いいえ、そんなことありませんわ!」

「貴方がたにはきちんとしたお給料が支払われているはずです。危険な討伐に出向くことがあれば、それ相応の報酬も追加されているはず。ウィリアム陛下は市井《しせい》の民だけでなく、王宮や精霊塔で働く貴方たちすべての国民を愛していらっしゃるのですから! 民は王の宝。貴方がたを蔑《ないがし》ろにすることは決してありません。不満があるのなら直接話をすればよいのです。それでも聞き入れられぬのならば、それは王の器たり得ぬだけのこと。そのときは謀反《むほん》でもなんでも起こせばよいのです」

「ミ、ミレイア様⁉」

さすがにそれは言いすぎだろうと口を挟もうとすると、一際大声でエドガーが叫んだ。

「つうるさい！　うるさいうるさいうるさい！　精霊の神子《みこ》だろうが侯爵令嬢だろうが関係ない！お前たちには今から苦痛を味わわせてやる……！」

怒りで顔を真っ赤にしたエドガーは、背後に控えた三人に指示を出す。

男たちは一人がミレイアのもとへ、残りは枢に近づいてくる。

「っ、来るな……っ！」

肩に触れられそうになった瞬間、枢は後ろ手に隠し持ったままの割れた瓶を振り回した。

「うわっ‼」

「っテメェ……！」

顔や腕を切られた男たちは距離をとる。後ろではミレイアもドレスの中の瓶の破片を掴んで、目の前の男に投げつけていた。

「近寄らないでくださいまし！　私に触れていいのは陛下だけですわ！」

「このアマっ！」

枢の陰になっていたミレイアは、エドガーと話をしているうちに静かに足の縄も解いていた。それを体に伝わる振動でわかっていた枢は、エドガーの後ろ、扉の鍵が開いている今なら、彼女だけでも逃げることができるかもしれないと思う。

（二人で一緒にとは約束したけど、僕は足の縄は解けてない。この状況じゃ無理だ……）

どうにかして、と考えているうちに、取り囲んでいた男たちは枢に特に策がないことに気づいたのだろう、瓶を握る手を掴みに来る。

ハッとして腕を振り回そうとしたが、喧嘩の経験もない枢とゴロツキとでは、やはり動きに差が出るというもの。

男たちに簡単に避けられた挙句、動きを封じられ、瓶を取り上げられて頬を殴られた。

「つぅ、ぐ……!!」

「カナメ様っ!! ッ、きゃあ!!」

枢の声に気を取られた隙にミレイアも男に捕まったようだ。男の声と引き摺られるような音が聞こえるため、自分から離れた場所に移動させられたらしい。

「ミレイア様……っ!」

「カナメ様!!」

「人の心配をしている場合か？　美しいな、友愛か？　それとも禁断の愛か？」

「っエドガー！」

「なんだその目は……っ!?」

優位に立ったことにほくそ笑んでいたエドガーは、枢を見るなり殴りつけてくる。

「つう！　い、ぁッ!!」

「いいか？　お前は今からあの女が辱《はずかし》められるのを、手も足も出せないままここで見るんだ」

「な、にを……」

「っいやぁ！　やめて！　触らないで……っ！」

前髪を鷲掴みにされ、無理やり顔を後ろに向けられる。

そこには床に倒され、腕を押えつけられ、男に馬乗りになられているミレイアの姿が。いつの間にか自分の傍にいた男の一人はそこにいて、大声を上げながら暴れようとする彼女に苛立ったのか、その頬を叩いていた。

「おい！　顔に傷はつけるな！　王からの命令を破る気か？」

「へーへー！　めんどくせぇな……ったく。まぁ、こんな上玉ヤれるんならなんでもいいけどよ」

「や、めろ……！　なんで、なんでこんなこと……っ‼」

「この女の心を折るんだ。穢されたと知ればあの王のもとにも戻れまい？　純潔を失っていようが構わないからこの女が欲しい、という人に売るんだ」

「っそんなの……！　心も伴わないのに、何がいいんだっっ！」

「本人がいいと言ってるんだ。お前には関係ない。そもそもお前はここで死ぬんだ。裏ですべて糸を引いていたが、良心の呵責《かしゃく》に苛《さいな》まれて最後は自ら命を絶つ。国もヘルベールの期待も、あの王弟の愛さえ裏切って、お前はここで死ぬんだよ……！」

ドレスを脱がせたかったのだろうが、複雑に編み上げられたリボンや、コルセットが邪魔をしてなかなかスムーズにいかないらしい。諦めたのか今度はミレイアのドレスの裾がまくりあげられている。

まだ諦めてなどいない彼女が暴れると、そのドレスから覗いた艶かしい白磁の足が目に飛び込んでくる。

「っ、あ――」

もう払拭したはずのあの忌まわしい光景が蘇ってくる。

押さえつけられた腕、はだけさせられた服、まさぐられる体、ぬるつく体液。

「あぁぁぁぁぁぁぁぁああ!!」

「っ、なんだ!?」

突然がむしゃらに暴れ出す枢に、エドガーは驚いた。

上半身を捻って手を振り回す。ガツンという音と、手にじんわりと広がる痛みに、エドガーのどこかを殴ったらしいと知る。拘束力が弱まった瞬間を逃さず、枢は這いずってミレイアのほうへ近寄ろうとする。

「おい！　しっかり捕まえてろ!!」

「ぐっ……！　この、クソ野郎が!!　手間をかけさせるな！　殺すぞ!!」

「っ、殺せよ!!　そんなに殺したいなら殺せばいい!!　犯したいのなら、その人じゃなくて僕を犯せ……っ！」

――枢は限界だった。

自分が体験したあの恐怖を、屈辱を、惨めさを。彼女に受けさせていいわけがない。

それならば自分が、と思う。一度経験した自分ならば、すでに一度穢れた自分ならばと。

「その女《ひと》には、手を出すな……っ!!」

彼女を綺麗なまま愛する人のもとへ帰してあげたい。ただ、それだけだった。

エドガーはニタリと笑った。ミレイアの体をまさぐっていた男たちも動きを止める。

「ほぅ……そうか。お前はそうやって体を使い、アシュレイやヘルベールに取り入ったんだな？　それならさぞいい具合なんだろうなぁ？」

「……なんだ？　そいつ男色なのか？」

「コイツはネオブランジェの王弟のお気に入りだ。閨《ねや》も共にしたことがあるだろうよ」

「へぇ～？　そりゃあいい！　知り合いに男は締まりがよくて病みつきになるって聞いたことがあるんだ！　一度試してみたかったんだよなぁ～」

「そんなにか？　それなら俺も……！」

「どうせ殺すんだ。好きにしたらいい」

下卑た笑みを浮かべながら、男たちはミレイアから離れこちらに近寄ってくる。

（そうだ……。それでいい）

這いつくばったままの姿勢から仰向けにされる。暴れないよう先ほどのミレイアと同じく手を拘束され、腹部に跨られたが枢は抵抗する気などなかった。力を抜いて目を閉じる。

（大丈夫。目を瞑っていれば終わる。ミレイア様を守れるんだ、つらいことなんて何も）

昏《くら》い瞼の裏に浮かぶのは、優しく微笑むアシュレイの姿。

（今度こそ本当に穢れてしまうけれど、アシュレイは許してくれるかな？　貴方の愛情を裏切ってしまう、こんな僕のことを……）

引き裂かれる絹の音を聞きながら、一筋涙が頬を伝った、そのとき。

――ウォオオ……ン。

声が、聞こえた気がした。

（今の、は……？）

服を脱がされ、弄られながら考える。

（狼の遠吠え……？　でも、そんなわけない……）

狼に変身できる彼は、つがい以外にその姿は見せないと言っていた。特別な姿をそんな誰が見ているともしれない場で晒《さら》すなど、枢には考えられなかったのだ。

けれど――

「殿下ですわ」

「……っ、え……？」

ポツリとミレイアが呟いた。それは耳元で荒い呼吸を聞かされている枢に、意外なほど大きく届いた。

「……なんだと？」

「っ、あれは！　アシュレイ殿下の遠吠えですわ！」

「そんなわけ……！」

「間違いないですわ！　私はウィリアム陛下の遠吠えを知っています。それと違うのならば、これはアシュレイ殿下以外にありません！」

ミレイアは襲われたショックを拭いきれていないようで、まだ体が震えている。それでもエドガーを睨みつけたあと、しっかりと枢の目を見て告げた。

「アシュ、レイ……？」

「そうです！　貴方の愛する人です……!!」

ミレイアの力強い言葉を受け、枢は感情の赴くまま、その名を叫ぶ。

「アシュレイ！」

——カナメっ!!

呼ばれた声に、呼吸も忘れた。

そんな枢をよそに、激しく音を響かせながら開いた扉から、光が射し込んだ。

その眩しさに、一同は動きを止めてしまう。その一瞬を逃さずいくつもの足音と怒声、何かがぶつかるような重い音が響く。

枢は恐る恐る目を開く。

「っ、あ」

目の前にそれはいた。

柔らかそうな毛に被われた豊かな尻尾。朝日を浴びて煌《きら》めく銀色の体躯《たいく》はスラリと美しい。枢を全身で守るように立ふさがるその姿は、いつぞやジュードが話してくれた建国神話の賢狼ウォルフのようであった。

「アシュ……レイ？」

だった。

「カナメ。もう大丈夫だ」

振り返ったその瞳は、煌《きら》めくアメジスト。その優しげな眼差しを見てしまっては、もう駄目だった。

「っ、ふ！　うぅ……あ、あぁ！　うわぁあ……っ!!」

次から次へと溢れ出す涙を止めることができない。歪む視界で人の動きを捉える。……きっとエドガーたちを捕らえたのだろう、ぞろぞろと開け放たれた扉から出ていく。

ふ、と目の前の獣が動いた。

「やっ……！」

「大丈夫だ。どこにも行かない」

くるりと振り向くと、枢の頬に自分の顔を擦り寄せ、長い舌でべろりと舐める。

「っ、アシュレイっ」

「カナメ、カナメっ!!」

どれだけ舐め取ろうとも止まらない涙をそのままに、枢はアシュレイの首に抱きつく。

「っひ、アシュレイ……っ！　こわ、怖かった……！　っく、うぅ」

「遅くなってすまなかった。もう……、もう大丈夫だ」

「――カナメ」

嗚咽《おえつ》を漏らしながら泣く枢に、控えめに声がかけられる。視線を上げるとそこにはもう一匹の狼が。

「……陛下？」

「そうだ。……カナメ、ミレイアを守ってくれたそうだな」

「あ……、いえ、あの。……っあ！　ミレイア様は⁉」

「心配いらぬ。安心したのか気を失っているだけだ。カナメ。此度のこと、多大なる感謝を申し上げる。本当にありがとう」

「……っ、はい！」

何も失わずに済んだことに、今頃になって実感が湧く。

（守れたんだ……。ミレイア様も、自分も。大好きな人のもとに、帰ってこられた）

安堵感が胸に広がると同時に、緊張の糸がぷっつりと切れたのだろう。枢の瞼が下りてゆく。

「……疲れたな。今はゆっくりと眠るといい」

「ア、シュ……レイ」

「おやすみ、カナメ」

優しく響いた声を最後に、枢は眠りの縁へと落ちていった。

◇◆◇

――夢を、見た。

高校時代の、あの夢。

動きを封じられ体を弄られ、自分は泣いていた。もう、抵抗する気力も残っていない。

この苦痛から早く解放されるように、目を閉じ思考を、感覚を遮断する。

(大丈夫……怖いことはない。だってきっとすぐに来てくれる)

そうだ、助けが来る。あの人が、すぐに。

(……あの人……あの人って?)

誰のことだ、と思い出そうとしたとき、フワリと柔らかなものが触れる。

(これ、は——)

ゆっくりと目を開ける。

己を陵辱する者たちを威嚇するように立ち塞がる、白銀の獣。低く上げられる唸り声は、すくみそうになるほど恐ろしいのに、枢は何よりも安心する。

隙間から覗く鋭い牙も、自分に向けられることはないと確信していた。

——自分は何と呼んだだろう?

聞こえなかったが、振り向いたその瞳を見たとき、枢はもう、なにも恐れるものなどないと理解した。

(もう、大丈夫だ)

心の底から笑みを浮かべると、世界は瞬く間に白んで薄れていった。

◇◆◇

「……っ」

目を開けると、ぼんやりとしているがそこは見慣れた天井だった。

「ぼくの、へや……」

「っ、カナメ……！」

小さく呟いた声に、ひどく慌てたように隣から自分の名を呼ばれた。

「アシュレイ……」

しっかり顔を覗き込んでくるアシュレイに、段々と枢の意識もはっきりしてくる。

「カナメ、大丈夫か？」

「……ん。大丈夫。何ともない」

微笑むとアシュレイはホッと息をつく。かと思えば、何かを思い出したかのように顔を顰《しか》めた。

「……アシュレイ？」

「あ、いや、その。気がついたみたいだし、私はそろそろ退出したほうがいいのではないかと思ってだな」

「……なんで？」

視線を逸らして、言いにくそうに告げる。なぜそんなことを言うのかわからず、枢は眉根を寄せながら聞き返した。

「――怖く、ないのか？」

「え……？」

「私が、怖くないのか、と聞いている」

アシュレイは複雑な表情を浮かべながら、それでもしっかりと枢を見ながら問う。

「また、襲われただろう……」

おそらく以前襲われたときの枢の錯乱ぶりを思い出しているのだろう。

アシュレイは何かに耐えるように、眉根を寄せていた。

「……夢を、見たんだ」

ポツリと枢のこぼしたそれに、アシュレイは先の表情のまま小さく首を傾げた。

「元の世界にいたときの……それも、襲われたときの夢」

「っ、カナメ」

「不思議なんだけど、夢の中の僕はすごく落ち着いてた。襲われてたのに、じっと待ってたら助けが来るって、漠然と考えてた。実際襲われたときは怖くて怖くて、泣いて暴れて絶望してたのに」

枢はふうと息を吐く。少しの間、沈黙が部屋を支配した。

「……狼の姿のアシュレイが来てくれた」

「え……？」

「同級生に襲われてる僕を助けに、アシュレイが来てくれたんだ。この世界に来る前の出来事なのに、アシュレイはそんな僕も助けてくれた。……怖くて辛くて消えてしまいたいほどの嫌な思い出は全部、アシュレイが助けて消してくれたよ」

「カ、ナメ……」

大きく目を見開くアシュレイに、枢は布団からそっと手を出し、それから彼の頬に触れる。

親指を目元に這わせ、ゆるりと撫でた。

「綺麗な目……。この目が、僕を見てくれたら、それだけで僕は怖いことなんてなんにもない」

優しく顔を綻ばせると、アシュレイはグッと息を詰め、それから力強く枢を抱きしめた。

「っ、よかった！　守ると誓ったのにまたカナメを傷つけてしまった、触れられることに怯えてしまったのではないかと不安だった！　もう二度と離したくはないのに、忌まわしい出来事のせいで、私のもとからいなくなってしまうのではと……！」

「大丈夫だよ。もう、離れることなんてないから」

眼前の肩に頬を擦り寄せる。全身を包む彼の温もり、香りに愛おしさが込み上げる。

アシュレイが身じろぎ額同士を合わせられる。ぼやけてしまうほどの至近距離で、飽くことなくその瞳を見つめた。

「綺麗だ」

「アシュレイのほうが綺麗。宝石みたい」

「私のほうが先にお前のその美しい瞳に囚われていた」

「僕だって……」

クスクスと笑い合う。

アシュレイが啄《ついば》むように顔全体に口づけを落とし、枢も負けじとキスを返す。さりげなく互いの目の端に光る雫を吸い取って、それから静かに唇を重ねた。

「ん……」

「……しょっぱいな」

「っ、ふふ。そうだね」

甘さを溶かし込んだキスを何度も重ね、二人はただその蜜のようなひとときを楽しんだ。


あのあとミレイアが部屋を訪れ、枢と互いの無事を確認し合って涙した。もう一度ウィリアムから礼を言われてしまって恐縮したり、ミレイアとの関係が好転したことにアシュレイが喜んだりといろいろあった。

しばらくすると部屋には侍従や護衛、ヘルベールにロドリゴまで押しかけてきた。皆一様に安堵した表情を見せていたが、ロドリゴは途中からペコペコと何度も頭を下げ、警備不足を謝罪した。

なんだかんだとありつつ、事件の後遺症もなく穏やかにその日を過ごした。そして――

「入ってもいいか？」

その夜アシュレイは枢の部屋にやってきた。

いつかの逢瀬のように扉の前に留まるのではなく、しっかりと強い意志を持って扉が叩かれる。

「どうぞ」

枢は自らその扉を開き、彼を招き入れた。

「……このときを、ずっと待っていた」

入るなり正面から抱きしめられる。頬と頬を触れ合わせ、耳元で熱い吐息とともに落とされた言葉に、枢の体にカッと熱がともる。

「僕も、ずっとこうしたかった……!」

アシュレイの背に回した腕に力を込め、きつくしがみつく。

しばらくののちゆっくりと体を離し、視線を合わせる。紫の宝石の中に、欲の火が揺れていた。

それを枢にも移すように見つめ合ったまま、唇が重ねられる。

「ん、ぅ」

「カナメ……」

舌で唇をひと舐めされる。それに従いうっすらと開くと、すぐさま熱い塊が忍び込む。

くちゅくちゅと濡れた音を響かせながら、弄ぶように激しく、それでいて宥めるように優しく咥内をまさぐられた。

久方ぶりにもよおされた、その何もかもを奪うような口づけに立っていられない。

アシュレイは枢の腰をしっかりと支えると、そのまま抱き上げベッドへと誘う。優しく横たえられたかと思うと覆いかぶさられ、耳に、首筋にキスが降ってくる。

「ふぁ、あ……っ」

くすぐったい刺激に小さく体を跳ねさせる。すっかり力の抜けきった体から、次々に衣服が剥ぎ取られていった。アシュレイもさっさと服を脱ぎ捨てると、矢も盾もたまらず触れてくる。

どんどんと下がってくる唇は、期待に震え立ち上がっている胸の尖りを捉える。

「や、ぁん‼」

「少ししか触れていないのに、もうこんなに硬くなっている。かわいいな」

微笑みながらアシュレイはその粒で遊び始める。ちゅうと吸い付いたり、含んだまま舌先でつついてみたり。刺激すればするほどピンとそそり立ち、赤く色付いてゆく。

「あぁ……っ！　や、ぁ……っアシュレイ！」

「反対側も可愛がってやろうな」

そう言うと、触れられるのを待っていた反対の乳首を、舌全体で押しつぶすように舐った。

「ひ、ぁあ……っ！」

乳輪だけをクルクルと舐めたかと思うと、先端には軽く歯を立てる。

己の与えるすべてに敏感に反応する枢に、アシュレイは愛おしさがあふれる。

キスと乳首への愛撫だけで反応している枢自身は、いやらしく蜜をこぼしていた。

アシュレイは段々と視線を下へと移す。

「こっちも触ってやろうな」

そう言って、枢の震える男根を口に含んだ。

「あぁぁあっ！　ダメ……っ！　やっ‼」

口をすぼめて上下にスライドさせたり、尿道を舌でグリグリとほじくる。空いた手では根元の袋を弄び、ひたすらに枢を追い詰めていった。

「やぁあ……っ！　いく、イっちゃ……ッ、あぁあ!!」

「――ん」

小さなアシュレイの声が聞こえたかと思うと、亀頭にやんわりと歯を立てられた。

「ッ、ひ……あぁぁぁああっ!!」

背をしならせながら呆気なく達する。アシュレイはそれでも口を離さず、最後の一滴まで絞り出すかのように吸い上げてくる。射精後で敏感になっている枢には、強すぎる刺激だった。

「あっ、あ……！　や、もうっダメって……!!」

「ん。そっちはもうしない。今度はこっちだ……」

アシュレイの言葉にホッとする。目を開けて彼を見つめると、優しく微笑みながら枢の後孔に触れてきた。

ぬるりとするそれは、先ほど枢が吐き出した精液だ。

固く閉ざされた菊門に塗りこめるように指を動かされる。半月ぶりに触れられたそこはなかなか綻んではくれない。それでも丹念に時間をかけて解してゆく。

いつまでたっても慣れない圧迫感に、体を硬くする枢を宥めるように全身にキスをする。赤く腫れた乳首を刺激すれば快感を拾い、次第に力が抜けていく。

「挿《い》れるぞ……」

「っ、ん。きて……」

腕を伸ばしてアシュレイの首にしがみつく。ひたりと宛てがわれたそれは火傷《やけど》しそうなほど熱かった。十分に解されたそこは、アシュレイの楔を拒むことなく、少しずつ呑み込んでゆく。

「う、あ……っ！　ぁあん!!」

「っは、カナメ……」

「ア……シュレ、イ」

「カナメ……カナメっ」

互いの名前を呼びながら一つになる。ぴたりと嵌まり込んだそこから、漣《さざなみ》のような快感が全身へと行き渡る。

アシュレイが腰を動かすと、そのさざめきはどんどんと大きくなる。

「あぁっ！　い、いっ……！　アシュレイ！　ふぁ、っあ！」

「カナメっ！」

「んぁあ、アシュレイ……！　すきっ、好き……ぃ！」

「っ！　カナメ！　私もだ！　愛している!!」

「い、あぁぁあ！　もっ、ダメ……！　アシュレイ……っ！」

「カナメ……っ！」

胎内を濡らした熱い飛沫に引き摺られるように、枢は二度目の精を吐き出した。

ややあってアシュレイが抜け出していく感覚にぴくりとしながらも、蓄積された疲労からもう指一本動かす体力も残っていなかった。

秘部から出されたものが流れてくるのがわかるが、今は何もしたくない。隣に横たわってきたアシュレイに擦り寄りながら、枢は目を閉じる。

「寝てもいいぞ？」

「……ん」

「おやすみ」

「おや、すみ。……ね、アシュレイ……？」

「うん？」

吐息と変わらない枢の呼びかけに優しく答える。

「んふふ、だいすき……」

「……っ！」

それきり何も言わない枢。しばらくすると穏やかな寝息が聞こえてきた。

「……本当に、お前には敵わない」

あまり可愛いことをしてくれるな、と幸せそうなその顔にキスを一つ贈り、大切にその体を己の腕に抱き込んだ。


——それからの日々は大変だった。

花祭りの開催が迫る中、アシュレイたちは事件の後処理に追われることになる。

最初に枢とミレイアから聞き取り調査が行《おこな》われ、二人とも自分が記憶していることをすべて伝えた。

それから次に行《おこな》ったのは、隣国のカヴァッロ帝国へ秘密裏に使者を送ることだった。

聞くところによると、現王であるエルダークはかなり問題のある人間のようだ。

ミレイアにしつこく迫ったことからもわかるように、気に入った女性はどんなことをしてでも手元に置きたがるらしく、それによりひどい目に遭った者たちが数え切れないほどいるらしい。

それに、発達した技術で作られた魔法具は、国の騎士や術師の手に渡るより、遥かに多くエルダークのもとに納められる。そしてエルダークは、それらを他国に売りさばき金に換えているという。

国を守るべき騎士たちには粗悪とまではいかないが、低い効果しか発揮しない魔法具があてがわれているのだとか。買い上げられたそれらに支払われる額も少なく、職人たちから不満の声が上がっているとミレイアは言っていた。

王位継承権に従いエルダークが王になったが、国民や臣下からは彼の弟を推す声が多かったらしく、ウィリアムはその噂の王弟サミュエルに連絡を取ることにした。

「どうしてその人に連絡するんですか？」

「いまだにサミュエル殿下を支持する者は多いと聞く。ならばエルダークの悪事を暴き失脚させたとしても、彼が新王に即位すれば国はさほど荒れないだろう。それに彼はできた人間だという噂だ。王になってくれれば同盟を結ぶこともできるだろう。……連絡が取れ次第、私はカヴァッロに出向く」

政治のことなどよくわからない枢は、なるほど、と頷いたのだった。

◇◆◇

とある昼下がりのこと。淹れてもらった紅茶を飲みながら、枢は借りてきた本を読んでいた。だが心地よい静寂と、温かな陽気に包まれて、次第に瞼が下がってくる。

しかし、次に枢が目を開けると、そこは見知った場所だった。

「ここは、学校……」

視界に入るのは枢が通っていた学校だった。しかも今立っているこの場所は、あの落ちた階段の前。忌まわしい記憶の残る場所だ。

「なんで今さらこんな……」

誰もいない食堂を見ながら、どうしてこんな夢を見ているのだろうと考える。と、そのときだ。

「あれ!? 枢じゃん！」

「っ!!」

背後から聞こえた声に、驚いて振り向く。――そこには彼がいた。

「み、ずき……くん」

「なにやってんだ？ 枢。てかなんだ？ なんで誰もいないんだよ!?」

記憶と変わらない容姿、口調、喧《やかま》しさ。

(間違いない、瑞希くんだ……)

自分が唾を飲み込む音がやけに大きく聞こえる。冷や汗が流れて、手が震える。

（っもう、吹っ切れたと思ったのに……！）

恐怖を抑え込みたくて、ギュッと胸元のシャツを握り込む。と、指先になにかが触れた。

「っ、これって……」

「なに？　なんか言ったか？　ってか、お前その格好なんだよ⁉　ここ学校だぞ⁉　ちゃんと制服着てこいよな！」

「っ、瑞希くん！」

枢は大きく息を吸い込んで呼吸を整える。鼓動が落ち着くと、口を開いた。

「なんだよっ？」

「そういう物の言い方、やめたほうがいいよ。すごくうるさいし、気分が悪い」

「っはぁ⁉」

「あと嫌だって言うのに無理やり連れ回したり、僕が暴力振るわれてるのに見て見ぬふりするのも、ほんと……大嫌いだった！」

「なんだってっ⁉」

「僕、もう瑞希くんの言いなりになんてならないから。きみの友達でも、引き立て役でもなんでもない！　僕はきみのことなんて、もうなんとも思ってない……‼」

指に触れたそれを握り込みながら、今まで言えなかった思いをぶちまけた。

瑞希は大きく目を見開いて驚いているようだったが、枢が自分に怯える様子もないと知ると、苛立たしげ顔を歪ませた。

「ふざけんなよ、枢の分際で……っ！　お前に存在価値なんてないだろ!?　構ってやっただけありがたいと思えよなッ」

「っ、なんとでも言えばいいよ。僕はもう、そんなことで傷つかないから。僕に構ってくれて、存在する意味をくれる人ならいるから。きみからの恩の押し売りなんて、そんなのいらない！　もう、二度ときみに会うことはないから、じゃあね」

瑞希がなにか喚いている気がする。でも枢は背を向けたまま振り返ることもしない。歩きながらそっと手のひらを開く。

——そこには、あの星祭りの日に買ったお守り《ストラップ》があった。

同じ色の瞳を持つ愛しい人。彼の存在が枢に過去と決別する勇気をくれた。

「……ありがとう、アシュレイ」

目を閉じるとそのまま体が重たくなっていく。

(ああ、夢から醒めるんだ……)

枢は抗うことなく、その心地よさに身を任せた。


「——ん」

「お目覚めになられましたか？　カナメ様」

「うん。……僕、どれくらい寝てた？」

「三十分ほどですかね。途中うなされておられましたが、悪い夢でも見ておられたんですか？」

ジュードが心配そうに枢の顔色を窺《うかが》う。しかし枢はふるふると頭を横に振った。

「悪い夢、か。……ううん。悪くない夢だった」

「そうでございますか」

「うん！」

花の咲くような笑顔を見せる枢。白戸瑞希に怯える彼は、もうどこにもいない。

◇◆◇

忙しい日々は過ぎ、気づくと花祭りの二日前になっていた。

この日、カヴァッロに渡り、事件の事後処理を行《おこな》っていたウィリアムとミレイアが帰国した。

「諸々の処理、大変お疲れ様でした。……お帰りなさいませ」

「陛下、ミレイア様、お帰りなさいませ！」

笑顔で出迎えると、二人は晴れ晴れとした表情で笑った。

「「ただいま！」」

「すべて上手くいった」

旅の疲れを癒やし、落ち着いてからウィリアムは言った。

……サミュエルと会談し、エルダークを失脚させたのち、彼が新王になることで話がまとまったそうだ。

ウィリアムは持ちうるすべての情報をサミュエルに渡し、ミレイアも己の身に起こった出来事を包み隠さず伝えた。彼はミレイアに対して非常に申し訳なさそうに謝ってきたのだという。

「自分に関係のないことで、人に頭を下げるというのはそう簡単にはできません。彼は人の上に立つことのできる器ですわ」

ミレイアは嬉しそうに笑っていた。

それからすぐにサミュエルのほうでもいろいろと情報を集めたらしく、さらに多くのエルダークの悪事が明らかになる。

あるとき許嫁《いいなずけ》のいる下流貴族の令嬢を無理やり手篭めにし、それを苦に彼女が命を絶ってしまうという痛ましい出来事が起こる。許嫁を失った相手は激怒し、王だろうと構わないと糾弾しようとしたところ、その男をも手にかけたのだという。

両家の家族は口止め料を受け取らされ、王に歯向かうことなどできず、泣き寝入りするしかなかった。

またあるときは、地方の領主の屋敷へ出向いた際、そこに仕える侍女に手を出した。彼女はそのときどうやら子を身篭り、そして密かに産んだのだという。侍女は身重を理由に屋敷を追い出されており、仕事に困っていた。

そこで、王の血を引く子供を連れて王宮で雇ってもらおうとしたのだそうだ。けれどそれは叶わなかった。いや、王宮を訪れることはできたが、働くことなくその命を子諸共散らされたのだ。

……調べれば調べるほど、女性絡みの酷い事件が出てきた。それに加え、魔法具の違法な販売と、ミレイアへの暴行指示。証拠は十分だった。

サミュエルはそれらを用いてエルダークを追及し、そして断罪することに成功した。国民のほとんどは彼の味方だった。

「エルダークは牢に幽閉された。二度と出ることは叶わないだろう。彼と懇意にしていた大臣や領主たちも、これから粛清されるとのことだ」

「……そうですか」

「同盟の話はすでにつけてあるが、カヴァッロはまだ混乱の最中だ。落ち着いてからまた訪問するつもりだ。……して、こちらはどうなったのだ？」

捕らえられた四人の男たちに処罰が科せられる前に、カヴァッロへ渡ったウィリアムは彼らがどうなったのか知らない。

アシュレイはことの顛末を掻いつまんで伝える。

「金目当てだったカヴァッロの男たちは、犯罪者の烙印を押してから、隣国の衛兵に引き渡した。エドガーは一度釈放したにもかかわらず罪を重ねたのだ。極刑は免れぬ。今は牢で大人しく、その日が来るのを待っているよ」

「……そうか。カナメは――」

「大丈夫です。そりゃ、ちょっとは気になりますけど。……でも、今回は僕だけじゃなくて、ミレイア様だって巻き込まれて、僕すごく怒ってるんです。だから、この決定に文句を言うつもりはありません」

「……強くなったな、カナメは」

さまざまな経験を経て成長した枢は、晴れ晴れとした表情を浮かべる。アシュレイはそんな枢を眩しそうに目を細めて見つめた。

◇エピローグ◇

……そして花祭りの日がやってきた。

ジュードに聞いた話だと、花祭りはその名の通り花をふんだんに使った祭りで、趣向を凝らしたフラワーアートが展示されたり、露店の店先には必ず色とりどりの花が飾られているらしい。

そして、なんといってもこの祭りの最大のイベントは、終盤に魔法を使って空から大量の花を降らせる、フラワーシャワーらしい。まるで雨のように様々な花が降ってくるのだが、その時間は短く、およそ五分。

「降ってくる花が落ちきる前に求婚して、それが成功すると、二人の愛は永遠なのだそうです」

「へぇ……」

すごいロマンチックだな、と枢は思った。

そんな話を思い出しながら、枢はアシュレイと並んで花祭りの会場を回っていた。

「すごい、綺麗な花」

「作品を出してる人たちは、この日のために丹精込めて育てている。一番を決めるから、誰も彼も選ばれるよう必死なんだろうな」

「……一番になるとなにかあるんですか？」

「表彰されて、賞金が貰える。これは雪祭りのときもだな」

「え、そうだったんですか？」

「あぁ。あのとき見れなかったのか？」

「雪像とか見て回ってましたけど、全然気づきませんでした」

賞金が出るならそりゃあ皆頑張るよなと、そんなことを考えながら、露店の一つに入る。

雪祭りのときと同じく、二人で買ったものを食べつつ、他愛もない話に興じる。少し離れて見守っていたジュードやリオンにも声をかけ、隣に並んで話をした。

二人は最後まで「主人と並んで座るなど！」と拒否していたが、アシュレイが「命令だ」と言ったことで、渋々了承していた。

楽しい時間はあっという間に過ぎていく。

雪祭りでは見ていなかった、フラワーアートの表彰式を見て拍手を送っていると、アシュレイから袖を引かれる。

「……？」

「ついてきてくれ」

アシュレイは侍従の二人になにか伝えると、枢の手を引き歩き出す。リオンたちは二人を追ってこなかった。

「あの二人は……？」

「大丈夫だ。行き先も告げているし、私の傍にいるなら安全だからな」

「それもそうですね」

目の前のこの人は近衛騎士団長である。心配することなど何もない。誘われるままついていく。

するとアシュレイは、馬車に乗り城のほうへ戻っていくではないか。

「えっ？　あれ……!?　戻るの？」

「この祭りの目玉のフラワーシャワーは、この街から城まで、広範囲で降らされる。だから見逃すことはない」

「は、あ。そうなの……？」

どこで見ても同じなら、わざわざ移動しなくてもよかったんじゃ？　と思ったが、なにか考えがあるのだろう。そう思って、枢は静かに従うことにした。


「着いたぞ」

「っここ、は……」

城の前で馬車を降りたあと少し歩いて、二人がたどり着いたのは精霊の森だった。

「私とお前が初めて会った場所だ」

暖かい風が吹く。若草の匂いが鼻をくすぐり、清々しい気持ちになった。

——この場所で目を覚ましたときを思い出す。

あのときは寒くなってきた秋口だった。薄暗く、冷たい風が頬を撫でていたのを覚えている。

精霊たちがなぜだか寄り添っていて、ここがどこなのか不思議に思っていたとき、アシュレイが現れたのだ。

「……最初は、怖い人だと思ってた」

「だろうな。お前は怯えていた」

「でも、初めて見たときから、アシュレイのその目が忘れられなかった……」

「それは私もだ。今思えばあれは、一目惚れだった」

「……きっと、僕も。最初からずっと、アシュレイのこと好きだったんだと思う」

「私とお前は、出会うべくして出会った、運命なんだと思っている」

「運命……」

フワ、と頬に触れた。

見ると木陰や草の隙間から精霊たちが出てきている。楽しそうに、踊るように二人の周りを飛んでいる彼らに、笑みがこぼれた。

「――賢狼ウォルフと妃の話は知っているか？」

「……建国神話だよね？」

「あぁ。……ウォルフの妃は、精霊の神子《みこ》だったと言われているんだ」

「……え？」

「建国神話にも書かれてはいない。だが、王家では語り継がれてきた話だ。初代王妃であるカリーナはこの森で生まれたとされている。生まれながらに彼女は精霊に愛されていて、ウォルフと結ばれたあとは、彼の賢智と彼女の精霊の力をもってこの国を治めた、と」

「それ……って」

「私とお前に似てると思わないか？　私は国を治める王ではない。だが、ウォルフの血を引いている。そしてお前はこの森に現れた。――これは、運命だ」

アシュレイが告げたとき、ひらりと空から何かが降ってきた。

「花びら……」

「始まったな」

一つ、また一つ。それから雨のように。かぐわしい香りを漂わせながら、色とりどりの花の雨は、二人の体を包み込む。

「……カナメ」

「は、い」

アシュレイはそっと枢の体を抱き寄せる。

「私はお前を愛している。この気持ちは永遠に変わることはない。だからどうか、この先もつがいとして、一生私の隣にいてほしい」

アメジストの瞳がひたむきにその想いを伝えてくる。それはこの幻想的な光景よりなにより、この世のすべてに優《まさ》る美しさだと思った。

「僕は自信がなくて、弱くて、魔力もないただの人間だけど……。それでも、この気持ちだけは誰にも負けないって思ってる。僕も、アシュレイを愛してる。アシュレイのつがいとして、この国で、あなたの傍で、生きていきたい！」

枢の頬を温かいものが伝う。それを優しく吸い取ると、アシュレイはその潤んだ目元に、鼻に頬に……そして赤く色づいた唇に。歓びに満ちたキスを落とす。

舞い落ちる花の檻に囚われながら、精霊たちの祝福を受けた二人は、この先も永遠の愛を誓うのだった。

この作品に対する皆様のご意見・ご感想をお待ちしております。

おハガキ・お手紙は以下の宛先にお送りください。

【宛先】

〒150-6008 東京都渋谷区恵比寿4-20-3 恵比寿ガーデンプレイスタワー 8F
(株) アルファポリス　書籍感想係

メールフォームでのご意見・ご感想は右のＱＲコードから、
あるいは以下のワードで検索をかけてください。

アルファポリス　書籍の感想　検索

ご感想はこちらから

本書は、「アルファポリス」(https://www.alphapolis.co.jp/) に掲載されていたものを、
改稿のうえ、書籍化したものです。

嫌《きら》われ者《もの》は異世界《いせかい》で王弟殿下《おうていでんか》に愛《あい》される

希咲さき（きさき さき）

2023年 3月 20日初版発行

編集－山田伊亮
編集長－倉持真理
発行者－梶本雄介
発行所－株式会社アルファポリス
〒150-6008 東京都渋谷区恵比寿4-20-3 恵比寿ガーデンプレイスタワー8F
TEL 03-6277-1601（営業） 03-6277-1602（編集）
URL https://www.alphapolis.co.jp/
発売元－株式会社星雲社（共同出版社・流通責任出版社）
〒112-0005 東京都文京区水道1-3-30
TEL 03-3868-3275
装丁・本文イラストーミギノヤギ
装丁デザインー円と球
印刷－図書印刷株式会社

価格はカバーに表示されてあります。

落丁乱丁の場合はアルファポリスまでご連絡ください。

送料は小社負担でお取り替えします。


ISBN978-4-434-31735-4 C0093